清代鬼類諷刺小說三部曲——

《斬鬼傳》《唐鍾馗平鬼傳》《何典》

陳英仕◎著

代序

《論語》「子不語怪力亂神」，其後傳統學者，思想觀念，或云「不語」，或語之謹言，不敢造次。然自魏晉以後，亂離相尋，人心漂泊，清談之風既起，怪異之談尤盛，於是乎，光怪陸離，植基於修齊道中，及至唐宋而弗衰。

清季文人思想禁錮，除孜孜於文字敲剝，多託物以寄言，著聞的《聊齋志異》如此，而鮮少聞說的諸如《斬鬼傳》、《唐鍾馗平鬼傳》、《何典》等書，亦莫不如是；乍視之，其離大道亦遠；實察之，亦莫不潛存聖人微恉，治平的紐要；人人倘能及其於所希冀，不亦央央君子乎！

本書作者陳英仕君，中國文化大學中文研究所博士候選人，為學謹言慎擇，鑽尖探細，別人注意到的，他也注意到了；別人不注意的，他也注意到了。就《斬鬼傳》、《唐鍾馗平鬼傳》、《何典》三部而言，別人沒有注意，甚至忽視它的存在，他卻注意到了。這三書可以說是鬼話連篇，但卻義正辭嚴，藉鬼化裝世態人情，揭露封建弊端，導正社會風氣；或寄託作者的政治理想，或懲惡勸善，宣揚因果報應等觀念，冀希社會人心，起死回生，歸於正途。語或間涉鄙俚，然「芻蕘狂夫」之言，聖人不亦側耳乎。

余老臥蓬窗，難得握管，英仕前來求序，樂於從之；謹藉此略綴數語推介於讀者，是為序。

中華民國九十四年六月二十五日　羅敬之

自序

古典小說的研究，在中國文學的領域中一向熱門，如何推陳出新，尋找新的題材與研究方法，便成為一個重要的課題。即以本論文為例，多年以來，學者專家對於中國諷刺小說的認知，似乎僅專注於《儒林外史》一書上，而忽略了其他重要且具意義的作品。因此筆者鑒於同為清代諷刺小說的《斬鬼傳》、《唐鍾馗平鬼傳》、《何典》，實為中國諷刺小說之先聲，有其重要的文學地位，遂以此三部小說作為研究對象，深入探討，試為中國諷刺小說的研究開啟新頁，這是本論文的用心所在。

本文共分為六章，其內容大致如下：

第一章：緒論。說明研究動機、研究範圍與目的、研究材料與方法，並釋義何謂中國諷刺小說。

第二章：中國諷刺小說的形成與發展概論。共分四各階段，第一階段是先秦之萌芽期；第二階段是漢魏六朝之醞釀期；第三階段是唐宋之形成期；第四階段是明清之興盛期。

第三章：三部鬼類諷刺小說析略。分別探析《斬鬼傳》、《唐鍾馗平鬼傳》、《何典》之作者、版本、寫作動機，及簡介其人物、內容。

第四章：諷刺主題及其思想意涵。其諷刺對象包括社會之醜惡世相、官場之黑暗腐朽、儒釋道之庸俗偽善。

第五章：三部鬼類諷刺小說之藝術成就。從「以鬼喻人，陰陽倒轉」、「塑人寫景，匠心經營」、「詩詞對句，活用自如」、「語言運用，創新求變」，四個方面，探析這三部小說所表現的藝術成就，藉以明示其價值所在，流傳不朽之因。

第六章：結論。對三部小說作一概括性的總結，並評論它們在文學史上的地位及影響。

由於目前兩岸三地，對《斬鬼傳》、《唐鍾馗平鬼傳》、《何典》研究之相關論述甚少，更別說是將這三部小說一起探討了。這對初次寫作學術論文的我，一則以喜，一則以憂。喜的是新穎的題目，可發揮的空間很大；憂的是在缺乏參考資料且蒐集困難的情況下，寫起來著實費力。但無論如何，本論文還是順利完成。其最大的推手，也是我最感謝的人，正是恩師羅敬之先生。羅師在身體微恙之際，仍盡心盡力替本文增刪批閱，並不時給予我關懷及勉勵，這份恩情使我永銘於心。另外，要感謝皮述民老師以及席涵靜老師審查時對本論文的指正，提供了許多寶貴意見，使我獲益良多，在此一併致上謝意。最後，我要感謝雙親的栽培與支持，讓我能無後顧之憂的專心治學。

學術研究是一條漫長且無止盡的道路，過程雖然孤獨，腳步卻不曾停歇。未來，我將以本論文做為學術研究的基礎，繼續秉持著羅師嚴謹為學的教誨，希冀將來能在學術的領域中有番成就。

陳英仕

謹識於台南寓所

中華民國九十四年七月

目次

第一章 緒論

第一節 研究動機

在中國文學的發展過程中，無論各種體裁，諷刺手法的運用，常是構成文學作品在藝術上有突出表現的一個重要因素。有鑒於此，在小說全盛時期的有清一代，遂有「諷刺小說」一類[一]。魯迅說：

> 迨吳敬梓《儒林外史》出，乃秉持公心，指擿時弊，機鋒所向，尤在士林；其文又慼而能諧，婉而多諷：於是說部中乃始有足稱諷刺之書[二]。

的確，在中國通俗小說中分出諷刺小說這一流派，很大程度上，是因為有了《儒林外史》這部書。然而魯迅在《中國小說史略》中說：

> 小說中寓譏諷者，晉唐已有，而在明之人情小說為尤多。在清朝，諷刺小說反少有，有名而幾

一　案：中國傳統小說分類並無諷刺小說一門，宋．羅燁《醉翁談錄》將小說分為靈怪、傳奇、公案、樸刀、捍棒、妖術、神仙。明．胡應麟《少室山房筆叢》分為志怪、傳奇、雜錄、叢談、辨訂、箴規六類。清《四庫提要》分小說為雜事、異聞、瑣語三類。

二　魯迅：《中國小說史略》，收錄於《魯迅小說史論文集》，（台北：里仁書局，民國八十一年九月初版），頁一九九。

乎是唯一的作品，就是《儒林外史》[三]。

對於魯迅的這段話，我們可以作這樣的理解：不可否認的，《儒林外史》確實可說是代表中國文學史上諷刺小說的最高成就，但說它是「唯一」，恐怕有失偏頗。此外，孟瑤在《中國小說史》中有段對《儒林外史》的評價說道：

諷刺小說在小說的創作中屬於最難寫的一類，作者假若沒有明睿的智慧與深刻的人生感興，不是流入下流的嫚罵，就是寫來不痛不癢，所以我國的小說風格極多，而諷刺小說，在舊的章回小說中，成功的恐怕只此一部[四]。

這段話同樣揭示出了《儒林外史》的成功，但難道有清一代除了《儒林外史》之外，就無其他諷刺作品可讀？

筆者相信任何的文學作品在取得高度藝術和成功之前，必然前有所承，作者對於前人的作品必有所借鑒，不可能憑空創造。有感於此，遂引發筆者在此一課題上的興趣，故本文的研究動機，乃是要探討有清一代的諷刺類小說裡，除了《儒林外史》之外的其他諷刺之作，視察其是否有可取之處，以打破世人唯頌《儒林外史》的刻板印象。

三　同註二，頁五四一。

四　孟瑤：《中國小說史》，（台北：傳記文學出版社，民國八十五年十二月），下冊，頁四九二。

第二節　研究範圍與目的

按魯迅《中國小說史略》將清代小說分為七個類別：（一）清之擬晉唐小說及其支流（二）清之諷刺小說（三）清之人情小說（四）清之以小說見才學者（五）清之狹邪小說（六）清之俠義小說及公案（七）清末之譴責小說[五]。本文的研究即以魯迅之分類為主要依循，試就「清之諷刺小說」為其研究方向。然在筆者收集資料的過程中，發現絕大多數有關中國小說的專著裡，提及清代諷刺小說作品的，似乎只有魯迅認為「足稱諷刺之書」的《儒林外史》；或有少數論著旁及其他，但也是寥寥數筆，簡略帶過；更有甚者，只見篇目，底下隻字不提。

直至近年，由齊裕焜、陳惠琴撰著的《鏡與劍——中國諷刺小說史略》[六]一書出版發行後，才讓讀者對中國諷刺小說的認識有了較廣闊的視野。這部以中國諷刺小說發展為主要論述內容的專著，改以宏觀的角度重新審視「諷刺小說」的定義，提出獨到且中肯的新見解，這種打破傳統，變法求新的態度，無疑是先進的。書中關於明清的諷刺小說，作者說道：

> 關於古代諷刺小說的作品，經常提到的似乎只有魯迅先生認為「足稱諷刺之書」的《儒林外史》，這樣的界定太狹窄了，我們必須根據作者的寫作目的、作品取材的對象，以及作品所呈現的語

五　同註二，見魯迅：《中國小說史略》目錄，頁六～七。

六　齊裕焜、陳惠琴：《鏡與劍——中國諷刺小說史略》，（台北：文津出版社，民國八十四年初版）。

> 氣效果來綜合界定：只要有相同的寫作目標——『責難邪惡與愚蠢』或『改正惡行』；有相同的取材對象——取材於人在社會上行為的不合宜、不道德或人性的弱點，那麼，不管所造成的語氣效果是諷刺的、譴責，還是反諷、笑罵，都可稱之為諷刺。因為只要目的、對象是一致，其語氣所產生的效果是可以大異其趣的。因此我們認為，除《儒林外史》之外，還有幾部稍次於《儒林外史》的中篇小說，也可以歸入諷刺小說之列。它們是：明董說的《西遊補》十六回；清劉璋撰的《第九才子書斬鬼傳》四卷十回；清雲中道人編的《唐鍾馗平鬼傳》八卷十六回；清張南莊撰的《何典》十回。還有李汝珍的《鏡花緣》中也用了虛虛實實、真真假假的獨特筆法，諷刺了現實社會的一些醜惡現象，因此也把它列入諷刺小說。另外，明清短篇小說集中的諷刺作品，如凌濛初的『愚行』小說，《聊齋誌異》及仿《聊齋誌異》中的諷刺之作，還有《鼓掌絕塵》、《照世杯》、《豆棚閒話》等，也都在我們的論述範圍內[七]。

顯然，齊裕焜、陳惠琴把諷刺的界說擴大了，把明清以來凡書中有諷刺成份的小說著作，都歸入諷刺小說一類，這是齊氏的創見，值得讀者加以參考。然資料的收集是廣泛的，不能僅憑一家之言而妄下定論，因此筆者將齊氏所列舉的明清諷刺小說作為基礎，配合其他相關資料逐一詳閱，試圖理出頭緒，找尋更貼近「原味」（筆者案：全書均屬諷刺性質，並採用諷刺手法來寫作）的諷刺小說，做為研究的取材對象。

七　同註六，頁五三～五四。

在陳、齊二氏的基礎上，首先筆者剔除超過研究範圍的明人小說；其次再將有爭議性的諷刺之作一併刪除，如《鏡花緣》：魯迅把它歸入「清之以小說見才學者」[八]；孫楷第《中國通俗小說書目》把它列入「靈怪小說類」[九]；韓秋白、顧青《中國小說史》則把它放到「神魔小說」來談[十]。最後筆者就書的整體內容和性質作番考量，把書中只有部分諷刺成份的篇章而被納入諷刺小說一類，如：《聊齋誌異》及仿《聊齋誌異》中諷刺之作品和原屬懲勸小說的明末清初之擬話本，如：金木散人的《鼓掌絕塵》、酌元亭主人的《照世杯》、艾衲居士的《豆棚閒話》等予以排除。經過此番擇選後，筆者歸納出較無爭議，足作清代諷刺小說代表的作品有五本，即康熙時期劉璋的《斬鬼傳》、乾嘉時期東山雲中道人的《唐鍾馗平鬼傳》、吳敬梓的《儒林外史》、張南莊的《何典》及落魄道人的《常言道》。在此五本諷刺之作中，《儒林外史》是為大家所熟悉的，關於研究《儒林外史》的前輩大家及相關著作可謂不勝可數，故在本文中將不做論述。而剩餘的四本小說裡，筆者發現一組諷刺手法相似、旨趣相同的作品——《斬鬼傳》、《唐鍾馗平鬼傳》、《何典》，作者同是借鬼物以諷刺人情世態，因此筆者便將這三部小說設為本文的研究範圍，並依其性質擬定本文題目為「清代鬼類諷刺小說三部曲」。至於以金錢為題材寫成的諷刺故事《常言道》，因為內容取向異於其他三本著作，所以在本文中暫不

八　見魯迅：《中國小說史略》，第二十五篇，〈清之以小說見才學者〉。
九　孫楷第：《中國通俗小說書目》，（台北：木鐸出版社，民國七十二年七月初版），頁二〇四。
十　韓秋白、顧青：《中國小說史》，（台北：文津出版社，民國八十四年六月初版），頁三二七。

論述，留待日後筆者心力有餘之時再行探討。

就如筆者在研究動機所說，本文的研究重心乃在探討清代除了《儒林外史》之外的諷刺作品，目的只為追求文學上的「真實」，避免造成文學遺產中的遺珠之恨。筆者才疏學淺，願在前輩大家既有的基礎上，再作一深入的研究，以為中國文學的拓展盡點綿薄之力，如有謬誤不足之處，還請諸位同好先進不吝指正。

第三節　研究材料與方法

近年來，坊間出版了多本《斬鬼傳》、《唐鍾馗平鬼傳》、《何典》合刊的書籍，證明世人對清代諷刺小說的焦點，已不專注於《儒林外史》一本，然就筆者所見，前人對這三本小說的研究論述，尚不多見，僅附及在以通論為主的清代小說史之中，且所佔篇幅簡短，未盡詳確。如韓秋白、顧青合著的《中國小說史》、齊裕焜、陳惠琴合著的《鏡與劍——中國諷刺小說史略》、齊裕焜主編的《中國古代小說演變史》[十一]、張俊的《清代小說史》[十二]；此外，在一些小說百科全書和小說書目提要中尚見概略式的提示，而論及內容、主題旨趣、特色，並對全書作深入探討且詳細分析的專著或相關論文，

十一　齊裕焜主編：《中國古代小說演變史》，（甘肅：敦煌文藝出版社，一九九〇年九月初版）。

十二　張俊：《清代小說史》，（杭州：浙江古籍出版社，一九九七年六月第一版）。

則更未見有之。

目前，就筆者所搜集的參考資料中，除了以上列舉的幾本通論式的小說史與工具書之外，對於本文研究助益最大的要算胡萬川《鍾馗神話與小說之研究》[十三]一書，「胡著一九八〇年臺北文史哲出版社出版，視野開闊，條理清晰，分析深入，是關於鍾馗故事和《斬鬼傳》較有系統的研究論著」[十四]。再者，黃霖為這三本小說寫作的引言和考證部分，亦是引領筆者入其堂奧的重要鎖匙。加上散佈在各小說評論裡的零星線索，都將成為筆者在研究上的重要材料。

本文參考上述資料，以《斬鬼傳》、《唐鍾馗平鬼傳》（以下簡稱《平鬼傳》）、《何典》為研究範圍，勾勒出「清代鬼類諷刺小說三部曲」的藍圖，擬出一具體之研究方法，逐次對其剖析、探討與歸納比較。

今將研究方法列舉如下：

一、確立研究主題：在清代諷刺小說裡，擇選出《斬鬼傳》、《唐鍾馗平鬼傳》（以下簡稱《平鬼傳》）、《何典》這組性質相似且較無爭議的諷刺小說，作為本文的研究主題。

二、收集相關資料：凡與研究主題相關之著作皆予以收集，並作通盤的整理與分析，方便研究時參考之用。

[十三] 胡萬川：《鍾馗神話與小說之研究》，（台北：文史哲出版社，民國六十九年五月初版）。

[十四]《何典》、《斬鬼傳》、《唐鍾馗平鬼傳》合刊本，（台北：三民書局，民國八十七年一月初版），見《斬鬼傳》考證，頁四。

三、說明相關問題：將諷刺小說之淵源、發展情況，做一個系統陳述，使有條理可尋，以便幫助讀者對於內容的瞭解，並可增強全文之整體性，進而更形完備。

四、分別對三本小說做一詳盡論述：包括作者、出書年代、寫作動機、卷次回數、內容旨趣、創作特點等，並進一步分析其同異之處，加以歸納比較，以便說明。

五、歸結研究心得：總述全文重點，提出研究成果，並對三本小說給予客觀的評價。

藉此五種主要方法，對主題做一深入的探索研究，力圖呈現清代社會的時代面貌，從而突顯作為時代潮流下的文學作品之價值意義。因此，本文試以理性客觀的態度來進行研究分析，希望達到較開闊的視野，讓讀者對清代的諷刺小說能有更多的認識與瞭解，並啟發讀者在此一課題研究上的興趣，自闢蹊徑。那麼筆者相信，關於清代小說的研究，必另有一番繽紛與綻放，這是筆者期盼的，亦所樂見的。

第四節　中國諷刺小說釋義

想要為諷刺小說下個定義，我想首先應明白什麼是諷刺？《說文》：「諷、誦也。」，段注：「諷，以聲節之曰誦」。諷的本意是誦讀，亦可釋為「不用正言，托辭婉言勸說」通「風」。如《後漢書．五七．李雲傳．論》：「禮有五諫，諷為上」[十五]；或「以曲折的言語譏刺人」[十六]。所以「諷」除了本

十五　香港商務印書館編輯部：《辭源》，（台北：遠流出版事業股份有限公司，民國七十七年五月一日初版），頁一五八二。

義的誦讀之外，尚有婉言勸諫和譏刺之意。至於「刺」，《說文》：「君殺大夫曰刺。刺，直傷也，當為正義。君殺大夫曰刺，當為別義」。可知「刺」本義是用尖銳的東西直傷、紮入，有殺死之意。如《春秋》僖公二十八年：「公子買戍衛，不卒戍，刺之」[十七]。後來引申為「指責」，如《戰國策・齊一》：「能面刺寡人之過者，受上賞」、《詩・碩鼠序》：「碩鼠，刺重斂也」[十八]，其義均作指責、諷刺用。因此，若從字面上來解釋「諷刺」，則為「以婉言隱語激刺人」。其義明矣。

一、諷刺小說之內涵

魯迅在被問到「什麼是諷刺」時？曾做這樣的解釋：

> 我想：一個作者，用了精煉的，或者簡直有些誇張的筆墨——但自然也必須是藝術的地——寫出或一群人的或一面的真實來，這被寫的一群人，就稱這作品為「諷刺」[十九]。

顯然魯迅是從文學創作的角度給「諷刺」下這麼一個定義。值得注意的是，魯迅所謂的諷刺作品要件，

十六　趙錫如主編：《辭海》，（台北：將門文物，民國七十六年二月初版），頁一〇四六。
十七　同註十五，頁一九〇。
十八　同註十五，頁一九〇。
十九　魯迅：《魯迅全集・且介亭雜文二集・〈什麼是「諷刺」？——答文學社問〉》，（台北：古風出版社，民國七十八年十二月），第六卷，頁三二八。

必須是以精鍊或是誇張且富於藝術的文字表現出來，而其主要精神就是反應「真實」。這裡的真實，我們可以解讀為「藝術真實」，用藝術的手法描寫整個大環境、大社會的真實，目的不外乎刻畫人生和反映世態，標示出了諷刺小說所應具有的內涵。

二、諷刺小說之性質與寫作目的

從上述有關對「諷刺」兩字的解釋，我們可以知道其性質在於「揭露」與「指責」。所以亞瑟・帕勒得（Arthur Pollard）在《何謂諷刺》一書中對於諷刺的性質，他說：

> 例如愛與死的經驗，都是由於本質上很宏大，而超出了諷刺文所能及的範圍。在喜劇與悲劇中，這些經驗也許可以被慶祝、被讚揚。但是，諷刺文並不讚揚；它只有貶抑[二十]。

說明了諷刺文注重的並非受人讚揚、愉悅的美好一面，而是為人所詬病、厭惡的醜陋、荒謬面。他所說的「貶抑」，正是諷刺作家去「責難」和「揭露」種種人生社會的不合理、不道德現象的手段。因此，「貶抑」可以說是諷刺文學的特性，亦即諷刺小說的基本性質。

至於諷刺的目的，姜生博士（Dr.Johnson）在其編定的字典中把諷刺文定義為「一責難邪惡與愚

[二十] 亞瑟・帕勒得（Arthur Pollard）著，董崇選譯：《何謂諷刺》，（台北：黎明文化事業股份有限公司，民國六十二年五月初版），頁十一。

蠢的詩」[二十一]，在他之後的特萊登（Dryden）和迪佛（Defoe）更進一步加以說明。一個以為「諷刺文的真實目的在於改正惡行」（Discourse Concerning Satire）[二十二]；另一個則說：「諷刺文的目的在於革新：縱使其作者並不認為改革已通盤停止，但他已著手工作了」（Preface to The True Born Englishman）[二十三]。此外，美國學者吉爾伯特．哈特在其著作《諷刺論》也說：「諷刺的目的是，通過嘲笑和辱罵，醫治傻瓜、懲罰魔鬼」[二十四]。根據上文所述，我們對諷刺的目的應有以下幾點認識。第一，諷刺作家是本著善意與熱情的態度來進行諷刺的，正如魯迅所說：

> 如果貌似諷刺的作品，而毫無善意，也毫無熱情，只使讀者覺得一切世事，一無足取，也一無可為，那就並非諷刺了，這是所謂「冷嘲」[二十五]。

第二，我們可以說：諷刺作家是抱持著強烈的道德意識。如《斬鬼傳》序一：

> 故作是傳者，亦具一付大慈悲心，行大慈悲事，蓋以繼王政之所不及，而欲學名王佛之使人知

[二十一] 同註二十，頁三。

[二十二] 同註二十，頁三。

[二十三] 同註二十，頁三。

[二十四] 吉爾伯特．哈特著，萬書元、江寧康譯：《諷刺論》，（南寧：廣西人民出版社，一九九〇年五月第一版），頁一二八。（案：傻瓜應是指那些無知、愚昧之人，而魔鬼則應指淫邪之輩。）

[二十五] 同註十九，頁三二九。

所畏而為善也[二十六]。

針對人生社會的不合理、不道德或愚行、黑暗面予以揭露、指責甚至批評攻擊，目的在於希望諷刺對象能知過遷善，進而達到革新社會、匡正人心的效果。總而言之，即具有熱情善意的寫作動機及改正惡行的寫作目的（使讀者跟他一樣去認定並責難心目中的邪行惡人），才稱得上真正的諷刺文學。

三、諷刺小說之題材與形式

魯迅對於諷刺小說的題材曾說道：

「諷刺」的生命是真實；不必是曾有的實事，但必須是會有的實情，所以它（筆者案：諷刺的題材）不是「捏造」，也不是「誣蔑」；既不是「揭發陰私」，又不是專記駭人聽聞的所謂「奇聞」乃或「怪現狀」。它（筆者案：諷刺的題材）所寫的事情是公然的，也是常見的，平時是誰都不以為奇的，而且自然是誰都毫不注意的。不過這事情在那時卻已經是不合理，可笑，可鄙，甚而至於可惡。但這麼行下來了，習慣了，雖在大庭廣眾之間，誰也不覺得奇怪；現在給它（筆者案：諷刺的對象）特別一提，就動人[二十七]。

[二十六] 同註十四，見《斬鬼傳》序一，頁二。
[二十七] 同註十九，頁三二八。

吉爾伯特・哈特亦說道：

一般地說，諷刺的題材沒有特別規定。作家們過去創作諷刺，有的選取最重大的主題；有的選取最瑣細的主題；有的選取最嚴肅的主題；有的則選取最淫蕩的主題；有的選取最聖潔的主題；有的則選取最卑污的主題……。諷刺家不能把握的主題極少極少。雖說如此，我們還必須說，諷刺偏愛的那類題材（或主題）總是具體的，總是時評式的，並且總是帶有人身攻擊色彩的[二十八]。

可見無論中西作家、學者對於諷刺題材的選取均有基本上的共識，那就是取材於人生社會的現實，不作「無病呻吟、無中生有」的敘寫，要求作品能「真實」反映出日常生活中那些被人們忽略、不注意或者積久成習的荒謬行為、人性弱點、醜陋黑暗的社會面：如《斬鬼傳》中的眾鬼相——「大都是習染成性的罪孽」（第一回），進而達到提醒讀者，使之引以借鑑；或嚇阻其行，使之改正向善的目標和效果。

再者，儘管諷刺的題材範圍極為廣泛，「凡人之所為——誓約、恐懼、忿怒、歡心、樂事、職業——都是我們小書的紛雜題材」[二十九]。儘管諷刺的題材均來自現實社會的黑暗面，但孟瑤在其《中國小

二十八　同註二四，頁十五。
二十九　同註二十，頁九。

說史》中，更進一步對諷刺題材（對象）提出「有無價值」、「是否值得諷刺」，以及諷刺作家應有之態度的考量，她說：

諷刺小說的難處有二：一、作者筆鋒所指的諷刺對象，必須是一種值得批評或應該打倒的惡勢力。（譬如《儒林外史》中諷刺的最厲害的便是那為害不淺的舉業。）否則捉一兩個「自己」所不愜心的人或事，來諷刺譏嘲一番，其結果只不過變成了私人的攻訐，不足以入諷刺小說之列。二、作者在字行之間必須有力量使讀者明白，他之所以將這對象予以諷刺的理由，那理由也必須是光明正大的真理[三十]。

所以，諷刺作家雖善於揭露，斥責人和事的反面，然其最重要的是需「秉持公心」，並以光明正大的真理為圭臬，跳脫私人主觀情感的好惡，立足於卓然公正的高點，以敏銳的眼光、客觀的角度，諷刺那些「值得批評或應該打倒的惡勢力」，突顯其諷刺的目的與價值。反之，諷刺作家若把「諷刺」當成逞私慾、揭隱私的工具，不經擇選就信手拈來、隨意取材予以攻擊，那就形同「汙衊」而流於「嫚罵」了。

另一方面，諷刺文的形式是自由多變的，諷刺作家們不必苦於形式上的束縛。柯臘克（A.Melville Clark）曾對諷刺韻文的變化作了一個至今最好的摘要，他說：

三十 同註四，頁四九二。

它在以揭露愚行與叱責惡行，兩個焦點所成之橢圓形軌道上，前後擺動；它徘徊於輕率與誠摯之間，完全瑣屑與沈重教誨之間；它從極端的無理與野蠻擴及於極端的高尚與文雅；它單獨或聯合使用獨白、對話、書信、演說、敘述、習俗繪畫、人物描寫、寓言、幻想、低貶模倣（travesty）、升高模倣（burlesque）、風格模倣（parody）以及其他的工具；它又藉著使用所有諷刺光譜中的各種語氣（tones）——機智、譏笑、反諷（irony）、嘲諷（sarcasm）、譏誚（cynicism）、諷罵（the sardonic）以及痛罵（invective）等以呈現出一種類似變色蜥蜴般的外表[三十一]。

這段話除了指出諷刺文形式上的自由外，更道出了諷刺文所呈現的多變語氣。我們若將柯臘克所提出的語氣作粗淺的分類，可以發現機智、譏笑、反諷較溫和，它們在攻擊對象時，能讓讀者與作品中的人物保持適當的諷刺距離，其效果猶如「鏡中取影，自鑑鑑人」；而嘲諷、譏誚、諷罵、痛罵則不能維持讀者與作品中人物的諷刺距離，攻擊時也不留餘地，其效果猶如普希金所云：「法律的鞭子達不

三十一 同註二十，頁七。案：此外，在吉爾伯特．哈特《諷刺論》中，曾把諷刺作品歸納為三種表現形式：第一種是獨白（在獨白這種類型中，諷刺家通常不是以他自己的口氣講話就是隔著幾乎藏不住自己的面罩講話，直接向我們發表演說。他運用實例，嘲笑對手，宣佈他對某個問題的觀點，努力以他的觀點影響公眾。朱文納爾在譴責使大城市的人民幾乎無法生存的交通時，就是採用這種形式）；第二種是戲擬（在這裡，諷刺家取用一部現成的作品——這部作品原是以嚴肅的目的創作出來的，或者，套用一些膾炙人口的詩的形式。然後，他把一些不一致不協調的觀念摻和進作品，或者把它的美學技巧加以誇張，使這部作品和這種文學形式看起來滑稽可笑。或者通過把一些觀念置入不相稱的形式中，使這些觀念看起來愚不可及；或者，綜合採用上述兩種方法。蒲伯在讓史特爾的幽靈讚美蒙昧時代時，就是採用這種形式）；第三種既不包含獨白也不包含戲擬，它只是一種敘述。接著他又更進一步把諷刺的類型確定為：戲擬、非戲擬小說（戲劇或敘述）和非戲擬獨白（及它的變體）。詳參《諷刺論》頁十二~十三。

到的地方，諷刺的劍可以達到」[三十二]。這亦是周氏譴責小說與諷刺小說分野之標準[三十三]。

帕勒得就曾強調語氣在諷刺小說中的重要地位：

> 更廣泛而言，在小說（筆者案：諷刺小說）中我們主要探索的並不是形式所帶來的效果，而是語氣（tone）所帶來的效果[三十四]。

縱使諷刺作家有共同的寫作目的，即「責難邪惡與愚蠢」與「革新社會」；也可能有相同的取材對象，即取材於人性的弱點，行為的不道德、不合宜或社會的黑暗面，但作品語氣所呈現的效果則往往大異其趣。

因此諷刺作家根據不同性質的諷刺客體，以最適合的表現形式與最貼切的諷刺語氣，淋漓的盡情發揮，透過作品所呈現的語氣來反映作家的情緒，進而感染讀者，使其達到最有效的諷刺效果。

[三十二] 轉引自齊裕焜、陳惠琴：《鏡與劍——中國諷刺小說史略》，頁四。

[三十三] 案：魯迅在《中國小說史略》第一次提出「諷刺小說」這一類型，他在同書的另外一章，又將晚清小說別立一類，稱為「譴責小說」——揭發伏藏，顯其弊惡，而於時政，嚴加糾彈，或更擴充，並及風俗。雖命意在於匡世，似與諷刺小說同倫，而辭氣浮露，筆無藏鋒，甚且過甚其辭，以合時人嗜好，則其度量技術之相去亦遠矣，故別謂之譴責小說（同註二：見《魯迅小說史論文集》，頁二六一）。我們試從作家的寫作目的以及作品的取材對象來看，周氏所謂的「諷刺小說」和「譴責小說」在這兩點的表現上並無二致，因此他以「度量技術」（筆者案：指作品所展示的諷刺技巧高低）為評量標準，分成諷刺小說與譴責小說；其技術即表現於作品中所呈現的語氣。

[三十四] 同註二十，頁三五。

四、中國諷刺小說之類型

自魯迅將「似與諷刺小說同倫，而辭氣浮露，筆無藏鋒，甚且過甚其辭」的晚清小說（筆者案：《官場現形記》、《二十年目睹之怪現狀》、《老殘遊記》、《孽海花》）稱為「譴責小說」以來，「由於周氏批評言論中肯，而且『譴責小說』一辭頗為醒目，很多學者例如譚正璧的《中國小說發達史》、郭箴一的《中國小說史》、孟瑤的《中國小說史》等，大都承襲了周氏的小說分類」[三十五]。魯迅認為「諷刺小說」的標準是「慼而能諧，婉而多諷」，例如他所說足稱諷刺之書的《儒林外史》。因此我們可以明白魯迅對「諷刺」、「譴責」的界定不在於作者的寫作目的，也不在於作者的寫作題材，其關鍵在於作品所呈現的語氣效果[三十六]。其次，魯迅又認為：

> 此外以抉摘社會弊惡自命，撰作此類小說者尚多，顧什九學步前數書，而甚不逮，徒作譙訶之文，轉無感人之力，旋生旋滅，亦多不完。其下者乃至醜詆私敵，等於謗書；又或有嫚罵之志

三十五 吳淳邦：〈明清長篇諷刺小說的特點〉，載於《小說戲曲研究》，（國立清華大學人文社會學院中國語文學系主編，台北：聯經出版事業公司，民國八十二年初版），第四集，頁二四三。

三十六 案：對於魯迅所謂的『諷刺小說』與「譴責小說」之區別，可參考張宏庸〈中國諷刺小說的特質與類型〉一文：「《儒林外史》被周氏稱為『諷刺小說』的主因，就因為它『慼而能諧，婉而多諷』，其實也就是較能溫柔敦厚的諷刺對象。周氏所謂的『譴責小說』是採痛罵式的。這種痛罵通常出於書中角色之口，有時也由作者介入（authorial in trusion）的方式表達。由於小說中採痛罵方式，因此顯得『辭氣浮露，筆無藏鋒』。為了達到痛罵，有時不免有誇張失實的描寫，這就是周氏所謂的『甚且過甚其辭』。又誇張、又痛罵，自然無法合乎溫柔敦厚的原則」（《中外文學》，民國六十五年十二月，五卷七期，頁三十~三一）。

而無抒寫之才，則遂墮落而為「黑幕小說」[三十七]。

「黑幕小說」的性質仍是揭露、指責社會的弊病，與「諷刺小說」與「譴責小說」無異，魯迅之所以認為它不如「譴責小說」的原因，是黑幕小說雖有「嫚罵之志而無抒寫之才」[三十八]。至此，我們可以很清楚的瞭解魯迅將同一類型的小說分成三類，甚至可以說是三個等級：最符合魯迅標準，被認為最好的諷刺作品是「感而能諧，婉而多諷」的「諷刺小說」；其次是「辭氣浮露，筆無藏鋒，甚且過甚其辭，以合時人嗜好」且「度量技術」皆不如前類的「譴責小說」；最劣一等的是「或有嫚罵之志，而無抒寫之才」的「黑幕小說」。魯迅這般地執著於三類小說間的「度量技術」，極力強調其差異性，勉強將之分類，而忽視了此三類小說的共同性（諷刺目標與諷刺題材），造成讀者誤以為其間壁壘分明，毫無交集的認知，這點是值得商榷且進一步探討的重要問題。

近來有許多學者都提出了與魯迅觀點分歧的意見，在筆者看來，造成此觀點差異的原因，就在於個人是以何種標準來審視「諷刺小說」的定義，是「狹義」還是「廣義」[三十九]？顯然贊同魯迅說法的是從「狹義」的角度來界定「諷刺小說」的範圍，如譚正璧、郭箴一、孟瑤等人都承襲了魯迅的小說

三十七 同註二，頁二七二。

三十八 案：「無抒寫之才」意指作品沒有像《儒林外史》般「感而能諧，婉而多諷」的敦厚諷刺語氣。

三十九 案：筆者將「諷刺小說」的定義分為狹義和廣義兩種。狹義的諷刺小說就如同周氏所謂的「感而能諧，婉而多諷」一類。而廣義的諷刺小說即是有共同的諷刺目的——「責難邪惡與愚蠢」與「革新社會」；相同的取材對象——人生社會的不道德與不合理，都可稱之為諷刺小說。

分類；而抱持著「廣義」角度的學者則不作如是觀，他們主張泯除諷刺、譴責界線，將兩者統歸於諷刺小說。胡適在〈五十年來中國之文學〉一文中就將魯迅所說的譴責小說稱為南方諷刺小說：

> 南方的諷刺小說………他們的著者都是文人，往往是有思想有經驗的文人。……南方的幾部重要小說都含有諷刺的作用，都可以算是『社會問題的小說』。他們既能為人，又能有我。《官場現形記》、《老殘遊記》、《二十年目睹之怪現狀》、《恨海》、《廣陵潮》，……都屬於這一類[四十]。

此外，孫楷第的《中國通俗小說書目》也將二十八部小說歸入諷刺類[四十一]。兩相評量之下，筆者採納與胡適、孫楷第相同的看法，以為諷刺小說的範圍不應如魯迅所說的那樣狹隘。張宏庸就說：

> 「感而能諧，婉而多諷」、「辭氣浮露，筆無藏鋒」的不同效果就在於作者對語氣的製造。其實周氏未免太執著於「諷刺」、「譴責」的術語。機智、反諷所造成的語氣固然是諷刺，而痛

四十 胡適：〈五十年來中國之文學〉，載於《胡適文存》，（台北：遠東圖書公司，民國四十二年），第二集，卷一，頁二二九。

四十一 孫楷第：《中國通俗小說書目》所列二十八部諷刺類小說為：《鍾馗全傳》、《斬鬼傳》、《唐鍾馗平鬼傳》、《儒林外史》、《何典》、《回頭傳》、《檮杌萃編》、《文明小史》、《官場現形記》、《學究新談》、《二十年目睹之怪現狀》、《糊塗世界》、《發財秘訣》、《上海遊驂錄》、《瞎騙奇聞》、《老殘遊記》、《孽海花》、《上海之維新黨》、《玉佛緣》、《學界鏡》、《鄰談一噱》、《憲之魂》、《冷眼觀》、《傀儡記》（初集）、《市聲》、《宦海》、《二十載繁華夢》、《七載繁華夢》（台北：木鐸出版社，民國七十二年七月初版，頁二二七~二三七）。案：筆者認為《鍾馗全傳》屬神魔小說類，故孫氏所列二十八部諷刺小說實應為二十七部。

罵、苦諷所造成的語氣何嘗不是諷刺[四十二]？

齊裕焜也認為：

我們必須根據作者的寫作目的，作品取材的對象、以及作品所呈現的語氣效果來綜合界定……不管所造成的語氣效果是諷刺、譴責，還是反諷、笑罵，都可稱之為諷刺。因為只要目的、對象（筆者案：諷刺目的、諷刺對象）一致，其語氣所產生的效果是可以大異其趣的[四十三]。

我想自魯迅以降的小說史家，因襲了他的觀點，把同性質的小說分為「諷刺」及「譴責」兩類，常又在交代不清的情況下，造成讀者在小說界定上的混淆，這點，可能是魯迅始料未及的。

對於中國諷刺小說的類型，張宏庸在其〈中國諷刺小說的特質與類型〉一文中有明確且精闢的論述，為日後諷刺小說的研究奠定了重要的理論基礎。他的見解，除了前文所提——主張對諷刺小說應採廣義觀念，而不贊同魯迅以降小說史家的「諷刺」、「譴責」二分法之外；更指出有一類諷刺小說是周氏的「諷刺」、「譴責」小說所無法涵蓋的，即「寓言式」的諷刺小說。亞瑟．帕勒得（Arthur Pollard）曾將諷刺寓言（Satiric allegories）分成五種：罪犯傳記、動物寓言、烏托邦似的（Utopian）

[四十二] 張宏庸：〈中國諷刺小說的特質與類型〉，載於《中外文學》，（民國六十五年十二月），五卷七期，頁三一。

[四十三] 同註六，頁五三。

幻想、虛構的旅行、聖經平行文（Biblical parallel）[四十四]。張氏根據亞瑟・帕勒得的動物寓言與虛構的旅行，將中國諷刺小說分為鬼界寓言和虛構寓言兩種。如《斬鬼傳》、《平鬼傳》、《何典》、《西遊補》等書，雖取材於人性的弱點，但經過一番偽裝，不採直接描繪，而將人性弱點安排在鬼的世界或虛構的旅行中。這種採隱喻手法來處理諷刺題材的表現方式有別於《儒林外史》、《官場現形記》等書——作者無所依托，直接將人性弱點暴露於讀者眼前，更動的只是時空背景與人名而已，但本質上小說裡的主人翁還是人類，作者採用的則是寫實的手法。

至於虛構的旅行，帕勒得以史衛夫特（Swift）的《格列佛遊記》敘述在小人國、大人國、飛島及智馬國的遊歷稱為虛構旅行。而在《西遊補》中，孫悟空在夢中進入萬鏡樓，經歷古人世界、未來世界，最後才在空虛主人的幫助下脫離夢幻。其間，作者對歷史人物展開了敏銳的諷刺與批判，因此，孫悟空這次夢遊可算是虛構的旅行。可見西遊補是「以古托今」[四十五]，取材的對象仍是當時的社會人群，而寫作方式則將此種題材置於一虛構旅行的寓言中。

據此，張氏以全書均屬諷刺性質並採諷刺手法的小說為其分類對象，分為三種類型[四十六]：

[四十四] 同註二十，頁四二。

[四十五] 案：台灣中華書局編輯部：《中國文學發達史》：「借悟空夢境，痛貶時事。他所罵的……項羽，想就是指的吳三桂。」題材的表面雖為古人，實意在以古托今（台北：中華書局，民國六十四年九月台七版，頁九五七~九五八）。

[四十六] 同註四二，頁三四。

（一）溫和寫實派：以溫和與廣泛憐憫的笑意來糾正世俗的錯誤與缺失（同於霍雷斯式的諷刺）。所持的標準是「感而能諧，婉而多諷」，例如《儒林外史》。

（二）嚴厲寫實派：以辛辣、令人難堪而激憤的語調，挾以輕蔑和道德的義憤，攻擊人類及社會制度的腐敗與罪惡（同於朱汶諾爾式諷刺），其標準是「辭氣浮露、筆無藏鋒」。例如《官場現形記》、《二十年目睹之怪現狀》、《官場維新記》、《老殘遊記》等。

（三）寓言諷刺派：將對人性弱點的諷刺寄托到鬼界或夢中，而以寓言方式表現出對這些人性缺點的厭惡與不滿。例如《斬鬼傳》、《平鬼傳》、《何典》、《西遊補》。

張氏的中國諷刺寓言小說和周氏所謂的「諷刺」、「譴責」大相逕庭，在寫實之外別樹一幟，我們無法以一般小說史家的定義去涵蓋它，所以我們必須承認這是諷刺小說的另一類型。但據張氏所分的三種中國諷刺小說，其界線並不十分明顯。「因為寫實諷刺小說以語氣來分，可以再分成兩種：溫和與嚴厲。那麼為何寓言諷刺小說不能以同樣的標準來區分呢？語氣是任何諷刺小說的構成因素，難道寓言諷刺小說不能以語氣分類嗎」[四十七]？因此，吳淳邦將中國諷刺小說以處理方式為標準分成兩大類：寫實與寓言諷刺小說。齊裕焜《中國諷刺小說史略》更進一步將吳氏所分的二大類再細分為四小類：「一是寓言式諷刺小說，包括鬼界寓言諷刺小說，虛構旅行寓言小說。前者有《斬鬼傳》、《平

[四十七] 吳淳邦：〈試論中國諷刺小說的界說〉，載於《古典文學》，（民國七十四年八月），第七集，頁九八一。

鬼傳》、《何典》、《聊齋誌異》中的諷刺作品，以及《諧鐸》等模仿《聊齋誌異》之作，後者有《西遊補》、《常言道》、《鏡花緣》；一是寫實性諷刺小說，包括懲勸型諷刺小說，純寫實諷刺小說，前者有《三言》的諷刺與凌濛初的「愚行」小說，以及幾部白話短篇小說集，後者即《儒林外史》」[四十八]。筆者認為齊氏所分雖甚周詳，但模糊了「局部諷刺」與「完整諷刺」小說的界線，如「《鏡花緣》前四十回，算是一次完整的虛構旅行。但是四十回以後則跳出諷刺小說的範圍」[四十九]，再如《聊齋誌異》及其仿作等，亦只能說是其中有幾篇獨立的諷刺之作而已，具不能以偏概全的稱為「諷刺小說」。綜觀各家對中國諷刺小說的分類，筆者認為應以全盤出現諷刺手法的小說為其範圍，再依取材後處理的方法分類之，所以筆者將己見之中國諷刺小說分類如左：

（一）寫實諷刺小說：將人性弱點直接暴露於讀者眼前，不經偽裝，直接描寫，小說中的主人翁本質上還是人類。例如《儒林外史》、《官場現形記》、《二十年目睹之怪現狀》、《官場維新記》、《老殘遊記》、《孽海花》等。

（二）寓言諷刺小說：將人性弱點寄託於鬼界或夢中，經過一番偽裝，不採直接描繪，給素材披上寓言的外衣，而將所要表現的對人性缺點的厭惡與不滿，用寓言方式表現出來。這

四十八 同註六，頁五四。
四十九 同註四二，頁三四。

種寓言式的諷刺小說又可分為鬼界寓言諷刺小說和虛構旅行諷刺小說，前者將題材安排在鬼界，以鬼界諷人世，例如《斬鬼傳》、《平鬼傳》、《何典》；後者則將題材置於一次虛構旅行中，例如《常言道》、《西遊補》。

五、中國諷刺小說之定義

為求對中國諷刺小說有全盤的瞭解，我們做了細部的探討，從四個方面討論了何謂中國諷刺小說，現在基於上述的論證，可以試著為中國諷刺小說下一定義：諷刺小說的內涵在於反映「真實」；其性質並不讚揚或美化，而在於「貶抑」，透過依托、偽裝或直接揭露的表現方式，希望能藉此達到改正惡行，使社會革新的寫作目標。諷刺題材極為廣泛，凡人在行為上的不合宜、不道德或人性的弱點、社會的黑暗都包括在內，具有強烈的社會性和現實性，但諷刺對象必須是值得被批評或攻擊。諷刺的形式是自由多變的，諷刺作家不必苦於形式上的束縛。諷刺語氣主要有兩種：溫和婉曲和嚴厲直斥；其類型依取材後的處理方法為標準可分為兩種：寫實諷刺派和寓言諷刺派，後者又可分為鬼界寓言諷刺小說及虛構旅行諷刺小說，這兩種諷刺類型，或以寫實手法直接描寫現實人生，或採寓言方式，以依托、偽裝的間接描寫來表現人類行為中的弱點。此義既明，凡與之相符者，皆可納入中國諷刺小說的範圍。

第二章　中國諷刺小說的形成與發展概論

「諷刺」，作為文學創作中的一種藝術手法，其傳統源遠流長。雖然中國文學發展在儒家思想影響下，一直以「溫柔敦厚」為正鵠，但諷刺藝術並沒有因此而失去在文學上的光芒，仍以各種不同的形式，活躍在歷代文壇上，因為諷刺藝術與其他修辭技巧最大的差異就在其諷刺技巧的兩面性——既有攻擊批判的銳利筆鋒又有諧隱幽默的婉曲側擊。因此，我們可以說，只要社會存在著具有諷刺意味的現實，諷刺性文學也就必然存在。本文既以「諷刺小說」為研究對象，實有必要在論述之前追溯一下中國諷刺小說形成的淵源及發展經過。藉此，相信對於本文的了解，有一定程度上的積極意義。

第一節　先秦之萌芽期

諷刺文學最早可以追溯到先秦時期，《詩經》中的幾篇怨刺詩，作者或在篇末結尾之處，說出寫作的目的在於譏刺或諷諫；或雖不點明作意，卻實為抒發生民疾苦、寓意託諷或直刺時事。如〈魏風．碩鼠〉章就是以大老鼠來譏諷統治者剝削人民的名篇；〈伐檀〉中的譏刺佳句，如「彼君子兮，不素餐兮」，至今仍廣為流傳。其他如〈魏風．葛屨〉、〈陳風．墓門〉、〈唐風．鴇羽〉、〈小雅．節南山〉、〈何人斯〉、〈巷伯〉、〈四月〉、〈北山〉、〈大雅．民勞〉等作品，或怨賦斂之重，或刺勞役不均，諸如此類，為數不少，可算中國文學史上第一批諷刺作品。由此可見，諷刺這一藝術的表現手法，自古以來就為人們所喜愛和運用。「中國的諷刺詩，在《詩經》之後，就漸入頹境，但在諸子百家的寓言中，又找到它們生命的眠床」[一]。

《詩．周南．關睢序》：「上以風化下，下以風刺上，主文而譎諫，言之者無罪，聞之者足以戒」。《箋》：「風化、風刺，皆謂譬喻，不斥言也。」從此不難看出諷刺這種文學手法和寓言之間的密切關係——「寓言藝術的一個主要特徵，就是其教育作用往往從反面進行，寓莊於諧，寓教育於批判之中。它要麼選取人們司空見慣的可笑的人和事加以誇大，予以烘托渲染，加深人們的直接印象，使人們認識其荒謬之處；要麼把同類事物或相反的事物進行對比，在對比中作中肯、辛辣的描繪，突出顯示其同中之異，異中之同，從而激濁揚清，明辨是非；要麼把應該否定的思想言行與其失敗的結局迅速緊密地聯繫在一起，描摹、刻畫，當場現形，引起人們的譏嘲，事物具有可笑因素，本身就是一種批判、否定。寓言是笑的文學，於是，幽默與諷刺便是它的主要藝術特色」[二]。因此，諷刺手法加上故事情節即寓言的一種形式。而寓言歷來被小說史家公認為是我國古代小說的源頭和濫觴，所以「當寓言的小說因素與諷刺因素融合時，寓言自然也就有了諷刺小說的因素」[三]。

一　萬書元：《第十位謬斯》，（南京：東南大學出版社，一九九八年十月第一版），頁三二。
二　齊裕焜、陳惠琴：《鏡與劍─中國諷刺小說史略》，（台北：文津出版社，民國八十四年初版），頁十六。
三　同註二，頁十六。

受到神話傳說和民歌諺語的影響，使寓言具有浪漫主義色彩和現實主義精神。其中，現實主義精神深刻地影響著寓言的形成和發展，使得先秦諸子以及兩漢以後的寓言創作，都以針砭、諷刺現實作為最高宗旨，其針砭、諷刺的對象，從一個愚蠢的市井小民，直至權力無上的君主，都一視同仁，只要具有愚蠢、奸狡、邪僻的行為，均以揭露、譏刺的寓言手法諷刺之。如：

一、諷刺統治者的昏庸無道

（一）《莊子・至樂》中的「髑髏」故事：

莊子之楚，見空髑髏，髐然有形，撽以馬捶，因而問之，曰：「夫子貪生失理，而為此乎？將子有亡國之事，斧鉞之誅，而為此乎？將子有不善之行，愧遺父母妻子之醜，而為此乎？將子有凍餒之患，而為此乎？將子之春秋故及此乎？」於是語卒，援髑髏，枕而臥。夜半，髑髏見夢曰：「子之談者似辯士。視子所言，皆生人之累也，死者無此矣。子欲聞死之說乎？」莊子曰：「然。」髑髏曰：「死，無君於上，無臣於下；亦無四時之事，從然以天地為春秋，雖南面王樂，不能過也。」莊子不信，曰：「吾使司命復生子形，為子骨肉肌膚，反子父母妻子閭里知識，子欲之乎？」髑髏深矉蹙頞曰：「吾安能棄南面王樂而復為人間之勞乎！」

這則寓言，通過莊子與骷髏的一段對話，有力的控訴戰國時期各國君王窮兵黷武的惡行，反映了當時人民的悲慘遭遇，描繪出生靈塗炭，白骨滿路的社會現狀。作者以骷髏「寧做鬼，不做人」的結語，對統治者進行嚴厲的諷刺和抨擊。

（二）《晏子春秋．外篇重而異者》中的「晏子數罪」故事：

> 景公好弋，使燭鄒主鳥而亡之。公怒，召吏欲殺之，晏子曰：「燭鄒有罪三，請數之以其罪而殺之。」公曰：「可。」於是召而數之公前，曰：「燭鄒！汝為吾君主鳥而亡之，是罪一也；使吾君以鳥之故殺人，是罪二也；使諸侯聞之，以吾君重鳥以輕士，是罪三也。」數燭鄒罪已畢，請殺之。公曰：「勿殺，寡人聞命矣。」

此則寓言中，諷刺了國君的昏庸無道，把人看得比鳥還輕，因鳥殺士，並突顯出晏子進諫方式的巧妙。

其他如《晏子春秋》中的「不知天寒」、《孟子》中的「苑囿嫌大」諷刺在上位者只圖個人享樂，不知道老百姓的痛苦；《莊子》中的「車轍涸鮒」諷刺一些見死不救、自私偽善、坐視人民之死，卻仍要保持著寵祿——「我且南遊吳越之王，激西江之水而迎子，可乎？」的官僚；《孟子》中的「攘雞」則以一個偷雞賊的寓言，用詼諧而銳利的詞鋒，諷刺了統治者對人民的玩弄，就如同偷雞賊一般的詭計——「今茲未能，請輕之，以待來年然後已」。

二、諷刺新興士階層的醜惡腐朽

（一）《莊子．田子方》中的「儒士儒服」故事：

莊子見魯哀公。哀公曰：「魯多儒士，少為先生方者。」莊子曰：「魯少儒。」哀公曰：「舉魯國而儒服，何謂少乎？」莊子曰：「周聞之，儒者冠圜冠者，知天時；履句屨者，知地形；緩佩玦者，事至而斷。君子有其道者，未必為其服也；為其服者，未必知其道也。公固以為不然，何不號於國中曰：『無此道而為此服者，其罪死！』」於是哀公號之五日，而魯國無敢儒服者。

此則寓言以詼諧的方式，幽默的諷刺當時那些只追求表面形式，冒充激進，借以欺世盜名，譁眾取寵的假儒士。

（二）《莊子．外物》中的「詩禮發冢」故事：

儒以詩禮發冢，大儒臚傳曰：「東方作矣，事之何若？」小儒曰：「未解裙襦，口中有珠。」「詩固有之曰：『青青之麥，生於陵陂，生不布施，死何含珠為？』接其鬢，壓其顪，儒以金椎控其頤，徐別其頰，無傷口中珠。」

這批儒士，就是荀子所斥責的「賤儒」，也是後世稱為「口裡仁義道德，肚裡男盜女娼」的那一類人。

莊子巧妙的將儒者專業的詩禮與盜賊發冢的伎倆，兩相結合，便構成了辛辣尖銳的諷刺。

又如「《韓非子・外儲說左上・舉燭》則嘲笑斷章取義、穿鑿附會的學者，啜糟粕當精華，捧腐朽為神奇，都是郢書燕說，『舉燭』之類。即使是『國以治』，也是瞎貓碰著了死老鼠而已」[四]。

三、諷刺人情世態的鄙劣醜行

（一）《孟子・離婁下》中的「齊人有一妻一妾」故事：

齊人有一妻一妾而處室者，其良人出，則必饜酒肉而後返。其妻問所與飲食者，則盡富貴也。其妻告其妾曰：「良人出，則必饜酒肉而後返。問其與飲食者，盡富貴也，而未嘗有顯者來。吾將瞷良人之所之也。」蚤起，施從良人之所之，遍國中無與立談者。卒之東郭墦間，之祭者乞其餘；不足，又顧而之他。此其為饜足之道也。其妻歸，告其妾曰：「良人者，所仰望而終身也，今若此！」與其妾訕其良人，而相泣於中庭，而良人未知之也，施施從外來，驕其妻妾。

這則寓言，刻畫出齊人「打腫臉，充胖子」的滑稽醜態，可說是生動而深刻，對裝做「正人君子」的小人進行了辛辣的諷刺。揭露了那些不擇手段追求功名利祿之徒的靈魂，是十分成功的。

[四] 同註二，頁十七。

（二）《莊子．列禦寇》中的「舐痔得車」：

宋人有曹商者，為宋王使秦。其往也，得車數乘。王說之，益車百乘。反於宋，見莊子曰：「夫處窮閭阨巷，困窘織屨，槁項黃馘者，商之所短也；一悟萬乘之主，而從車百乘者，商之所長也。」莊子曰：「秦王有病召醫，破癰潰痤者，得車一乘；舐痔者得車五乘；所治愈下，得車愈多。子豈治其痔邪？何得車之多也？子行矣！」

「『舐痔得車』成了千百年來揭露封建社會黑暗的人情世態的快人快語」[五]。勾勒出社會中阿諛奉承、趨炎附勢的醜惡現象，形成一幅生動鮮明的諷刺漫畫。

再如《孟子．公孫丑上》中的「揠苗助長」；《莊子．秋水》中的「井底之蛙」及同篇的「望洋興嘆」、《莊子．天運》中的「東施效顰」。其他如《列子．說符》中的「攫金者」揭露財迷心竅者之愚蠢，「原文『不見人，徒見金』兩句對貪婪者的心境和口吻做到了刻劃入微，諷刺深刻」[六]；《韓非子．五蠹》中的「守株待兔」則諷刺了無知的愚人蠢行、《韓非子．外儲說左上》中的「鄭人買鞋」是對墨守成規、不知變通者的諷刺，對後世諷刺小說中愚人形象的創作有一定的影響。……等，都是很精彩的諷刺之作，成為諷刺小說的先河。

五　嚴北溟、嚴捷：《中國哲學寓言故事》，（台北：桂冠圖書出版，民國七十九年初版），頁一二四。
六　譚達先：《中國民間寓言研究》，（台北：台灣商務印書館，民國七十七年初版），頁二一。

先秦諸子寓言對後世諷刺小說的影響和啟迪是深刻而又廣泛的。第一，從特徵來看，諸子寓言多數具有「諷刺性」與「教育性」，就像一把利刃，對社會政治和人情世態進行擊中要害的解剖，把現實世界的荒謬與醜態，鮮明地暴露在讀者面前，完成它訓誡或諷刺的作用；這與諷刺小說的寫作目的——「揭露邪惡」（消極）、「革新社會」（積極）無非是有異曲同工之妙，足見先秦諸子寓言與諷刺小說二者之間息息相關的聯繫。第二，從思想內容上看，「它善於巧妙地批評與諷刺社會上種種不合理的現象，先秦民間寓言，還構成中國文學最早的諷刺文學的傳統；其高度的思想意義，詼諧樂觀的樂觀主義精神，影響著文人的小說」[七]。第三，在藝術特點上，先秦諸子百家大量的諷刺寓言，奠定了諷刺這種藝術手法的基礎。首先，「寓言的好處，是在於曲折而入情，委婉而善諷」[八]；其諷刺是「發其隱情」而非「詞意淺露，已同嫚罵」，與魯迅所稱道的諷刺小說——《儒林外史》的寫作技巧（筆者案：慼而能諧，婉而多諷）是一致的。其次，它強烈的現實主義精神，豐富而多樣的創作素材，誇張的表現手法，矛盾尖銳的敘事技巧，個性突出的人物塑造，機智幽默的語言，精警風趣的對話，都是諷刺小說成長的養份。「曾經有人認為，我國古代寓言，猶如漫畫。就大膽使用藝術誇張的手法這點來說，我國古代寓言中的相當大的一部分，可以說是絕妙的漫畫。許多寓言的人物經過作者的誇張、烘托渲染，確是構成了一幅幅含蓄幽默的漫畫。如《莊子》的『東施效顰』，諷刺那些盲目

七　同註六，頁九二。
八　顏崑陽：《人生是無題的寓言——莊子的寓言世界》，（台北：躍昇文化出版，民國八十三年），頁一六二。

模仿，或生搬硬套別人經驗，弄巧成拙的醜態時，作者僅用『其里之富人見之，堅閉門而不出；貧人見之，挈妻子而去之走。』寥寥幾筆，勾勒了人們對醜人的憎惡」[九]。這種以誇張、漫畫式的諷刺手法，在清代的鬼類諷刺小說中得到很好的繼承與發展，如《斬鬼傳》、《平鬼傳》、《何典》就是這種諷刺藝術的代表。

至此，我們可以說，先秦諸子百家中的諷刺寓言，應該是在漫長的諷刺小說成形期裡，最有代表性，影響最大的。另外，在先秦的史傳散文中也有不少諷刺性的片段，對歷代，尤其是明清的諷刺小說有直接的或間接的、或多或少的影響，如《戰國策》中對蘇秦故事的描寫，以其發跡前後的對比，深刻的揭露其父、母、妻、嫂的靈魂[十]，加以無情的嘲弄和辛辣的諷刺。蔡國梁在《諷喻小說史話》中說：

> 蘇秦的故事，在封建社會中具有典型性。明代的蘇復之根據這個故事寫成戲劇《金印記》，專

九　周大樸審訂：《中國歷代寓言小品・導言》，（武漢：湖北人民出版社，一九八三年六月第一版），頁二二～二三。

十　案：《戰國策》中寫蘇秦落魄時是「說秦王書十上而說不行。黑貂之裘弊，黃金百斤盡，資用乏絕，去秦而歸。羸滕履蹻，負書擔橐，形容枯槁，面目犂黑，狀有歸色。歸至家，妻不下紝，嫂不為炊，父母不與言。蘇秦喟歎曰：『妻不以我為夫，嫂不以我為叔，父母不以我為子，是皆秦之罪也。』乃夜發書，陳篋數十，得太公陰符之謀，伏而誦之，簡練以為揣摩。讀書欲睡，引錐自刺其股，血流至足，曰：『安有說人主不能出其金玉錦繡，取卿相之尊者乎？』」；寫他在發跡以後是「將說楚王，路過洛陽，父母聞之，清宮除道，張樂設飲，郊迎三十里。妻側目而視，傾耳而聽；嫂虵行匍伏，四拜自跪而謝。蘇秦曰：『嫂，何前倨而後卑也？』嫂曰：『以季子之位尊而多金。』」前後對比，真是對世態炎涼的一大諷刺。（溫洪隆注釋、陳滿銘校閱：《新譯戰國策》，台北：三民書局，民國八十五年二月）。

寫『可怪那趨炎惡冷，多少世情人』這一點。戰國以前的散文，對一個人或一群人，從其外貌、動作，一直到心理狀態都作出這樣淋漓盡致的細致的刻畫，而且是寫得這樣具有典型性的，還不曾出現過。因此，《戰國策》中這種文字，在當時說來，是有創造性的。由於它的膾炙人口，歷代傳誦，自然為後來的諷刺小說所師法。我們看《儒林外史》的范進中舉前後待遇，所用的強烈對比，與《戰國策》的這一章，是何等的相似啊[十一]！

第二節　漢魏六朝之醞釀期

先秦文學中，《詩經》的怨刺詩為諷刺小說的形成播下了種子，而這顆種子也在動盪不安的戰國諸子著作中（寓言、散文）萌了芽。迨秦始皇統一六國後，實行文化專制的愚民政策，焚書坑儒，以致諷刺文學的發展暫告沉默。隨著秦國的滅亡，諷刺文學得以再度活躍。

一、兩漢寓言、史傳中的諷刺小說因素

首先，兩漢的諷刺寓言在題材內容上，大多議論秦之得失，以此作為君主治國的借鑒，或者諷喻

十一　蔡國梁：《諷喻小說史話》，（瀋陽：遼寧教育出版社，二〇〇〇年十二月第三次印刷），頁五。

時政，提出自己的主張，其中不乏精彩的諷刺之作。例如：

（一）劉向《新序·雜事》中的「葉公好龍」故事：

葉公子高好龍，鈎以寫龍，鑿以寫龍，屋室雕文以寫龍。於是天龍聞而下之，窺頭於牖，施尾於室。葉公見之，棄而還走，失其魂魄，五色無主。是葉公非好龍也，好夫似龍而非龍者也。

葉公是春秋時楚國的貴族，姓沈，名諸梁，字子高，為葉縣（今河南省葉縣南部）的長官。這個葉公口頭上說喜歡龍，可是當真龍從天上下來探望他時，葉公卻失其魂魄，逃之夭夭。《新序·雜事》在敘述了這則寓言後，接著又說：「今臣聞君好士，故不遠千里之外以見君，七日不禮，君非好士也，好夫似士而非士者也。」由此可見，它原意本是諷刺口稱好士，實是好「似士而非士」的國君，揭露平日高談闊論但碰到實際問題卻現出原形的上層統治者可鄙可笑的一面，也諷刺了那些名實不副、表裡不一，只尚空談，不務實際的人。

（二）劉向《說苑·正諫》中的「螳螂捕蟬」故事：

吳王欲伐荊，告其左右曰：「敢有諫者死。」舍人有少孺者，欲諫不敢，則懷操彈於後園，露沾其衣，如是者三旦。吳王曰：「子來，何苦沾衣如此？」對曰：「園中有樹，

> 其上有蟬。蟬高居悠鳴飲露，不知螳螂在其後也；螳螂委身曲附欲取蟬，而不知黃雀在其傍也；黃雀延頸欲啄螳螂，而不知彈丸在其下也。此三者皆務欲得其前利，而不顧其後之有患也。」吳王曰：「善哉。」乃罷其兵。

此則寓言源於《莊子．山木》中的「遊雕陵」故事，文字簡潔，形象鮮活且寓意深刻，諷刺了見利忘患、目光短淺的人。

又如《說苑．談叢》中的「梟將東徙」，「作者把貓頭鷹叫聲粗惡的自然屬性與人們普遍厭惡其聲的社會習俗巧妙地結合在一起，從而形象而風趣地顯示了故事的諷諭寓意——人們如果缺乏自知之明，自己不從主觀上改正錯誤而一味責怪客觀環境與周圍的人，是不能解決問題的」[十二]；還有像《禮記．檀弓下》中的「苛政猛於虎」，就是用來諷刺貴族官吏的橫徵暴斂所帶給人民的災難比老虎吃人更甚，深刻的揭露統治者壓迫剝削人民的嚴重程度；另外在孔鮒《孔叢子．陳士義》中的「學長生者」，更是諷刺了那些只知為學而學，並不知道為何要學，也不管所學的東西是真是假的愚蠢可笑之人[十三]；

十二 同註二，頁十八。

十三 案：孔鮒（約西元前二六四—西元前二〇八），字甲，孔子的八世孫，居於魏國。秦始皇焚書時，他隱居藏書；陳勝反秦時，曾聘其為博士，後因進言不見採用，遂借病辭官隱居，傳言《孔叢子》是他所撰，其書《漢書．藝文志》等皆不載，有人認為是三國時魏人王肅雜採秦漢書中材料輯成。（《隋書．經籍志》有《孔叢子》七卷，注云：孔鮒撰。《朱子語類》謂：「其文氣軟弱，不似西漢文字，蓋其後人集先世遺文而成之者。」）此書記錄了孔子及其門徒子思、子高、子順的言行以及編者自己的見聞。（「學長生者」：昔人有言能得長生者，道士聞而欲學之。比往，言者死矣。道士高蹈而恨。夫所欲學，學不死也。其人已死而猶恨之，是不知所以為學也。）

此外，《淮南子·說山訓》中的西家之子，為了表示自己哭母親聲音比人家悲哀，得個孝子名聲，而希望母親早死，真是對這種虛偽者的莫大諷刺[十四]。

可以看出，兩漢的諷刺寓言往往簡潔生動，寥寥數語即能寄托很深的勸戒寓意，較之先秦諸子的諷刺寓言，在情節內容上則更為完整、豐富，有的可以看成一則簡短的筆記小說，尤其是不少的動物寓言，明顯是從神話或民間傳說中演化而成，對後世諷刺小說的創作有一定的影響。

除了寓言之外，兩漢也出現了繼承先秦史傳文學傳統的二部巨著——《史記》、《漢書》，其中也有諷刺意味深刻的片段，可以說是絕妙的諷刺文學。

司馬遷的《史記》，一方面繼承了《詩經》、《左傳》對上位者的批判，一方面又具有先秦諸子散文中那種婉曲而辛辣的諷刺特點。他在《史記》中曾多次宣稱其創作目的有四：其一是「欲以究天人之際，通古今之變，成一家之言」（〈報任少卿書〉），期能名垂萬世；其二是「抒發一己憤鬱」[十五]；

十四　案：「西家之子」：東家母死，其子哭之不哀。西家子見之，歸謂其母曰：「社何愛速死？吾必哭悲壯。」夫欲其母之死者，雖死亦不能悲哭矣。謂學不暇者，雖暇亦不能學矣。（《淮南子·說山訓》）

十五　案：天漢二年，李陵敗降匈奴，史遷為之仗義直言，而遭獲腐刑。然而，在先秦社會中，「禮不下庶人，刑不上大夫」的觀念，始終是士大夫們信守的準則，所以當一個有氣節的官吏獲罪之後，寧願自殺身亡，也不願被刑辱，漢初的情形也是如此。所以司馬遷也曾想到自殺，但是他又想到《史記》尚未完成，父親的遺命尚未實踐，於是只好忍辱偷生。同時，也領悟到古人的著作，大多產生在遭受挫折苦痛和鬱結不如意時，於是只好藉由《史記》的寫作，來抒發自己憤懣不遇的心志。

其三是「完成父親遺命」[十六]；其四是「上續孔子志業」[十七]。因此，《史記》中，刺譏與寓意深刻者處處可見，然司馬遷所生活的漢武帝時代是一個高度中央集權的專制社會，所以當他在刺譏上位者時，就不得不選擇「旨微而語婉」的諷刺方式。〈滑稽列傳〉是《史記》中諷刺文學的重要篇章，「在〈滑稽列傳〉中，作者通過描述一些小故事，塑造了淳于髡、優孟、優旃、東方朔等滑稽人物的形象，他們多是能言善辯之輩，在談笑風生中揭露當權者的愚昧可笑，多以寓莊於諧的手法達到諷刺的目的」[十八]。這裡就舉二則〈滑稽列傳〉裡的諷刺故事以明之。

（一）「優旃諫漆城」：

二世立，又欲漆其城。優旃曰：「善。主上雖無言，臣固將請之。漆城雖於百姓愁費，然佳哉！漆城蕩蕩，寇來不能上。即欲就之，易為漆耳，顧難為蔭室。」於是二世笑之，

十六 案：司馬遷之父司馬談，希望能撰寫一部表彰「明主賢君，忠臣死義之士」的史書，但他的宏願未能在有生之年完成，於是在病危之際將這個重任交付於司馬遷，他說：「余死，汝必為太史；為太史，無忘吾所欲論著矣。且夫孝始於事親，中於事君，終於立身。揚名於後世，以顯父母，此孝之大者也。……自獲麟以來，四百有餘歲，而諸侯相兼，史記放絕。今漢興，海內一統，明主賢君，忠臣死義之士，余為太史而弗論載，廢天下之史文，余甚懼焉，汝其念哉！」（〈太史公自序〉）因此，遷著《史記》可謂紹述其父司馬談之遺志，欲竟其功。

十七 案：遷著此書，自言乃繼《春秋》而論次其文，蓋鑒於孔子歿後四百餘歲，諸子爭鳴皆以空言著書，而歷代事蹟無所統繫，故欲勒成一書，厥協六經異傳，整齊百家雜語，以究天人之際，通古今之變，成一家之言。〈太史公自序〉云：「先人有言，自周公卒，五百歲而有孔子，孔子卒後，至於今五百歲；有能紹明世、正易傳、繼春秋、本詩、書、禮、樂之際，意在斯乎！意在斯乎！小子何敢讓焉。」

十八 同註二，頁十八～十九。

以其故止。（見《史記．滑稽列傳》）

此則故事中，顯然優旃要諷刺的是秦二世漆城這件事，但他不以嚴厲的直諫方式從正面作反對，反而用讚賞的態度，以幽默諷刺的語言，達到反諷的效果。

（二）「優孟模仿孫叔敖」：

楚相孫叔敖知其賢人也，善待之。病且死，屬其子曰：「我死，汝必貧困。若往見優孟，言我孫叔敖之子也。」居數年，其子窮困負薪，逢優孟，與言曰：「我，孫叔敖子也。父且死時，屬我貧困往見優孟。」優孟曰：「若無遠有所之。」即為孫叔敖衣冠，抵掌談語。歲餘，像孫叔敖。楚王及左右不能別也。莊王置酒，優孟前為壽。莊王大驚，以為孫叔敖復生也，欲以為相。優孟曰：「請歸與婦計之，三日而為相。」莊王許之。三日後，優孟復來。王曰：「婦言謂何？」孟曰：「婦言慎無為，楚相不足為也。如孫叔敖之為楚相，盡忠為廉以治楚，楚王得以霸。今死，其子無立錐之地，貧困負薪以自飲食。必如孫叔敖，不如自殺。」因歌曰：「山居耕田苦，難以得食。起而為吏，身貪鄙者餘財，不顧恥辱。身死家室富，又恐受賕枉法，為姦觸大罪，身死而家滅。貪吏安可為也！念為廉吏，奉法守職，竟死不敢為非。廉吏安可為也！楚相孫叔敖持廉至死，方今妻子窮困負薪而食，不足為也！」於是莊王謝優孟，乃召孫叔敖子，封之寢丘四百戶，

> 以奉其祀。（見《史記．滑稽列傳》）

從此二則故事可以看出，無論是採取輕鬆戲謔而表示贊同的言詞，但骨子裡卻暗藏反對之意；或經由裝扮以模仿他人，都是欲非之必先是之，其中心目的還是為了諷諫或諷刺。再看其對話，表面的言辭都似曲折不正，用意卻非常正大，所以劉勰稱它「其辭雖傾回，意歸義正也」（《文心雕龍．諧讔》）。司馬遷在《史記》中所說的「談言微中，亦可以解紛」（《史記．滑稽列傳》），恰恰說出了優孟的這個特點。

除了這兩則故事外，其他散見於〈滑稽列傳〉中的精彩諷刺片斷還有「楚莊王葬馬」[十九]、「禳田求福」[二十]、「一鳴驚人」[二十一]、「秦始皇擴園囿」[二十二]等。雖然吳淳邦認為〈滑稽列傳〉裡的諷刺故事：

> 雖然採用隱喻技巧，帶著詼諧成分，表達諷刺意圖，但缺乏故事內容，只能說是一種託諷的比

十九 案：當楚莊王的愛馬病死，要臣下以大夫的禮儀葬牠時，優孟故意說以大夫禮太薄，請容許以國君喪禮來葬牠，這樣才能使各諸侯國都來參加埋葬，都知道莊王看輕人而看重馬，楚莊王聽後感到自己錯了。

二十 案：這是淳于髡以「禳田者」重禮祝豊年來勸齊威王要用重禮才能求得救兵，而其客觀寓意還要大於當時的具體寓意，它說明代價付出多收穫才能大，「捨不得金彈子，打不下鳳凰來」。因此，它也可用來諷刺人們的吝嗇與貪婪，或嘲弄非分的希望。（見《鏡與劍——中國諷刺小說史略》，頁十九。）

二十一 案：齊威王好為淫樂長夜之飲，沉湎不問政事，百官荒亂，諸侯並侵，國家危亡，在於旦夕，左右不敢勸諫。淳于髡便以「隱語」說威王道：「國中有大鳥，止於王庭，三年不蜚又不鳴，王知其鳥何也？」威王聽之，幡然悔悟，從此振奮起來，大有作為。

二十二 案：秦始皇想擴大他的園囿，優旃就說：「很好！多放些禽獸在裡面。如果敵人從東方來，只要讓麋鹿去觸他們就夠了。」始皇遂打消這個念頭。

喻，不能說是具備故事情節的諷刺小說[二十三]。

但不可否認的，不論在人物形象的塑造、諷刺的技巧、對話的運用，都是後世諷刺小說極力吸取的養分，有其重要的影響性。

由於司馬遷是以春秋的筆法來撰寫《史記》，又欲藉此來抒發一己之憤鬱，所以在《史記》裡，諷刺片段俯拾即是[二十四]，其對象主要是漢代的君主及官僚，概括起來有下列幾個方面：[二十五]

（一）諷刺了統治者們與其崇高的政治地位極不相稱的十分低下的道德水準。

（二）諷刺了漢代統治者所推行的某些腐敗荒淫的內外政策以及他們某些愚蠢可笑的行為舉動。

二十三 吳淳邦：《清代長篇諷刺小說研究》，（北京：北京大學出版社，一九九五年十二月第一版），頁二六。

二十四 案：如漢軍絕楚糧食，項羽患之，以烹沛公父太公脅之，漢王應對而言。曰：「吾與項羽俱北面受命懷王，曰『約為兄弟』，吾翁即若翁，必欲烹而翁，則幸分我一杯羹。」（《史記．項羽本紀》）此諷刺不顧天倫之高祖本色；萬石君奮年十五時，為小吏，侍高祖。高祖召其姊為美人，以奮為中涓，受書謁，徙其家長安中戚里，以姊為美人故也。（《史記．萬石張叔列傳》）此則譏高祖好色之面貌；沛公入秦宮，宮室帷帳、狗馬重寶、婦女以千數，意欲留居之。樊噲諫沛公出舍，沛公不聽。良曰：「夫秦為無道，故沛公得至此。夫為天下除殘賊，宜縞素為資。今始入秦，即安其樂，此所謂『助桀為虐』。且『忠言逆耳利於行，毒藥苦口利於病』，願沛公聽樊噲言。」沛公乃還軍霸上。（《史記．留侯世家》）此諷刺若無起義安民之德，則與私利私慾之凡夫無異。等……。關於此類例子可參考安秉卨：《中國寓言傳記研究》，（國立政治大學中國文學研究所博士論文，民國七十六年七月），頁七三～七五；及韓兆琦：〈史記的文學成就〉，選自《史記通論》，北京師範大學出版社，一九九〇年九月，附錄於瀧川龜太郎：《史記會注考證》，（台北：萬卷樓發行，民國八十二年），頁一五〇二～一五〇七。

二十五 韓兆琦：〈史記的文學成就〉，選自《史記通論》，北京師範大學出版社，一九九〇年九月，附錄於瀧川龜太郎：《史記會注考證》，（台北：萬卷樓發行，民國八十二年），頁一五〇二～一五〇三。

（三）諷刺了漢代官僚尸位素餐、明哲保身、投機取巧、橫征暴斂的種種惡習。

若分析司馬遷諷刺文學的藝術特色，「主要是用談笑風生、幽默的語言和隱語，來達到『諷諫』作用的」[二十六]，這個特色在〈滑稽列傳〉中格外明顯。韓兆琦在其〈史記的文學成就〉一文中，曾總結《史記》所有諷刺作品使用諷刺藝術的具體方法，以明其為中國諷刺文學發展的貢獻，今茲敘列如下：[二十七]

第一，讓諷刺對象自我表白、現身說法，從而產生強烈的諷刺效果。

第二，以實錄的精神，有選擇地對諷刺對象的生平行事予以敘述，從而塑造一個富有漫畫意味的形象，達到使人心領神會的諷刺效果。

第三，借用他人對諷刺對象的批評、判斷對諷刺對象進行諷刺。

第四，運用巧妙的敘事手法，通過揭露隱藏在事件背後的陰謀和隱秘，達到諷刺效果。

第五，通過虛詞的靈活運用，造成某種獨特的語氣，從而達到諷刺效果。

綜上所述，我們可以肯定在諷刺小說形成、發展的漫長過程中，《史記》扮演著重要的催生者角色，諷刺藝術在此得到很好的發揮與實踐，使後世的諷刺小說能在這塊基石上，更上層樓。就如蔡國梁所

二十六 陸永品：〈司馬遷傳記文學藝術成就簡論〉，節錄自《河北師院學報》，一九八四年第一期，附錄於瀧川龜太郎：《史記會注考證》，（台北：萬卷樓發行，民國八十二年），頁一四六九。

二十七 同註二十五，頁一五〇三～一五〇七。

說的：

明清很多小說家多讀《史記》、《漢書》。諷刺小說所繼承的一些傳統藝術特點，如通過聲口畢肖的人物對話來表現人物性格等，都受到過它們的影響。《史記》那種敢於褒貶、大膽批判的精神，更貫穿在後世的小說中[二十八]。

二、魏晉南北朝志怪、志人中的諷刺小說雛形

我國「小說」一詞，最早出現於《莊子．外物》，曰：「飾小說以干縣令，其於大達亦遠矣。」然此所謂小說，並非指以文字寫成之篇章，而是與大達、大道相對稱之小技、小道而已。至漢世所謂小說，始指文字寫成之篇章。《漢書．藝文志》記載「《虞初周說》九百四十三篇」，張衡《西京賦》說：「匪唯玩好，乃有秘書，小說九百，本自虞初。」可見虞初創作小說的本意原是以娛樂為目的，及東漢桓譚《新論》說：「小說家合殘叢小語，近取譬喻，以作短書，治身理家，有可觀之辭。」說明小說除了玩好娛樂外，更有同於寓言般「強調寄託之義與道德教訓」[二十九]的功能。這點，在後世小說的創作裡，得到了良好的繼承。

二十八　同註十一，頁六。
二十九　陳蒲清：〈中國古代寓言小說與寓言戲劇概況〉，（益陽師專學報，第十五卷第二期，一九九四年三月），頁十六。

降及魏晉南北朝，魯迅說：「寓譏彈于稗史者，晉唐已有」[三十]。隨著小說文體本身的發展，魏晉六朝志怪、志人小說就在漢人小說的基礎上分支、派出，諷刺小說也有了雛形。「當我們把它們從志怪、軼事小說中揀選出來，就可以看到其獨特的思想價值及藝術風貌」[三十一]。魏晉六朝志怪小說與神話傳說有著相當密切的繼承關係，尤其是《山海經》與《穆天子傳》，而它的大量產生，則是和當時的社會發展與時代背景有緊密的關連，也直接影響到小說題材內容的創作。

魯迅在其《中國小說史略》中說：

> 中國本信巫，秦漢以來，神仙之說盛行，漢末又大暢巫風，而鬼道愈熾；會小乘佛教亦入中土，漸見流傳。凡此，皆張皇鬼神，稱道靈異，故自晉迄隋，特多鬼神志怪之書[三十二]。

在漢末到南北朝這段歷史上少有的動亂時代，不論北國或南方，到處都不斷地爆發戰爭，造成社會動盪不安，民不聊生，而官場政治的黑暗，更使得一般文士戰戰兢兢地過生活，志怪小說的寫作，也就成為他們抒發個人情思而又不致獲罪的途徑了。因此，人們將對現實社會的不滿和精神上的苦悶等種種錯綜複雜的情感，透過幻想的形式，借助鬼神故事曲折的反映在文學作品中，遂使志怪小說中有了諷刺的手法和內容。

[三十] 魯迅：《中國小說史略》，收錄於《魯迅小說史論文集》，（台北：里仁書局出版，民國八十一年九月初版），頁一九九。
[三十一] 同註二，頁二一。
[三十二] 同註三十，頁三五。

首先，「在志怪小說的諷刺作品中有一個顯著的特點，就是作者往往以『人鬼殊途同理』為創作原則，用鬼怪世界來影射人世」[三十三]。這類作品如託名陶潛撰的《搜神後記．卷四》之「襄陽李除」：

襄陽人李除得了時疫死了，停屍在家。李妻在堂上守屍。到了三更時分，李除的屍體忽然坐了起來，用力奪取李妻臂上的金釧。李妻又驚又怕，既然無法脫身，只得幫李除把自己臂上的金釧脫下來。李除在金釧到手後，又倒在靈床上死了。李妻心有餘悸的一直坐在旁邊觀察。天亮的時後，李妻用手探探屍體的胸前，發現體溫正在上升。再過不久，李除終於漸漸活了過來。後來他向妻子說出了下面的經過：當他被鬼吏帶走，發現同時被帶走的有很多人。他看到有的死者向鬼吏行賄賂，只要是送足了財物，鬼吏就放他回來。這時他一摸身上，什麼值錢的東西也沒有，心裡又發慌，又害怕。他想起自己的妻子臂上有一隻金釧，相當值錢，就壯起膽和鬼吏打個商量，請求鬼吏放他回來取金釧，拿回去作為孝敬。沒想到鬼吏竟然肯答應，他這才趕回來取金釧。他把金釧拿去送給鬼吏後，鬼吏就把他開脫了。

這則故事，作者以陰間鬼吏影射陽世官僚，儼然好像上演一齣「鬼界的官場現形記」，尖銳的揭露封建社會中政治的腐敗，陽世既失的公平正義，到了陰間亦無法尋回，不免要讓人慨嘆「天下烏鴉一般黑！」

三十三　同註二，頁二一一。

在晉戴祚《甄異傳》的「張闓」也有類似的故事：

□城張闓以建武二年從野還宅，見一人臥道側，問之，云：「足病不能復去，家在南楚，無所告訴。」闓憐之。有後車載物，棄以載之，既達家，此人了無感色，且語闓曰：「向實不病，聊相試耳！」闓大怒，曰：「君是何人，而敢弄我也？」答曰：「我是鬼耳！承北台使，來相收錄，見君長者，不忍相取，故佯偽病臥道側。爾乃捐物見載，誠銜此意；然被命而來，不自由，奈何！」闓驚，請留鬼，以豚酒祀之。鬼相為酹享，於是，涕淚固請，求救。鬼曰：「有與君同名字者否？」闓曰：「有僑人黃闓。」鬼曰：「君可詣之，我自當往。」闓到家，主人出見，鬼以赤標標其頭，因回手，以小鈹刺其心。主人覺，鬼便出。謂闓曰：「君有貴相，某為惜之，故虧法以相濟；然神道幽密，不可宣泄。」闓後去，主人暴心痛，夜半便死。

俗話說：「有錢能使鬼推磨。」真是一點都不錯！這則看似荒謬的故事，卻活生生的在現實社會上演著，鬼使因張闓的盛情款待而徇私枉法，找了一個無辜的替死鬼，草菅人命。若將時空轉到人間社會，又何嘗不是如此呢？有勢者殺人無罪，沒錢者有冤難伸，是多麼強烈的諷刺啊！

像上述二則借鬼界諷刺人間，特別是官場黑暗的故事，在諷刺小說的發展過程中，具有一定的藝術價值，試看蒲松齡的《聊齋志異》、張南莊的《何典》、李伯元的《官場現形記》都可找到承襲借鑒的足跡，而這樣借助幻想來表現世情的方式，也就成為諷刺小說常用的一種筆法了。

其次，在志怪小說的諷刺作品裡，除了諷刺官場外，還有一類故事諷刺的是人情世態，例如曹丕《列異傳》中的「宗定伯賣鬼」：

> 南陽宗定伯年少時，夜行逢鬼，問曰：「誰？」鬼曰：「鬼也。」鬼曰：「卿復誰？」定伯欺之，言：「我亦鬼也。」鬼問：「欲至何所？」答曰：「欲至宛市。」鬼言：「我亦欲至宛市。」共行數里，鬼言：「步行太亟，可共迭相擔也。」定伯曰：「大善。」鬼便先擔定伯數里，鬼言：「卿大重，將非鬼也？」定伯言：「我新死，故重耳。」定伯因復擔鬼，鬼略無重。如是再三。定伯復言：「我新死，不知鬼悉何所畏忌？」鬼曰：「唯不喜人唾。」……行欲至宛市，定伯便擔鬼至頭上，急持之。鬼大呼，聲咋咋，索下。不復聽之，徑至宛市中，著地化為一羊。便賣之；恐其變化，乃唾之。得錢千五百，乃去。

這則詼諧有趣的故事，寫出了人的奸詐狡猾，以致連鬼也上當，「諷刺得尖銳而幽默」；再如吳均《續齊諧記》中的「陽羨書生」，「作者運用變形與吐吞的奇特構想來推展故事，將男女之間偷情的情況，活現於紙上，無言中揭示人類貪色淫蕩與虛偽造作的性格面貌」[三十四]；另外，在《搜神記》的「焦湖廟祝」，作者巧妙的運用夢境與現實的巨大反差，嘲弄諷刺了好逸惡勞的人，這種以夢境來影射現實的諷刺手法，直接影響到唐人傳奇中的諷刺之作，如〈南柯太守傳〉和〈枕中記〉就是與此相類的佳

[三十四] 同註二十三，頁二十七。

篇。總而言之，志怪小說這種以鬼神或夢境來影射現實的表現方式，對後世寓言式諷刺小說的創作影響很大。

魏晉南北朝時期，小說成為一種頗有影響力的文學體裁。除了志怪小說之外，還有一些記述人物的軼聞瑣事、言談舉止的志人小說，其發展主要是受到魏晉以來門閥世族崇尚清談的結果。志人小說大致又可分為笑話和人物軼聞瑣事二類，其中都有許多堪稱諷刺小說的作品。

《文心雕龍．諧讔》中對笑話的意義作了很精闢的闡述：

古之嘲隱，振危釋憊。雖有絲麻，無棄菅蒯。會義適時，頗益諷誡。空戲滑稽，德音大壞。

由此可見，中國笑話的發展從一開始就帶有鮮明的諷誡色彩，重視社會教化的作用，通過可笑的故事來達成諷刺、勸誡的目的。這種「寓教於樂」的文學形式與先秦寓言如出一轍，皆以諷刺為中心，利用豐富的想像力及生動的語言，將故事中典型人物形象予以誇張，使其變得滑稽可笑，進而從對笑話否定面的三思中，得到啟迪與教育群眾的效果。

在笑話中，舉凡人性的弱點，如怯懦、誇口、愚蠢、固執、吝嗇、懶惰等，都可以成為笑話譏誚的內容。三國魏邯鄲淳的《笑林》就記載了不少精彩的諷刺短篇，從中可窺其笑話的諷刺藝術。如「長竿入城」：

魯有執長竿入城門者，初竪執之，不可入，橫執之，亦不可入，計無所出。俄有老父至，曰：

「吾非聖人，但見事多矣。何不以鋸中截而入？」遂依而截之。

此則笑話幽默的諷刺老父的無知行為和執竿者的不知變通，並嘲笑那些自作聰明實則愚不可及，而又好為人師、亂出主意的庸人形象，意在藉嘲諷愚庸之人的行為來鞭撻社會弊端，既銳利且深刻。

有些笑話是諷刺人吝嗇貪婪的，如「漢世老人」：

漢世有人，年老無子，家富，性儉嗇。惡衣蔬食，侵晨而起，侵夜而息，管理產業，聚斂無厭，而不敢自用。或人從之求丐者，不得已而入內，取錢十，自堂而出，隨步輒減，比至於外，才餘半在，閉目授乞者，尋復囑云：「我傾家贍君，慎勿他說，復相效而來！」老人俄死，田宅沒官，貨財充於內帑矣。

作者通過吝嗇老人授錢於乞丐這一情節，將他視錢如命的貪婪性格，刻劃的栩栩如生，活躍於紙上。尤其是描寫老人入屋拿錢後「隨步輒減」到「閉目以授」一段，從心理的掙扎到忍痛授錢，這種由內而外的細膩描摹，可說是形神兼備，入木三分。最後「傾家贍君」一句，更是把守財奴的心理活脫脫地勾勒了出來，形成一幅生動的諷刺漫畫。又如「隱葉障形」的笑話：

楚人居貧，讀《淮南方》：「得螳螂伺蟬自障葉，可以隱形。」遂於樹下仰取葉。螳螂執葉伺蟬，以摘之，葉落樹下。樹下先有落葉，不能復分別，掃取數斗歸。一一以葉自障，問其妻曰：「汝見我不？」妻始時恒答言：「見。」經日乃厭倦不堪，紿云：「不見。」嘿然大喜。賚葉入市，對面取人物，吏遂縛詣縣。縣官受辭，自說本末，官大笑，放而不治。

邯鄲淳通過對楚國人一系列動作的描寫，成功地刻畫了一個自欺欺人、利令智昏的愚人形象，借以諷刺世間那些妄想不勞而獲、財迷心竅的愚夫，有其特殊的創作價值。

《笑林》裡的諷刺作品在體制上多是精悍緊湊的短篇，既有令人噴飯的笑料，又有發人省思的諷誡，且「富於民間笑話機智辛辣的風格，開了後世笑話這一類故事小說的先河，並成為諷刺小說中別具風味的一支，它的幻設的特徵與誇張的筆法在唐代小說裡得到了深化與開拓」[三十五]。

志人小說的軼聞瑣事一類，其作品有東晉葛洪的《西京雜記》、裴啟的《語林》、郭澄之的《郭子》、宋劉義慶的《世說新語》、梁沈約的《俗說》、殷芸的《小說》。但是上列作品除了《西京雜記》與《世說新語》外，均已散佚，其中又以《世說新語》的文學藝術成就最高，是志人小說的代表。

大抵而言，《世說新語》以描述人物為主，它在藝術上突出之貢獻也正表現在人物形象之塑造上。作者經過多方努力，做到語言形式的口語化、個性化，並有大量人物動態之描寫，善將瑣碎的「人間言動」化為傳神之形，此亦即《世說新語》之特殊藝術價值，明代胡應麟曾在《少室山房筆叢》中稱贊道：「讀其語言，晉人面目氣韻，恍忽生動，而簡約玄澹，真致不窮，古今絕唱也」[三十六]。在此一價值上，讓我們試探其中的諷刺面貌：如〈任誕〉中的「孔群好飲」，作者只用寥寥數筆就鮮明地刻

三十五 同註十一，頁十二。

三十六 胡應麟：《少室山房筆叢》，（台北：世界書局，民國五十二年四月初版），頁三七八。

畫出孔群好辯的性格：「王導以覆蓋酒坊的布日漸霉壞作比喻勸告他，終日飲酒會危害健康。但他卻以酒能使肉保存更久為例，硬說酒有益無害，為自己的豪飲貪杯辯護。這種似是而非的論調，使這個酒鬼的滑稽性格暴露無遺，形成了喜劇效果。小說對那些強詞奪理，給自己護短的人，予以辛辣的嘲弄和諷刺」[三十七]；又如〈任誕〉篇中的「不作致書郵」，借由描寫殷洪喬人前人後的兩面反差，揭開其虛偽醜陋的假面具[三十八]；另外，與之有相同寓意的還有〈德行〉中的「急不相棄」，作者運用對比手法，諷刺了那些口頭上願意幫助別人，但到急難時就捨人而去的醜惡行徑[三十九]；還有如〈忿狷〉篇中的「王藍田性急」，作者在文中塑造了一個行為近似顛狂、急躁易怒的喜劇形象，把王藍田的性格特點表現得淋漓盡致——「小說通過這一喜劇形象，辛辣地諷刺了封建統治集團中身居要職，但簡單急躁、愚蠢可悲的人」[四十]。

魏晉南北朝志人、志怪小說中的諷刺作品，在藝術創作上雖然還不成熟，大都是情節簡單、篇幅短小的筆記形式，但是已經開始較具完整的小說架構，也注意到人物性格的刻劃，具有濃厚的小說意味。樂蘅軍在〈明清的諷刺小說〉中認為：

三十七 同註二，頁二七。

三十八 案：殷洪喬一面答應代人帶信，一面又不願作「郵差」，於是把信件全部投入河中，「任它沉浮」。這種出爾反爾，不負責任的惡劣行為，與他前邊樂於助人的偽善，形成極大的反差。

三十九 案：這則故事是說華歆、王朗二人逃難，有人想跟著他們，華歆立即拒絕，而王朗同意，當遇到危機時，王朗就想把那人丟下，華歆卻不同意，而嘲諷王朗背信，曰：「本所以疑，正為此耳！既以納其自托，寧可以急相棄邪？」

四十 同註二，頁二八。

有些漢魏六朝的志怪小說固然假象托諷，但其寫作目的主要在於悅人，與操持嚴肅寫作目的的諷刺小說同途而殊歸，而且清言式的雜錄小說，娛樂成份雖然減低，但是含糊又客觀的寫作態度，不可能寫出諷刺小說來[四十一]。

吳淳邦也說：

雖然六朝小說中已經出現諷刺筆法，但尚未產生典型的諷刺小說[四十二]。

因此，我們只能視這時期的諷刺作品為諷刺小說的雛形，雖然如此，相信距離真正諷刺小說的出現，亦不遠矣。

值得一提的是，除了志人、志怪小說對諷刺小說的發展有著深遠的影響外，這時期的諷刺散文，如孔稚圭的〈北山移文〉，以嘲諷的口氣，假託鍾山之神靈，譴責虛偽的隱士、劉孝標的〈廣絕交論〉，痛斥人情冷暖，世態炎涼，燭照各種趨炎附勢醜類的靈魂、阮籍的〈大人先生傳〉、孔融的〈與曹操論禁酒書〉等，多是尖銳潑辣暴露式的，「這種酣暢淋漓，無所顧忌的筆鋒為後世譴責小說所繼承」[四十三]。

[四十一] 同註二十三，頁五二~五三。
[四十二] 同註二十三，頁二七。
[四十三] 李保均主編：《明清小說比較研究》，（成都：四川大學出版社，一九九六年十月第一版），頁二一四~二一五。

第三節　唐宋之形成期

中國諷刺藝術發展至唐代，可說已臻成熟，在前期各代諷刺作品的孳養下，終於在唐宋間產生了以諷刺為宗旨的作品，標誌著中國諷刺小說的形成就此確立。此間，無論是唐人傳奇或宋人話本，甚至其他體裁的文學作品，在諷刺技巧的展現和情節內容的安排上，較之前代，於質於量都取得較高的成績，顯示諷刺藝術發展至此，已達一定的高度。

一、唐人傳奇在諷刺小說上的開展

唐傳奇是在六朝志怪小說的基礎上發展起來的，但與志怪小說相比已有明顯進步：

> 小說亦如詩，至唐代而一變，雖尚不離于搜奇記逸，然敘述宛轉，文辭華豔，與六朝之粗陳梗概者較，演進之迹甚明，而尤顯者乃在是時則始有意為小說[四十四]。

作為一種獨立的文學形式，唐傳奇作家在寫作態度上開始了有意識的小說創作，自覺地進行想像和虛構；在題材內容上，與六朝志怪相較，傳奇雖也撰寫奇聞，卻大多取材於現實生活；於表現技巧上，唐傳奇在結構、語言、情節以至人物塑造等方面都有不少新的開闢和創造。因此，唐傳奇的出現是中

[四十四] 同註三十，頁五九。

國小說史上的一大躍進，標誌著中國小說進入成熟階段，而成熟的小說與成熟的諷刺藝術兩相結合之下，諷刺小說的形成自是不待言了。

唐代小說就題材內容而言，唐初的傳奇，內容多是六朝小說的延續，不脫志怪小說的餘風。如唐傳奇中最早的〈古鏡記〉及〈補江總白猿傳〉皆屬志怪一類，但情節較曲折，描繪也較具體生動，初步顯示出唐傳奇的藝術創新特色，也代表中國小說由六朝志怪向唐傳奇發展的過渡形態。再行發展，愛情婚姻、佛道思想、俠士義烈行為、史料題材，於小說中都有所反映，其中不少作品使用諷刺手法，寓意深刻，兼具寓言和小說的特點，如沈既濟的〈枕中記〉、李公佐的〈南柯太守傳〉都是耐人尋味的諷刺佳作。

〈枕中記〉作者沈既濟。寫盧生於邯鄲旅舍中遇道士呂翁，盧生自嘆貧困，並述說欲建功名、出將入相的抱負。呂翁取出青瓷枕授生，於是盧生即入夢中。先娶崔氏女，後中進士，並屢次升官，直至宰相，被封燕國公，子孫滿堂，享盡榮華富貴。醒來後才知是一場夢，而店主人蒸黃粱尚未熟。作者藉呂翁之口：「人生之適，亦如是矣。」宣揚了人生如夢的思想，帶有明顯的宗教色彩；也以此告誡人們不要懷有不切實際的夢想，否則最後必然幻滅。

〈枕中記〉較之先前的諷刺作品，結構更形完整，也有深刻的寄寓性諷刺，但在諷刺旨意的突顯上，稍嫌不力，我想原先作者在這篇小說裡應該是要表現雙重寓意，一是「人生如夢，富貴無常」；一是「諷刺當時熱中功名、心存妄想的讀書人」，而又以後者為首，前者為次。可惜作者在處理盧生夢醒後的情節上未能兩者兼顧，只宣揚了人生如夢的思想，未能如〈南柯太守傳〉末了以虛實相映的手法，襯托出諷刺的旨意，雖有遺憾，但以作為諷刺小說先鋒的角度來審視，在整體表現上，仍是值得肯定的。而〈枕中記〉的不足之處，隨即在稍晚的〈南柯太守傳〉中得到改善，在繼承上又有創新和發展，並獲得更高的成就。

〈南柯太守傳〉寫淳于棼酒醉入夢，被大槐安國招為駙馬，並在大槐安國中巧遇二友，三人共享富貴，顯赫一時，隨即與金枝公主出守南柯郡，在遭遇兵敗及公主病故後，遂返大槐安國，又因「久鎮外藩，結好中國，貴附豪族，靡不是洽。自罷郡還國，出入無恆，交遊賓從，威福日盛」，致使國王對淳于棼產生疑憚，而被送回故里。淳于棼醒來後依夢尋跡，才知大槐安國原是大槐樹下一蟻穴，南柯郡只是槐樹向南邊伸出的那根枝梗。

若將〈枕中記〉與〈南柯太守傳〉相比，在創作上二者同樣是承志怪小說借夢境來影射現實，而在技巧和結構表現上，後者顯然情節更加複雜，描寫更加生動。如寫淳于棼進大槐安國時是乘「青油小車，駕以四牡」、「左右從者七八，扶生上車，出大戶」、「傳車者傳呼甚嚴，行者亦爭闢於左右」、「執門者趨拜奔走」；而當出大槐國時，「所乘車甚劣，左右親使御僕，遂無一人」、「所送二使者，甚無威勢」。前後兩種不同形勢的對比，人情冷暖、世態炎涼昭然若揭。又如借田子華與淳于棼的一段對話——「生復問曰：『周弁在此，知之乎？』子華曰：『周生，貴人也。職為司隸，權勢甚盛。吾數蒙庇護。』……子華曰：『不意今日獲覩盛禮，無以相忘也』。」和原是「酒徒」、「蕩子」的周弁、子華兩人，卻能擔任要職的描寫，暴露出官場徇私包庇的黑暗，也為情節的發展埋下了伏筆，以與日後「弁剛勇輕敵，師徒敗績」相呼應，譏刺了主政者昏庸，也嘲諷了竊位者的無能；還有像淳于棼因樹大招風，而惹來小人造謠中傷——「時有國人上表云：『玄象謫見，國有大恐。都邑遷徙，宗廟崩壞。釁起他族，事在蕭牆』」。更有力的諷刺了封建官場爾虞我詐、爭權奪利、互相傾軋的醜態。

綜而觀之，做為諷刺小說第一座里程碑的〈南柯太守傳〉，其構思巧妙，設想新奇，作者假借夢境，以幻證實，使讀者在真假、虛實、現實與夢境的交織下，真幻莫辨，從而誘發讀者內心的深思遠慮，進而了解真義。再者，小說通篇「筆觸工細，情思婉轉；烘托環境，渲染氣氛，富有情致，娓娓動人；人物的心理、對話，人物的音容笑貌、意態風情，清晰而生動」[四十五]。更重要的是，〈南柯太守傳〉與〈枕中記〉都將諷刺的利刃指向封建社會中的官場文化，對科舉的弊病、官場的腐敗黑暗、追求功名利祿的餘害，都作了銳利的批判，遂使諷刺科舉和官場的主題，在唐至清的諷刺小說裡都能佔有一席之地，開啟了嶄新的一頁，它的影響是深遠而流長的。

[四十五] 李富軒、李燕：《中國古代寓言史》，（台北：漢威出版社，民國八十七年八月），頁三〇三。

二、宋元話本在諷刺小說上的開展

傳奇小說發展到了宋代，漸告衰微。魯迅就說：

因為唐人大抵描寫時事；而宋人則多講古事。唐人小說少教訓；而宋則多教訓。大概唐時講話自由些，雖寫時事，不至於得禍；而宋時則諱忌漸多，所以文人便設法迴避，去講古事。加以宋時理學極盛一時，因之把小說也多理學化了，以為小說非含有教訓，便不足道。但文藝之所以為文藝，並不貴在教訓，若把小說變成修身教科書，還說什麼文藝[四十六]。

因此，代之而起的是由民間俚語寫成的「話本」，即今所謂「白話小說」。話本來自民間，所以從題材、人物、故事到語言，都取材自當時的現實社會，特別是城市人民的現實生活。其中有不少故事是從作者親自體驗的現實生活中提煉而來，這種以反映人生現實的題材傾向，從六朝志怪小說到唐傳奇乃至宋元話本愈益顯著[四十七]。由此可見，隨著小說的發展，現實化的內容已成為小說的主要基調，伴隨著小說真實地反映人生社會，諷刺的深度亦有逐漸強化的趨勢。例如

[四十六] 魯迅：《中國小說的歷史的變遷》，收錄於《魯迅小說史論文集》，（台北：里仁書局出版，民國八十一年九月初版），頁五二四。

[四十七] 案：六朝志怪與唐傳奇中皆有以夢境幻想方式來影射現實的題材，更多的是借鬼狐曲折委婉的諷刺人間醜態。至於宋元話本，更是以人情世態的反映為主要題材，愈接近「生命的真實」，不論以愛情婚姻為題材，或以神仙鬼怪、訴訟公案為題材，皆與現實世界有明顯的關聯。

〈碾玉觀音〉，寫宋紹興年間，延安郡王府中待詔崔寧，以碾製玉石觀音為郡王所賞識。時府中有養娘秀秀，甚愛崔寧。一日，府中失火，秀秀與崔寧相攜逃到潭州開店謀生。後為府中郭排軍知，上告郡王，郡王大怒，將秀秀活埋。秀秀雖死，但陰魂不散，仍追隨崔寧為夫妻，以後又報了郭排軍的冤仇，崔寧也跟著秀秀一起做鬼夫妻去了。

這則淒美的愛情故事，雖亦帶有濃厚的志怪成份，卻真實地反映古代封建社會中婦女的悲苦命運和不幸遭遇，是對封建禮教束縛的強力控訴。又如以公案為題材的〈錯斬崔寧〉，這篇作品通過對「十五貫戲言成巧禍」這一冤案形成原因和過程的描寫，揭露了封建制度下官場的黑暗，譴責了那些「率意斷案，任情用刑」、「視人命如草芥」的昏庸官僚。作品構思巧妙，諷刺犀利，反映下層市民的生活和思想感情，真實自然，表現了話本小說的特色，影響清代的公案和譴責小說，成為有清一代小說的主流之一。從《聊齋志異》到晚清的《官場現形記》連綿不斷，而諷刺面也就更廣，開掘也就更深了。

再如暴露社會黑暗，揭示宗教偽善的〈簡帖和尚〉，這篇小說寫的是一件設局謀騙的事情。開封皤台寺的一個和尚，垂涎於皇甫松的妻子楊氏，便設下簡帖毒計，挑撥皇甫松休妻，然後再謀娶到手。最後惡迹敗露，奸僧被處死。作品再現了市民百姓的生活和思想面貌，通過對下層市民的遭遇和命運的描寫，揭露了統治階級草菅人命、迫害百姓的行為，更藉著描寫一個荒淫無恥的和尚，反映僧尼道士的淫亂情況，這對一向莊嚴的宗教而言，無疑是一大諷刺。

宋元話本的出現，為中國小說的發展開闢了一種新型的通俗白話小說體制。話本小說第一次大量以下層人民為主人翁，廣泛的反映社會現實生活，其「粗獷明快的特色，大大增強了小說的表現力，從此中國的諷喻小說也從專供士大夫閱讀的案頭文學轉向為大多數中下層市民接受的以白話為主的創作上來，擴大了它的影響，明清堪稱諷刺小說的中長篇作品，就是這樣轉化過來的」[四十八]。總體來說，宋元話本「主在娛心，而雜以懲勸」[四十九]。雖有諷刺，但只是綠葉托紅花而未有專篇的諷刺作品。這說明宋元話本與唐人傳奇一樣，還處於諷刺小說的草創階段，仍有待進一步的完善發展，然而距離諷刺小說興盛的局面，已經接近了。

三、唐宋其他文體在諷刺小說上的開展

唐宋是中國古代諷刺藝術高度發展的時期，除了前述的唐人傳奇和宋元話本外，在其他文體中，亦可看到這時期諷刺藝術的蓬勃發展。

首先，在散文方面，古文運動先驅的元結在其《元次山集》中，卷四的〈寱論〉、〈丐論〉、卷五的〈惡圓〉、卷六的〈虎蛇頌序〉，都是很好的寓言諷刺散文[五十]。多揭露和諷刺弊政及世俗醜陋，

四十八　同註十一，頁二四。
四十九　同註三十，頁九八。
五十　案：元結，字次山。明人輯有《元次山文集》。〈寱論〉：作者借古諷今，譏刺了唐代的諫官在朝中奴顏婢膝，不敢言事，

短小精悍，尖銳深刻。之後的韓愈、柳宗元以「清醒的頭腦、批判的精神」，對現實社會的醜惡進行辛辣的諷刺，創作了許多不朽的作品。如韓愈〈圬者王承福傳〉，揭露和諷刺了統治階級中「食焉而怠其事」、「多行可愧」的貪邪亡道之徒。而在〈雜說四首〉中，其四「馬說」，韓愈借題發揮，尖銳地諷刺了封建社會不能識別良駑，任用人才，超群拔萃者因無人賞識重用而默默無聞，終身潦倒，揭示了統治者埋沒賢良、摧殘人才的愚昧和偏私。又如〈毛穎傳〉，韓愈以擬人化的手法為兔毫立傳，諷刺君主賞罰不均、刻薄少恩，在諧謔中揭示了封建時代官僚社會的殘酷現實，藉以抒發一腔鬱憤。

韓愈的諷刺散文善用各種諷刺技巧，或諧謔、或直露，成就頗高。而柳宗元的寓言諷刺散文，從不同角度諷刺和鞭撻了社會的黑暗、吏治的腐敗、人間的醜陋，使人們從中明辨是非，受到啟迪。如〈捕蛇者說〉、〈臨江之麋〉、〈蝜蝂傳〉、〈鞭賈〉、〈黔之驢〉等，都是筆鋒銳利、寓意深刻的作品[五十一]，且其善把動物富予寄寓性，然後和政治、社會生活結合起來的諷刺方式，對明清寓言式諷刺小說的影響尤深。「到了晚唐，可以說是中國古代諷刺文學創作的自覺時代，是產生卓越的諷刺藝

連一般奴婢都不如的醜惡嘴臉；〈丐論〉：作者借丐者之口，辛辣地嘲諷了當時的封建士大夫攀附權門、沽名釣譽的鄙行；〈惡圓〉：揭露了當時人們趨奉圓滑、阿諛奉承的惡習；〈虎蛇頌序〉：作者以虎蛇設喻，諷刺了封建統治階級內部的矛盾，指出他們之間的彼此爭奪，連虎蛇都不如。

[五十一] 案：〈捕蛇者說〉：借捕蛇之事論苛政，無情的抨擊了魚肉百姓的暴政和貪官污吏；〈臨江之麋〉：則諷刺了認「猛狗」為良友的人，其至死不悟，尤為可悲；〈蝜蝂傳〉：辛辣地諷刺那些利欲薰心、貪婪成性，至死不悔之徒；〈鞭賈〉：是諷刺那些徒有虛表而無真才實學，卻身居要職的人；〈黔之驢〉：則形象地諷刺了那些貌似強大，卻無真實本領而又好自我表現的人。可見柳宗元的諷刺題材主要是揭露社會、官場的種種不公正、不合理現象。

術家的時代」[五十二]。如羅隱、皮日休、陸龜蒙皆是其中的佼佼者[五十三]。至於宋代，在柳宗元等人的影響下，蘇軾《艾子雜說》中也有許多優秀的諷刺篇章，「往往嘲諷世情，譏刺時病」[五十四]，以漫畫式的手法、詼諧的語言，進行諷刺與諫誡，冷嘲熱諷，涉筆成趣，常是嬉笑怒罵，皆成文章，從而豐富了諷刺藝術，對明清詼諧有很大的影響。「如果說，先秦的諷刺詩為諷刺小說提供的是諷刺文學的基本形式的話，那麼，魏晉南北朝、唐、（筆者案：包括宋）的諷刺文為諷刺小說提供的則是更接近於諷刺小說的藝術經驗」[五十五]。

其次，在詩歌方面。初唐王梵志的〈吾富有錢時〉，諷刺了現實社會中人情冷暖的殘酷；寒山子〈我見百十狗〉一詩中，他以狗喻人，對人間的你爭我奪，給予尖銳的諷刺。盛唐李白〈寓言三首〉之一的「綵鳳與青禽」，諷刺了唐王朝乃至整個社會忠奸不辨、賢愚不分的悲哀；中唐韓愈的〈猛虎行〉則諷刺了世間強豪倒行逆施、殘賊親故，結果孤立無援、自取滅亡。此外如劉禹錫的〈飛鳶操〉、

五十二 齊裕焜主編：《中國古代小說演變史》，（甘肅：敦煌文藝出版社，一九九〇年九月初版），頁四七〇。

五十三 案：魯迅在〈小品文的危機〉一文中寫道：「唐末詩風衰落，而小品放了光輝，但羅隱的《讒書》，幾乎全部是抗爭和憤激之談；皮日休、陸龜蒙，自以為隱士，別人也稱之為隱士，而看他們在《皮子文藪》和《笠澤叢書》中的小品文，並沒有忘記天下，正是一榻糊塗的泥塘裡的光彩和鋒芒。」在晚唐混亂的社會局勢中，他們的小品文裡充滿憤世嫉俗的情緒，諷刺矛頭直指貪婪凶惡的當權者，如皮日休的〈悲摯獸〉；或嘲諷官僚的因利致禍，如陸龜蒙的〈蠹化〉；或是對現實社會的激烈批判，如羅隱的〈說天雞〉。其諷刺語氣與晚清的諷刺小說有異曲同工之妙，顯然有其影響性在。

五十四 同註三十，頁五八。關於《艾子雜說》的諷刺篇章可參見劉卓英：《唐宋寓言注譯》，（北京：北京圖書館出版社，一九九七年十月），頁一三四~一七〇。

五十五 同註二，頁四七。

白居易〈雜興三首〉之一的「楚王多內寵」、韋應物的〈鳶奪巢〉、元稹的〈箭鏃〉，都是絕佳的諷刺詩篇。再者，唐宋的筆記小說裡，諷刺手法也屢見不鮮，如張固《幽閑鼓吹》中的「錢可通神」就強烈地揭示了金錢萬能的社會通病；張鷟《朝野僉載》中的「執經求馬」則辛辣地諷刺了那些死啃書本，迷信教條的蠢人；又如畢仲洵在《幕府燕閑錄》中所寫「駄得三千石」，巧妙地諷刺納粟三千石買個助教的王生，抨擊了賣官制度。

唐宋是詩歌的黃金時代，也是散文的輝煌時代，更是小說的成熟時代。我們可以看出無論是詩歌、散文、小說均從不同的角度，不同的技巧，具體而鮮明地呈現出唐代高漲的諷刺藝術，相信對明清眾多的諷刺小說作家，提供了不少豐富且寶貴的藝術經驗，進而使明清諷刺小說的創作達到前所未有的興盛局面。

第四節　明清之興盛期

一、元明諷刺藝術的發展

元明之際，諷刺藝術則在戲劇及散文中得到新的開拓與發展。鄭廷玉的《看錢奴》生動地刻劃了一個貪婪吝嗇的守財奴形象；戴善夫的《風光好》也成功地譏諷了陶學士的偽善。而明代戲劇中，諸如徐渭的諷刺劇《歌代嘯》、沈璟的《博笑記》、孫仁儒的《東郭記》和《醉鄉記》等，都是以嬉笑怒罵，極具誇張的喜劇形式，在笑聲中揭露反面人物的醜惡，諷刺封建制度的本質，鮮明地反映元明的社會生活。重要的是，元明諷刺喜劇在題材的選取、情節的安排、語言的運用、人物的塑造上，都影響了諷刺小說的創作。

在散文方面，鄧牧的《伯牙琴》中的一些篇章，如〈二戒——學柳河東〉就是諷刺性極強的寓言小品。另外，劉基的《郁離子》、宋濂的《燕書》兩書不僅取材豐富，且風格相似，寓意深刻，諷刺與幽默的特色十分突出；再加上方孝孺《遜志齋集・卷六・雜著》中的〈越巫〉、〈吳士〉，馬中錫的〈中山狼傳〉等人的作品，使古代諷刺散文蔚為大觀，對諷刺小說的創作不無影響。

明中葉以後，封建社會江河日下，走向衰頹，雖然在清代，原本已日暮途窮的封建制度又因異族的入主而死灰復燃，但長久以來封建社會產生的種種弊病早已根深蒂固。隨著政治、社會黑暗腐敗的日益加深，遂產生一批具有憂患意識和民主思想的進步作家和一些出身士大夫階層、憤世嫉俗的文人，當他們對時代社會的怨憤、不滿之情緒達到極致時，於是就有一種逆向的表現形式——諷刺，先後出現了一大批以諷刺為主要特色的作品，而明清的諷刺小說在經歷早期諷刺小說及其他諷刺文學源遠流長的諷刺藝術傳統哺育下，終於在這極具諷刺意味的現實土壤中，達到空前繁榮。

二、明清諷刺小說的發展

關於明清諷刺小說的發展，我們可以把它區分為兩個部分來考察，一是寓言諷刺小說，一是寫實諷刺小說，這也是諷刺小說的兩大類型。

（一）明清寓言諷刺小說

先秦諸子寓言中的諷刺故事，往往通過生活事件的具體描繪，把包含哲理或諷喻的意義引申出來，一般多由形象本身體現事理，用借喻的方法寓意於故事之中，含而不露。這一點在六朝志怪，唐人傳奇與宋元話本中得到繼承，而由宋人「說話」四家中之「說經」發展而來的神魔小說，就是孕育寓言諷刺小說的母袋。降及明代，寄寓性諷刺手法的運用也臻成熟，吳承恩的神魔小說《西遊記》就有著明顯的寄寓性諷刺成份。魯迅說它：「諷刺揶揄則取當時世態」[五十六]；「雖述變幻恍忽之事，亦每雜解頤之言，使神魔皆有人情，精魅亦通世故，而玩世不恭之意寓焉」[五十七]。作者以輕鬆、調侃的筆調，借天上世界諷刺人間現狀，如寫玉帝的昏庸無能，賢愚不分；寫佛祖的貪心；揭露判官的賄賂，都隱寓著對現實社會的譏刺嘲弄，不僅諷刺了當時的世情世態，也嘲笑了統治階級的無能，形象地再現明代社會風貌。《西遊記》諷刺藝術的具體展現，莫過於塑造了豬八戒這個諷刺意味十足的喜劇性典型

[五十六] 同註三十，頁一四四~一四五。
[五十七] 同註三十，頁一四八。

形象，他貪財好色、好吃懶做、粗魯莽撞、臨陣畏縮等弱點，不正是人間眾生相的縮影嗎？顯示作者已經能夠把諷刺滲透在形象描繪之中，再用詼諧、幽默的語言使之個性化，從而表現作者的諷刺意圖。而《西遊記》處處嬉笑怒罵、冷嘲熱諷的風格，也為往後的寓言諷刺小說所運用和發展。雖然《西遊記》有著濃厚的諷刺成分，但就諷刺片段在全書所佔的比例而言，還不能稱為諷刺小說，即使如此，其借助神魔諷刺的手法仍為《鏡花緣》所借鑒。

到了明末清初，中國第一部寓言諷刺小說終於誕生了，它就是董說的《西遊補》。魯迅說：「全書實於譏彈明季世風之意多」[五十八]。作者以虛構旅行的方式，借孫悟空被鯖魚精所迷而進入夢幻世界中之見聞和行事，寄寓了對現實世界社會弊端之譏彈嘲諷，諷刺意圖比《西遊記》更突出而深刻，啟迪了清代同樣借助幻想形式的《常言道》等諷刺小說創作。此外，打開清代諷刺小說繁榮局面的《斬鬼傳》，雖然還是沿著寄寓性諷刺的路子發展，但作者卻別出心裁的將諷刺背景搬到鬼界，成為中國第一部鬼界寓言諷刺小說，這種突破性，在諷刺小說史上有著重要的歷史地位，稍晚的《平鬼傳》及《何典》就是受其影響的代表作，為寓言諷刺小說在虛構旅行之外，另闢新的一類。

（二）明清寫實諷刺小說

隨著時代的變遷與社會型態的轉變，從唐人傳奇開始有意識的創作小說之後，小說裡的現實成份

五十八　同註三十，頁一五七。

逐漸增強，這種承襲古代諷刺文學中的現實主義傳統到了明清之際，更形高漲，諷刺作家們紛紛將目光投注在現實世界的人情世態中，於是最富有現實主義質愫的世情小說遂應運而生，並與神魔小說成為明代小說的兩大主潮：

如果說在神魔小說裡挾帶著寄寓性諷刺的成份和片段，為清代諷刺小說提供了營養和借鑒，那麼，世情小說的發展就直接孕育了清代的諷刺小說。其實，真正標志著明中葉後小說新發展的，正是世情小說。它以現實世界的社會生活為描寫對象，社會生活是五光十色的，世情小說發展的結果必然要繁衍出許多分支，其中以兩宗為大：偏重寫情侶離合的，發展為清代的人情小說；偏重寫世態炎涼的，就包含著較多的批判和諷刺，逐漸孕育著清代的諷刺小說——現實主義的諷刺小說[五十九]。

萬曆年間成書的《金瓶梅》是由文人獨立創作的第一部現實主義長篇小說，亦是古代人情小說的開山之作，它一反之前中國小說取材於歷史傳說和神話故事的千篇一律，轉變為直接反映當前的現實生活，以家庭瑣事為內容，赤裸裸的暴露明代官場之黑暗與富家生活之荒淫無恥。不同於《西遊記》借助神魔世界諷世，《金瓶梅》則以現實世界中的人間醜惡來反映封建社會的病態，具有強烈的現實

五十九 李漢秋、周林生：〈諷刺派小說的絕響〉，載於程毅中編：《神怪情俠的藝術世界：中國古代小說流派漫話》，（北京：中共中央黨校出版社，一九九四年一月第一版），頁二〇三。

性與明確的時代性，是一部別具諷刺意味的人情小說。雖然，諷刺不是《金瓶梅》的主題，作者對於不合理、不道德的現象還處於暴露的階段，尚未具備現實主義作品應有的批判態度，但其寫實的創作手法，直接為《儒林外史》所繼承，在明清寫實諷刺小說的發展上，有著重要的承先啟後地位。

明中葉以後，封建社會加速腐敗，再經過明清易代的巨變和清初在文化、思想上的箝制之後，封建社會固有的各種矛盾、衝突更加尖銳，人心之憤慨日益加深，迫使有志之知識份子不得不對國家命運和現實生活作一深沉的反思，又由於儒家道德思想及憂患意識的驅使，正是在這樣的時代思潮之下，使我國文學的現實主義達到了高峰，鮮明的批判態度成為小說創作的主要特徵，終於產生了代表寫實諷刺小說最高成就的巨著——《儒林外史》。「《儒林外史》開始自覺地將全社會置於自己的視野之內，對現實的社會問題進行大規模的分析和解剖，在廣闊的背景上完成了一軸十八世紀中國儒林的巨幅歷史畫卷，並且把批判傾向貫徹於全書，成為整部小說的基礎」[六十]。《儒林外史》把我國古典小說的諷刺藝術發展到了極致，吳敬梓以嚴肅的態度運用諷刺來加強批判揭露的力量，客觀地、真實地再現現實生活原則，為諷刺藝術在我國小說中的發展作出了卓越的貢獻。在《儒林外史》的影響下，清末出現了一批「辭氣浮露，筆無藏鋒」的諷刺小說，並成為小說界的主流，如《官場現形記》、《二十年目睹之怪狀》、《老殘遊記》、《孽海花》等。同為現實諷刺小說的清末之作，在成就上雖不及

六十　同註五十九，頁二〇六。

《儒林外史》，但仍為諷刺小說的發展再增一筆光輝，豐富了諷刺藝術寶庫。

最後，值得注意的是，在明清諷刺小說發展過程中，明代馮夢龍的「三言」、凌濛初的「二拍」等白話短篇小說及清初蒲松齡的《聊齋志異》文言短篇小說裡，其中皆不乏精彩的諷刺篇章，包含著諷刺小說的因素，雖然諷刺往往只是作為成份或片段，尚未成為整部小說的主題或基調，但卻為清代長篇諷刺小說的出現作了準備，這也是在探討明清諷刺小說時不可忽略的重要環節。

明清諷刺小說的興盛不是偶然的，它有著源遠流長的文學發展背景。諷刺作品自古有之，詩經即開啟了諷刺文學的首頁；先秦諸子百家的文論中，機智詼諧；具有諷刺、勸戒意味的寓言可以看作諷刺小說的最初萌芽。而後，兩漢寓言及史傳文學中的諷刺故事，和魏晉南北朝志人、志怪中的諷刺片段與諷刺散文，共同奠定了諷刺小說的雛型。再到唐人傳奇及宋元話本的出現，作家開始有意識的自覺的創作小說，使小說從此正式成為一種獨立的文學樣式，產生了像〈南柯太守傳〉這樣主題鮮明的諷刺佳作。此外，加上其他諷刺文學從四面八方的孳養下，都為明清諷刺小說在諷刺藝術及創作上提供了豐富、寶貴的經驗。正是在此基礎上，諷刺小說發展到了明清，特別是有清一代，可說是盛況空前，蔚為潮流，成為中國小說的一個派別。相信在此之後，諷刺藝術仍會繼續在小說的創作中發光發熱，這是可以預期的。

第三章　三部鬼類諷刺小說析略

第一節　《斬鬼傳》作者、版本及其寫作動機

一、作者

《斬鬼傳》的作者，周氏在《中國小說史略》中提到：

《鍾馗捉鬼傳》十回，疑尚是明人作[一]。

張子文亦云：

觀於甕山逸士為《斬鬼傳》作序，痛詆明代的大奸臣權閹魏忠賢和劉瑾，吾人暫推測此書或作於明末，則煙霞散人自序所題之辛巳，當是明崇禎十四年（一六四一）[二]。

周氏與張氏兩人均疑《斬鬼傳》為明人所作，但胡萬川認為：

此說實不值一駁，因甕山逸士序稱魏忠賢為「有明之魏忠賢」，已明是清人語氣，不可能作於

一　魯迅：《中國小說史略》，收錄於《魯迅小說史論文集》，（台北：里仁書局出版，民國八十一年九月初版），頁一九九。
二　《何典》、《斬鬼傳》、《平鬼傳》合刊本，（台北：河洛圖書出版社，民國六十九年二月初版），見《斬鬼傳》提要，頁三。

明代。並且書中第七回描述風流鬼即是「未央生」靈魂顯現，未央生為《肉蒲團》主角，可見該書尚成於《肉蒲團》之後[三]。

據清徐昆《柳崖外編》卷二，「素素」條云：

太原劉璋先生作《鍾馗斬鬼傳》，頗奇詭。其尤驚者，如沒臉鬼一條，略云：鍾馗遇沒臉鬼，以刀劍戕戟向面百刺皆不懼，計無如何。判奏云：此鬼乃千層樺皮臉，非刀劍戕戟所能傷，亦非語言文字所能化。鍾問計安出？判曰：惟良心可以消之。乃徧覓陰曹，求良心不可得。忽於酆都城外，見有人心半個，煽然猶動。判喜，持向鍾曰：此半個良心也。乃復與沒臉鬼鬪，令判潛持良心於高岡上抵面打之。戰方酣，沒臉鬼方兇勇。少刦，判以腰間條繫半個良心打之，沒臉鬼忽羞縮，再擊，則臉上樺皮層層退，直至數十擊然後倒，鍾馗回馬斬焉。其他不悉載。劉先生固讀書好奇士也[四]。

按：徐昆字后山，山西臨汾縣人，乾隆三十五年庚寅舉人，四十六年辛丑進士，他道《斬鬼傳》是太原劉璋先生所作，此說在經國內外學者幾番考證之後，已屬定論無疑。然其中所引述《斬鬼傳》的一段，與抄本煙霞散人所撰之《斬鬼傳》，於名詞情節上頗有出入，乃因此書在版本刊行及流通過程中，

三　胡萬川：《鍾馗神話與小說之研究》，（台北：文史哲出版社，民國六十九年五月初版），頁一六二。

四　徐昆：《柳崖外編》，（台北：廣文書局，民國五十八年一月初版），頁一上～一下。

出版者或過錄者依自己喜好而更動書中若干文字與情節所致。這點，胡萬川也有明文道：

孫楷第已指出，今傳有作者自撰長序的抄本「正文與今本字句多不同」，又如坊間瑞成書局所印鉛字本題為「第九才子書鍾馗傳」者，亦即《斬鬼傳》，其中所謂的「沒臉鬼」、「涎臉鬼」，此書即作「醞臉鬼」，所謂的「千層樺皮臉」，此書即作「牛皮瞞了樺皮，樺了幾千層。」可見其所根據的本子，文字亦稍有異同，就是一個證明，因此不必以徐昆所引之文與抄本文字稍有不同，即作此懷疑（筆者案：懷疑《斬鬼傳》作者非劉璋）[五]。

又或許徐昆所述，既非出自刊本，亦非出自作者稿本，而是據謬傳之抄本，或僅為耳聞，那就不得而知了。

寧遠在《小說新話．鍾馗捉鬼》一文中就認為徐昆的說法可靠性相當大：

第一，劉璋是康熙三十九年的舉人（筆者案：應是康熙三十五年），雍正初曾任河北深澤縣令，而這部《捉鬼傳》大約是在康熙五十七年左右初刊的，從時間上看，完全可以拍得攏。第二，再從內容來看，作品裡牢騷很多，滿紙抑鬱不平之氣。而劉璋本人，也正是個鬱鬱不得志的老名士，他做到縣長大人已快七十歲了，而且只幹了四年就去掉紗帽，他的憤世嫉俗的心情是可

五　同註三，頁一六二。

以想見的[六]。

另外，陳監先也查證雍正十二年修的《山西通志》卷七十二，康熙三十五年丙子科鄉試有「劉璋，陽曲人，深澤知縣。」；而《陽曲縣志‧選舉表》於清康熙丙子科舉人欄，亦有「劉璋，官深澤知縣」一條；再查同治元年修的直隸《深澤縣志‧職官志》之「縣尹」裡果然有：

劉璋字于堂，山西陽曲人，丙子舉人，雍正元年任，有傳[七]。

又查「宦蹟」：

劉璋，陽曲人，年及耄，始受澤令。諳於世情，於事之累民者，悉除之。……任四載，民愛之如父母。旋以前令虧米穀累，解組[八]。

《畿輔通志》也有劉璋的傳，文字與《深澤縣志》略同。

今將寧遠、陳監先二家說法同徐昆《柳崖外編》互相印證，可知徐昆和劉璋同為山西人，在居地上相距不遠，且兩人時代亦甚為接近，又兩人都是因科舉入仕，據此推斷，徐昆之見聞必有所本，所以《斬鬼傳》一書確屬清初劉璋著作是沒有問題的。

六 寧遠：《小說新話》，（台北：河洛圖書出版社，民國六十六年四月初版），頁三八～三九。
七 王肇晉 修輯《深澤縣志》：（台北：成文出版社 民國六十五年台一版），第六卷，頁一七六。
八 同註七，頁二一二。

但筆者在此要提出幾處與前人不同的看法，首先是作者寫作此書的動機。寧遠、張子文及胡萬川等人皆認為《斬鬼傳》是劉璋因為大器晚成，抑鬱不得志，加上仕途不順，遂將憤世嫉俗之情化為文章，撰此小說。顯然他們都把《斬鬼傳》當成作者步進仕途後所作；這又牽涉到筆者另一個要說明的問題，即《斬鬼傳》成書的時間。寧遠在《小說新話》中說：

> 這部《捉鬼傳》大約是在康熙五十七年左右初刊的[九]。

陳監先〈捉鬼傳的作者和版本〉也提到：

> 其作《捉鬼傳》，約在康熙五十九年（一七二〇）以前的幾年[十]。

此外，還有學者或根據《世界文庫》底本（乾隆間抄本）的「自序」，認為成書是在「康熙四十年」（一七〇一）[十一]。對於上述這兩個問題，由於之前缺乏資料以致考證不易，諸多學者在面對這兩個問題時，只能先就片面資料做一合理的推論，這是可以理解的。但事實的真相還是應該還原。大陸學者王青平於一九八三年，先後發表了兩篇關於《斬鬼傳》版本問題的論文——〈《斬鬼傳》抄本的發現

九　同註六，頁三八。

十　陳監先：〈捉鬼傳的作者和版本〉，《光明日報》，一九五六年四月二十九日），收入孔另境編輯：《中國小說史料》，（上海：中華書局出版，一九六二年三月上海第三次印刷），頁一五九。案：此說是根據刊本黃越「原序」而來。

十一　案：主張此說者有胡萬川：《鍾馗神話與小說之研究》，頁一六一、齊裕焜：《中國古代小說演變史》，頁四七四、李保均：《明清小說比較研究》，頁二三六。

與考證〉[十二]、〈《斬鬼傳》的版本源流及其刊行過程〉[十三]，為《斬鬼傳》的研究提供了許多新的資料，讓我們可以從中澄清幾處前人推論的錯誤，對小說的研究而言無疑是一項重要的突破。

按：《斬鬼傳》作者劉璋，字于堂，號介符，別號煙霞散人、樵雲山人，齋名「兼修堂」，太原陽曲人，生於康熙五年丙午（一六六六），卒年不詳，乾隆初年尚在世，享年七十餘歲。據王青平考證，劉璋的創作活動至少從康熙二十七年（二十二歲）至雍正七年（六十三歲），持續四十餘年，其《斬鬼傳》約作於二十二歲時——「《斬鬼傳》的『文字豐腴活躍』（鄭振鐸語），顯示了二十二歲的青年作者的才華」[十四]，這點，我們可從《斬鬼傳》風格之明快，筆鋒之犀利，看出它代表的正是作者少年氣盛，任氣使才。那麼劉璋直至康熙三十五年才登鄉試，也就是說《斬鬼傳》是成書於劉璋中舉之前，與胡萬川等人認為此書是作於劉璋中舉至任縣令這中間空檔抑鬱的二十幾年中是相異的。再者，既然筆者認為劉璋作《斬鬼傳》是在中舉之前，那麼其寫作動機與目的就非如胡氏等所說的那樣，是作者因仕途不順，抑鬱不得志乃有的憤世之作；而是在於寄托其熱忱的治國救民理想。

劉璋少年時期，才華洋溢，飽讀詩書，渴望參與政治，一展抱負，對於社會及國家問題無不關心，

十二 王青平：〈《斬鬼傳》抄本的發現與考證〉，載於《文學遺產》，（北京：中國社會科學院文學研究所文學遺產編輯部編，一九八三年），第三期。

十三 王青平：〈《斬鬼傳》的版本源流及其刊行過程〉，載於《浙江學刊》，（杭州：浙江省社會科學研究所浙江學刊編輯部編，一九八三年），第四期。

十四 同註一三，頁七七。

有著敏銳的觀察力。《斬鬼傳》是反映社會生活的諷刺小說，具有濃厚的真實感與現實性，它是劉璋對社會及政治弊端、治國救民之道深思熟慮後的獨到見解，作者在此書處處流露出對國家社會及人民的關懷，因此作者在書中塑造一個正義的理想人物——鍾馗，來革除社會弊病、人性弱點，企圖借由鍾馗之手端正社會風氣，創造理想世界，所以我們不妨將《斬鬼傳》視為作者未出仕之前懷有的經世濟民之抱負的施政藍圖。以上是筆者根據最新資料[十五]所得的論述，雖與前人之說相抵觸，但應是合理的結果，至於定論如何，就留待後人評斷了。

關於劉璋的生平事蹟，王植所作〈縣尹劉于堂壽序〉及其〈深澤尹二劉合傳〉載其事：

……吾邑自壬寅歲，洊歷饑荒，萑苻屢告。天廩微而貫索明，視其圜圄累如，覘其倉儲磬懸也。論者謂邑殆不支，當事從此蒿目矣。維時于堂劉公，實始蒞茲土。公以晉陽名孝廉，年將耳順，甫分邑符。一下車，問民疾苦，振綱飭紀，虛懷若谷，庶政畢舉。未兩載而向之累如者青草茁，向之磬懸者紅腐起。仁政及民，此非其明效大驗乎？

于春初奉毛義之檄，請教公。公舉魯齋之言曰：「人心猶印板然，板本不差，雖摹千萬本皆不差。」嗚呼！微公言，余固知公之治迹所由來，心定而德自普也。公初至，嘗設大竹于庭，謂

十五　案：最新資料，主要見於王青平的兩篇論文——〈《斬鬼傳》抄本的發現與考證〉、〈《斬鬼傳》的版本源流及其刊行過程〉。

將以創蠹民者，然卒未嘗數用。征收用滾單法，不以擊斷為威，然逋賦亦鮮，而公之心未已也。邑有投繯命案，迹似被勒者，業以勒上申矣。旋稔其實，即任過自檢舉，曰：「不忍諱一時之誤，使吾民罹法網也。」征糧雖用催頭，然每惻然深念曰：「渠為人受法耳，吾何忍不為恤。」于是邑中之公私廨宇，缺遺圮廢者多矣，公次第經理。為龍亭置儀仗，為城隍完廟廡，為衙署修門柵吏舍，為民之置地者修弓步。創者創，修者修，煥然為之一新，于是城之復于隍者幾矣。公日夜謀所以完之者，曰：「吾視城池頹廢，如予室漂搖然。」雖以民窘力絀，未敢舉行，而其咨嗟籌畫，往往溢于意言之表，識者固以知公之于民未有已也。向使公尚其威斷，率用重典，以警此疲頑，其效寧有加，而菜色鵠形之餘，困頓將有不可言者。公卒不以彼易此，然則公之治迹，非印其板素定，何以有是？……[十六]。（王植《崇德堂稿．卷三．序》）

劉璋，山右陽曲人也。中康熙丙子舉人，歷二十有八年，始受深澤令，年耳順矣。諳於世事，民情吏治間留心久，知政先撫字。既至澤，首除一切鋪墊襍費為民累者。內外工役及薪蔬之直，皆發時價予民。己為龍亭修儀仗，示所尊，為民覈斗斛，增設弓步，示所謹。初，邑之丁戊祭，牲取足牲戶，祭已頒胙，又類飽胥役，徒滋擾。璋曰：「經制有定額，額金儘可市牲醴，吾即以此侑神足矣。」不以累民。邑自壬寅來，歲薦饑。數有盜，民一夜數譁。璋立捕盜法，懸賞

十六　轉引自《何典》、《斬鬼傳》、《唐鍾馗平鬼傳》合刊本，（台北，三民書局，民國八十七年一月初版），見《斬鬼傳》附錄，〈縣尹劉于堂壽序〉，頁一四八～一四九。

格，獲一盜予十金，多就獲。審草竊罪輕者，鑄鐵圓鎖其項，令得緝盜自贖。其情重者，例應禁。璋察前多越獄弊，令剖長木，穿孔為錮具，乃合而鍵之。入夜，人錮其一足，動作轉側可自便，而卒不得脫。其制嚴而不猛，可為後法。欲民不終訟，村置鄉平一人，遴老成謹厚者為之。小事令勸諭，訟多中止。其讞獄虛公。嘗有以被盜陷誣良者，前令時獄已具，人冤之。璋為密訪，竟獲真盜，得雪。有命案縊痕似勒者，業以勒上申矣。旋察其情，即具檢舉。曰：「何忍諱一時之誤，使無辜麗法網也。」任四載，民愛之，皆曰：「賢父母哉。」旋以前令虧米穀罣累，遂解組。易留澤，歷正署三官未去而劉元暉來宰是邑。

劉元暉，閩之永安人也。性聰慧和易。中雍正甲辰進士。歲己酉莅澤，初下車，問舊政。知劉璋賢，曰：「官不以升黜為優絀，前劉吾師也。」兄事之，擇其善者倣而行。……僅一歲，亦以事解組，時劉璋尚未得歸也。邑民時供其薪米，稱之曰：「山西劉公，福建劉公。」久之乃俱去。去之日，拜而送者踵相接，有泣下者。自前令蔣洪澍後，言賢令者必推二劉，迄今猶追思未已（王植《崇德堂稿．卷四．傳》）[十七]。

由上述引文可知，劉璋雖是康熙三十五年（一六九六）舉人，但直至雍正元年（一七二三）「年耳順矣」，才做了一任深澤（今屬河北）縣令，中間相隔了二十八年。在四年任期中，他留心吏治，體察

十七　王植：《崇雅堂稿．傳．深澤尹二劉合傳》，載於《四庫全書存目叢書》，（台南：莊嚴文化事業有限公司，民國八十六年六月初版），集部二七二，卷四，頁十三~十五。

民情，深受百姓愛戴，頗有政績。一到任就廢除所有累民的政策，並修建公共建設，「振綱飭紀」，「庶政畢舉」，使原是「洊歷饑荒」、「視其圜圄累如，覘其倉儲罄懸」的深澤縣，變成「向之累如者青草茁，向之罄懸者紅腐起」，仁政惠民，足茲可見。

另一方面，他以懸賞獎金的方式力行捕盜法，並按犯罪者罪行之輕重予以適當的懲罰，又改善之前多越獄的弊端，「其制嚴而不猛，可為後法」。再者，劉璋不僅對於前任作出的錯誤定案，據實糾正，為民平冤；即使是自己一時疏忽錯判了案件，也能夠「自檢舉」，並予以改過。還在民間推行調解制度，「欲民不終訟，村置鄉平一人，遴老成謹厚者為之」，以化解各種民事糾紛，然而像劉璋這樣一個人品高潔，為人端正，愛民如子的好官，還是無法得到君主垂青，後來受前令虧米穀事所累而辭官。滯留深澤縣時，邑民仍「時供其薪米」，雍正九年後離開深澤縣，返歸故里，「去之日，拜而送者踵相接，有泣下者」，其治績之卓越，從此看出。

劉璋善詩文，工繪畫，對小說之創作尤為熱衷，以諷刺小說《斬鬼傳》聞名於世。除了《斬鬼傳》外，由於劉璋身處才子佳人小說創作風氣盛行的清初，又因對天花藏主人的崇拜並受其影響下，在《斬鬼傳》之後，遂改變了自己的創作道路，繼而創作才子佳人小說。劉璋創作的才子佳人小說，王青平也有所考證：

據孫氏書目（筆者案：孫楷第《中國通俗小說書目》）所載，以「煙霞散人」題名的小說，除《斬鬼傳》鈔本以外，還有《幻中真》與《鳳凰池》。又有《巧聯珠》題「煙霞逸士編次」。

《幻中游》題「步月齋主人編次」，封面又題「煙霞主人編述」。以「樵雲山人」題名的小說，除《斬鬼傳》刊本以外，還有《飛花豔想》。

《巧聯珠》首有序，署「癸卯槐夏西湖雲水道人題」，序中又稱作者為「煙霞散人」，可見其與煙霞逸士即為一人。《鳳凰池》於日本享保十三年（相當於我國雍正六年）舶載書目著錄，可見其時已傳入日本，當為清初之作。觀《巧聯珠》、《鳳凰池》，其文字、風格與《斬鬼傳》頗為相似。所署煙霞散人、煙霞逸士，當為著《斬鬼傳》之煙霞散人劉璋。《巧聯珠》序署「癸卯」，從劉璋生年看，應為雍正元年。《飛花豔想》有「己酉樵雲山人」的自序，當為劉璋作於雍正七年己酉。《幻中真》現藏於巴黎和東京，《幻中游》藏於東京，二書均不得見。因《幻中真》序者天花藏主人與《幻中游》所題步月齋主人均為清初之人，二書當於清初刊行。雖然由於二書未見，不敢妄斷作《幻中真》之煙霞散人，作《幻中游》之煙霞主人，即為作《斬鬼傳》之煙霞散人劉璋，但是劉璋於康熙二十七年就以煙霞散人為名創作了相當成熟的小說《斬鬼傳》，他創作的《飛花豔想》、《巧聯珠》、《鳳凰池》與此二書一樣皆為才子佳人小說，他的筆名煙霞散人又作煙霞逸士，他在《斬鬼傳》第四回中又自稱「主人」，由此看來，《幻中真》（書後總評又云作者為「煙霞子」）《幻中游》二書亦為劉璋所作的可能性很大[十八]。

十八　同註一三，頁七六~七七。

關於劉璋才子佳人小說的作品，王氏在其〈劉璋及其才子佳人小說考〉[十九]一文中有更為詳細的論證，在此就不贅述。總括來說，劉璋創作的才子佳人小說，可以確認的有《鳳凰池》、《巧聯珠》、《飛花豔想》三種，可能為其所作的則有《幻中真》、《幻中游》兩種。

除了小說創作之外，劉璋亦有散文〈三儒傳〉及〈袁戎傳〉存世，文筆質樸簡鍊，情感真摯，頌揚了「不近官府」、「不營仕進」及「樂善好施」的地方賢達，於文中對其「德器」、「志行」、「術業」、「善行」皆表現出肯定與激賞的態度，時劉璋為深澤縣令，希望藉由撰文表彰賢人的方式，達到勵己及倡導、端正世俗民風的目的，和《斬鬼傳》一贊一諷，較全面地反映了劉璋的善惡觀，體現了他借諷世、勸世積極干預社會的思想傾向。又有青綠山水畫兩幅，筆法純熟，清麗淡雅，獨具風格，今存山西省博物館；其中一幅除署款「太原劉璋」外，還蓋有「樵雲山人」朱文印章一枚。畫中流露出對山林野景的偏好，和他別號（樵雲山人）中流露的情趣相應，曲折地反映了這位不得志才子內心深處的消極避世思想。

經由以上的介紹，不難看出劉璋的確是個才華、品德兼備，卻為封建洪流所隱沒的人才。

十九　王青平：〈劉璋及其才子佳人小說考〉，載於《明清小說論叢》，（瀋陽：明清小說論叢編輯部編，一九八四年五月），第一輯。

二、版本

《斬鬼傳》，四卷十回，自康熙二十七年（一六八八），即以抄本形式在較小的範圍內流傳，終其一生，作者並未刊刻印行此部小說，究其原因，王青平認為與劉璋對本書態度的轉變有著直接的關係：

> 隨著年齡的增長，科場的失意，宦海的風波，生活的坎坷，逐漸消磨了作者的銳氣。他越來越不願刊行這部早年的憤世疾俗、「已同嫚罵」（魯迅語）的諷刺之作了[二十]。

現將前人所見存之版本序列如下：

（一）孫楷第《中國通俗小說書目》：《斬鬼傳》又題作「第九才子書」，亦名《捉鬼傳》、《鍾馗斬鬼傳》，現存者有抄本和刊本。刊本有莞爾堂刊袖珍本，正文低一格，半頁八行，行十七字。及同文堂刊本，不精。刊本題「陽直樵雲山人編次」，首有康熙庚子上元黃越（際飛）序。抄本有二種，一種是北平市圖書館藏舊抄本，半頁八行，行二十字，不題撰人，有作者自撰長序，他本皆不載，正文與今本字句多不同，疑是此書初本。另一種舊抄本，有自序，署「煙霞散人題於清溪草堂」，半頁八行，行十八字[二十一]。

[二十] 同註一三，頁七七。

[二十一] 孫楷第：《中國通俗小說書目》，（台北：木鐸出版社，民國七十二年七月初版），頁二二七～二二八。

（二）柳存仁《倫敦所見中國小說書目》：這部書是莞爾堂刊袖珍本。封面書題，頂上橫書「說唐平鬼全傳」，正中「第九才子書」大字，右上方題「陽直樵雲山人編次」，左下方為莞爾堂藏板。正文前有「康熙庚子（五十九年，一七二〇）仲冬上浣，上元黃越際飛氏書於京邸之大椿堂」的序文，但黃越並不一定是作者，這書也不是康熙刻本。……英國博物院所藏這個莞爾堂的本子並不好，誤刻的字甚多，……但仍是清末這部書的刻本中最好的。有圖記收藏日期為一八六六（同治五年）五月八日，書的型式也近於晚清，而不會是早期的刻本[二十二]。

（三）鄭振鐸〈《斬鬼傳》、《平鬼傳》引言〉：我在北平曾得乾隆間抄本一部，無黃越序，而有甕山逸士序及作者自序，似最為善本。文中「只」字最多，或作「這」字用，或作「祇」字用，或作「著」字用；似是「方音」。今即以此本重印（筆者案：重印者即為鄭振鐸所編之《世界文庫》本），對於「只」字及其他「別」字均不加改動，以存抄本的原來面目[二十三]。吳曉鈴案：此則錄自《世界文庫》第八冊，頁三四一六。《斬鬼傳》北京圖書館藏有乾隆抄本一部。余在天津藻玉堂曾獲清乾隆五十年乙巳董顯宗抄本，與先生（筆者案：鄭振鐸）

二十二 柳存仁：《倫敦所見中國小說書目》，（台北：鳳凰出版社，民國六十三年十月初版），頁二二二～二二三。

二十三 鄭振鐸：〈《斬鬼傳》、《平鬼傳》引言〉，載於丁錫根：《中國歷代小說序跋集》，（北京：人民文學出版社，一九九六年七月，北京第一版），下冊，頁一六七八～一六七九。亦見於鄭振鐸撰、吳曉鈴輯：〈《西諦題跋》選〉，載於《文學遺產》，（北京：中華書局出版，一九八三年），第三期，頁一三九。

舊藏抄本同出一源。《第九才子書平鬼傳》，先生藏有清江左書林及經綸堂刊本，今並歸北京圖書館，《西諦書目》卷四，頁七〇上著錄，分別編號為五七三四及六〇七四[二十四]。

（四）陳監先〈捉鬼傳的作者和版本〉：這部小說的刻本很多，我所收藏的，有莞爾堂刻本，五雲樓刻本，近文堂刻本，江左書林刻本數種。從版本源流上看，《斬鬼傳》是本書原名，此外《捉鬼傳》、《平鬼傳》、《九才子》、《鍾馗傳》諸稱，都是以後翻刻改題的[二十五]。

（五）戴不凡〈談鍾馗〉：我所看到的一本是不登大雅之堂的新文化書社抗日戰爭前一折八扣的新式標點本，封面和書裡均名《鍾馗傳》，不分卷，十回。無序跋及編撰人[二十六]。

（六）路工、譚天編《古本平話小說集》：本書有五種版本。最早的本子是清康熙庚子年（一七二〇）經綸堂刻本，題為《平鬼傳》四卷十回，原題「樵雲山人編」，有黃越序，北京圖書館藏。其他四種版本是：1、《斬鬼傳》，四卷十回，清光緒十二年丙戌（一八八六）莞爾堂重刻本，書前有「莞爾堂第九才子書」，原題「樵雲山人著」，有黃越序，北京圖書館藏。2、《平鬼傳》，清抄本，原題「樵雲山人編」，卷端題「第九才子書」，書首

二十四　鄭振鐸撰、吳曉鈴輯：〈《西諦題跋》選〉，載於《文學遺產》，（北京：中華書局出版，一九八三年），第三期，頁一三九。

二十五　同註十，轉引自孔另境編輯：《中國小說史料》，（上海：中華書局出版，一九六二年三月上海第三次印刷），頁一五九。

二十六　戴不凡：《小說見聞錄．談鍾馗》，（台北：木鐸出版社，民國七十二年四月初版），頁五九～六十。案：據筆者考察其所見之內容，是為《斬鬼傳》無誤。

有康熙五十九年（一七二〇・庚子）上元黃越、際飛氏序，北京圖書館藏。3、《鍾馗斬鬼傳平鬼傳合刻本》，台灣一九五七年印本影翻本。4、《新編鍾馗斬鬼傳》，清乾隆（約一七四〇年左右）抄本，不分卷，上下兩冊，題「煙霞散人編」，有「甕山逸士」序及作者自序。

這五種版本，前三種是同一本子的翻版，內容和後兩種有較大的出入。後兩種文字較為接近，似以乾隆抄本為最善本。台灣印本所依據的也是乾隆抄本，但不是上面所說的後一種抄本，文字內容上有出入。一九八五年，上海文化書社曾根據新文化書社舊版印行《鍾馗捉鬼傳》，考之即依上面所提前三種之一印行，但錯字漏訛之處甚多[二十七]。

（七）筆者據王青平、黃霖[二十八]之考證，以及參照大塚秀高編之《中國通俗小說書目改訂稿》（初稿）[二十九]，將上述諸家記錄整理、歸納、補充所結：

1. 早期（刊行前）抄本：

（1）首都圖書館藏本（孔德圖書館舊藏），康熙二十七年前作者劉璋的初稿手寫本。四

[二十七] 路工、譚天編：《古本平話小說集》，（北京：人民文學出版社，一九九九年一月），下冊，頁四九六～四九七。

[二十八] 案：王青平之考證見其〈《斬鬼傳》抄本的發現與考證〉和〈《斬鬼傳》的版本源流及其刊行過程〉二文；黃霖之考證見《何典》、《斬鬼傳》、《唐鍾馗平鬼傳》合刊本，（台北：三民書局，民國八十七年一月初版），《斬鬼傳》考證，頁二～三。

[二十九] 大塚秀高編：《中國通俗小說書目改訂稿》（初稿），（東京：汲古書院發行，一九八四年八月十日），頁一一九～一二一。

卷十回，半頁八行，行二十字，未題撰人。首有〈斬鬼傳序〉二則，他本皆不載，正文與今本字句多不同，書末有〈尾筆〉及〈兼修堂跋〉。

（2）北京大學圖書館藏本（正心堂抄本，燕京大學舊藏），康熙二十七年作者友人甕山逸士的傳抄本。四卷十回，半頁十行，行二十字。署「煙霞散人著」，「正心堂抄」。有序，內容與手稿本異，序後落款為「戊辰秋月上旬七日甕山逸士題於兼修堂」。正文書寫避「玄」字而不避「曆」字，知「戊辰」為康熙二十七年（一六八八）。黃霖云：「此為確定《斬鬼傳》最遲撰成的年代提供了可靠證據。『甕山逸士』係劉璋朋友，序稱『題於兼修堂（劉璋齋名）』，可見他與作者交往密切」。

（3）北京圖書館藏本（懷雅堂錄本），乾隆元年至十年間作者的手抄過錄本。五卷十回，半頁九行，行二十字。題「陽直介符劉先生手書」，「懷雅堂錄本」。首有序二則，內容與手稿本同，唯第一則序後署「康熙四十年歲次辛巳仲夏之吉煙霞散人題于清溪草堂」，為原序所無。有插圖及圖贊[三十]，並有「澹園居士評閱」字樣。全書有圈點、眉批、旁批。保留手稿本末所附〈尾筆〉之內容，此作「野史氏曰」。另外，書後多一篇跋，落款為「乾隆十年歲次乙丑桂月上浣之吉同邑後學獻成氏謹跋」，

三十　案：《斬鬼傳》乾隆間懷雅堂錄本圖贊，可參見本文附錄一，頁二七三，轉引自《何典》、《斬鬼傳》、《唐鍾馗平鬼傳》合刊本，（台北，三民書局，民國八十七年一月初版），見《斬鬼傳》附錄，頁一四〇~一四一。

加蓋署名章「侯執信印」。侯執信獻成氏與「澹園居士」或即一人。此為《斬鬼傳》較早的評本。

（4）乾隆間傳抄本（世界文庫底本），無黃越序，而有甕山逸士序及作者自序，該本今不得見。鄭振鐸主編的《世界文庫》於第八冊（一九三五年）、第十冊（一九三六年）據此重印了《斬鬼傳》（世界文庫本）。首有〈斬鬼傳序〉，內容同北京大學圖書館藏本之〈序〉，後署「甕山逸士題于兼修堂」；次〈斬鬼傳自序〉，內容同首都圖書館藏本第一則序，後署「辛巳仲夏煙霞散人題于清溪草堂」；次又一則序，內容同首都圖書館藏本第二則序，後無落款。次目錄。次正文。無評語。正文後有〈尾筆〉，內容同首都圖書館藏本之〈尾筆〉。後又有〈兼修堂跋〉，內容同首都圖書館藏本之〈兼修堂跋〉，但行次有脫漏。書末，〈賦〉一篇，他本皆無。王青平認為：「世界文庫底本是乾隆間傳抄者將本書的傳抄本系統與作者稿本系統拼湊起來加以改動而成的，它後來成為刊本依據的底本之一」。

（5）舊抄本，今未見。有自序，署「煙霞散人題於清溪草堂」，半頁八行，行十八字。王青平云：「該本的自序及落款與刊本不同，屬早期抄本，年代不詳。它的行款與首都圖書館藏本、北京大學圖書館藏本、北京圖書館藏本均不同，可見並非這三種抄本。著錄中未提及世界文庫底本所有的甕山逸士序，似亦非世界文庫底本」。

（6）乾隆五十年乙巳，董顯宗抄本，？卷。與鄭振鐸舊藏抄本同出一源。

2.刊行本：

（1）莞爾堂刊袖珍本，是《斬鬼傳》最早的刻本，也是本書的原刊本，亦即各種刊本之祖本。該本四卷十回，封頁書名改稱《說唐平鬼全傳‧第九才子書》，署「陽直樵雲山人編次」，左下題「莞爾堂藏板」。目錄頁題《第九才子書斬鬼傳》。書口題《第九才子書》。半頁八行，行十七字。莞爾堂刊刻《斬鬼傳》而改題「第九才子書」完全是刊行者用以號召讀者並作為促銷的手段，如坊間所謂十才子書，金聖嘆所謂六才子書；作者本人及作序者根本不會用它來稱呼其未刊行的小說。首有〈第九才子書斬鬼傳原序〉，署「康熙庚子歲仲冬上浣上元黃越際飛氏書於京邸之大椿堂」。該本〈原序〉雖署「康熙庚子歲」（五十九年），但該本文中避「玄」、「弘」、「曆」三字，係乾隆間所刊無疑。早期抄本中均無此序。所謂「原序」本當為刊行之前稿本原有之序；而這個〈原序〉正文中竟說：「客有問於余曰：『第九才子書』何為而作也？予曰：仿傳奇而作也。」顯而易見，此序並非康熙庚子年所作的「原序」，而是乾隆間刊行前所作的假托。黃霖亦云：「黃越字際飛，康熙四十八年進士，以善評制舉文著稱，卒於雍乾間。他與《斬鬼傳》並無關係。莞爾堂假托黃越作序，也是想起到一種廣告效應，與擅改書名同一用心。」故刊者在乾隆間初刻本中加此所謂「康熙庚子年」所作之〈原序〉，正是企圖造成假象，而且也不可能有此序。王青平認為：「莞爾堂刊袖珍本是在沒有作者參與的情況下，以北京圖書館藏本為主要底本，同時參照了首都圖書館藏本與世界文庫底本，又加以增刪改動而成的原刊本。它與作者稿本有著相當大的差距，違背作者原意及謬誤不通之處甚多。後來的一切刊本與鉛印本（除世界文庫本、武漢長江文藝出版社本兩本以外）都是它的翻刻重印本。」可見莞爾堂對《斬鬼傳》的刊刻流傳影響甚大。再者，由於莞爾堂重刊本封頁題：「乾隆癸丑年新鐫」，那麼該本刊行當不晚於乾隆癸丑（五十八年）。莞爾堂藏板，英國博物館藏。

（2）同文堂刊本，半頁十行，行二十字。無圖。首都圖書館、東京大學圖書館、大阪府立圖書館「朝日新聞」文庫皆藏。

（3）莞爾堂重刊本，乾隆癸丑（五十八年）據莞爾堂刊袖珍本翻刻。

（4）五雲樓刊本、近文堂刊本，都是莞爾堂本的翻刻本。

（5）江左書林本（掃葉山房督造），半頁十行，行二十字。圖一頁，為莞爾堂本的翻刻本。天理圖書館、北京圖書館〈鄭振鐸舊藏〉皆藏。

（6）經綸堂刊本，半頁八行，行十八字。無圖。北京圖書館（鄭振鐸舊藏）、東京大學東洋文化研究所倉石文庫皆藏。

（7）文德堂藏板，半頁十行，行二十字。圖二頁。東京大學文學部藏。

（8）聚錦堂藏板，半頁八行，行十八字。無圖。東京大學東洋文化研究所倉石文庫藏。

（9）本衙藏板（莞爾堂），半頁十行，行二十五字。道光五年重刊。天理圖書館藏。

3.鉛印本：

（1）新文化書社本，一九三四年據刊行本重印。

（2）世界文庫本，一九三五年至一九三六年據乾隆間傳抄本重印。

（3）廣益書局本，一九四六年據刊行本重印。

（4）通俗文藝出版社本，一九五五年據廣益書局本重印。

（5）上海文化出版社本，一九五八年據通俗文藝出版社本重印。

（6）長江文藝出版社本，一九八〇年據世界文庫本重印。

由於《斬鬼傳》在作者沒有參與刊行的情形下，版本眾多，書名不一且內容多有出入，更甚者，還有托偽作序的現象。此外，該書從上述資料就可得知現存版本散見於世界各地，致使在《斬鬼傳》版本的考證研究上相當困難。而台灣亦無收藏任何《斬鬼傳》舊本的記載，因此筆者只能盡己所能，廣泛地收集文獻，將各家散論予以整理、歸納，截長補短，進而呈現出《斬鬼傳》版本的全貌，雖有不足及疏漏之處，但冀能在此一基礎上為日後的研究者提供方便的參考資料，以對學術的發展盡點綿薄之力。

其次，就筆者所見，台灣《斬鬼傳》的本子多與東山雲中道人的《唐鍾馗平鬼傳》和張南莊的《何典》合刊，如：三民書局[三十一]與河洛書局[三十二]及文化圖書[三十三]；或將《斬鬼傳》與《平鬼傳》合刊，如：世界書局[三十四]，應是刊者視這三種書性質相同之故的考量[三十五]。但各家版本所採用的底本皆不一，大多兼採多種抄本及刊本排印，這是現代書商為豐富內容，避免疏漏的手段。

本文論述此書時，以三民書局排印本為據，然為防手民之誤，兼以世界書局排印本為佐，而三民書局本係據乾隆五十年董顯宗抄本及世界文庫本之《斬鬼傳》排印。

三十一《何典》、《斬鬼傳》、《唐鍾馗平鬼傳》合刊本，（台北：三民書局，民國八十七年一月初版）。

三十二《何典》、《斬鬼傳》、《平鬼傳》合刊本，（台北：河洛圖書出版社，民國六十九年二月初版）。

三十三《何典》、《斬鬼傳》、《平鬼傳》合刊本，（台北：文化圖書公司，民國七十一年七月五日出版）。

三十四《斬鬼傳》、《平鬼傳》合刻，（台北：世界書局，民國六十九年五月六版）。案：台灣世界書局印行之《斬鬼傳》，未標示其底本為何？若照封面題「世界文庫」和書末有〈賦〉一篇，是他本皆無來看，應即是鄭振鐸主編之世界文庫本，但首有說明一則，並不是鄭振鐸在世界文庫本前的《斬鬼傳》、《平鬼傳》引言〉，而是節錄文中部分再參雜他人意見（如張子文）。

三十五案：這三種書皆屬鬼類諷刺小說。

三、寫作動機

（一）暴露封建弊端

周氏曾經提到諷刺作家應該出於何種寫作動機：

> 諷刺作者雖然大抵為被諷刺者所憎恨，但他卻常常是善意的，他的諷刺，在希望他們改善，並非要捺這一群到水底裡[三十六]。

劉璋在二十二歲時就以煙霞散人為名，創作了相當成熟的小說《斬鬼傳》，而暴露封建社會的弊端，乃是其寫作動機之一。又弊病中最為甚者，尤在人才問題上，何以見得？我們試由文中作者塑造了鍾馗、含冤、負屈三個悲劇人物便可一窺：鍾馗文武全才，狀元及第，德宗卻因其貌醜而欲將之除名，鍾馗一怒之下自刎而死（第一回）；含冤「滿腹文章」（第一回），得賀知章取為探花及第，「不想宰相楊國忠要拿他兒子做狀元」，但賀知章不肯取之而遭誣陷，被罷職，含冤遂也被革退，氣憤不過，一頭撞死（第二回）；負屈「狼腰虎體，兩臂力有千斤」（第一回），無奈屢舉不第，於是投靠哥舒翰，後來因安祿山恩將仇報而作了冤死鬼（第二回）。吉爾伯特．哈特曾說：

有很大一部分的諷刺家總是受著一種個人的自卑感、社會的不平感和被特權集團排拒的悲妒感

[三十六] 魯迅：《魯迅全集．且介亭雜文二集．〈什麼是「諷刺」？——答文學社問〉》，（台北：古風出版社，民國七十八年十二月），第六卷，頁三二九。

的驅動[三十七]。

在封建社會裡，科舉制度的公平性始終遭人質疑，徇私舞弊的情形時有所聞，致使賢良的人才命運坎坷，縱有文韜武略也不為朝廷所重，反倒是那些無才無能，靠關係而登仕途的人卻平步青雲。毫無疑問，作者對君王大臣的用才政策和科舉制度的弊端是深有感觸的，便希望藉由撰寫小說的方式，諭古諷今，冀當朝的君臣能有所思悟，其用心可見一斑。

（二）淳正社會風俗

作者在自序中有一段與老僧的對話：

予曩不解明王佛為何，但見三頭八臂，身纏毒蛇，怪狀奇形，不敢正視。問老僧曰：「此何神也？」老僧曰：「非神也。」予不禁嗤然笑曰：「世上豈有如是之佛乎哉！吾聞佛以慈悲為本，意必垂眉落眼，善氣迎人，使天下可親而可愛，不欲令人畏而惡之也。若以此為佛，則諸魔惡鬼皆得以佛名之矣。」老僧曰：「獨不觀王者乎？王者，禮樂政刑之設。禮樂，所以繩天下之善人；刑政，所以戒天下之惡人。然究之繩善人者是一付大慈悲心，即戒惡人者亦是一付大慈悲心。知乎此，而垂眉落眼者佛也，即三頭八臂者亦佛也。予何以為非佛耶？」予不禁繹然思，恍然悟，曰：「是矣，是矣。但善者猶非王政之所得盡繩，惡者猶非王政之所得盡戒也。彼夫

三十七 吉爾伯特·哈特著，萬書元、江寧譯：《諷刺論》，（廣西：人民出版社，一九九〇年五月第一版），頁二〇六～二〇七。

天下之大，四海之廣，為盜為奸為殺害，其顯然為不善者，或徙或流或絞或斬，王法得以戒之也。若夫搗大、誆騙、仔細、齷齪、風流、糟腐，甚至好酒、貪色等事，王法亦得以戒之乎？」老僧曰：「此固非善而亦非不善者也，奈何以王法繩之也？」曰：「爾以為非不善，抑烏在其為善乎？且夫王者之治天下也，惟在其風俗耳。即如搗大、誆騙、仔細、齷齪，未可以為不善也，是也。然搗大之風倡而人無誠實，誆騙之風倡而人多詐偽，仔細、齷齪之風倡而骨肉寡恩之漸熾矣。夫人而至無實，至于詐偽，至于寡恩也，尚得以為善乎？即風流、糟腐、好酒、貪色，未可以為不善也，是也。然風流而有傷名教，糟腐也而泥滯鮮通，好酒貪色也而敗壞威儀，淫亂風俗。夫人而至于有傷名教，泥滯鮮通，敗壞威儀，淫亂風俗，尚得以為善乎？夫人之所以為人者，善耳。人而至于不善，非人也，而實鬼矣。夫人也而可以為鬼乎哉！夫人而既為鬼，則又安忍坐視而不思所以超度之哉」[三十八]？

藉由作者在自序中與老僧的這段對話，我們可以從中得知劉璋是本著善意與熱情的態度，並抱持著強烈的道德意識來寫作這部諷刺小說。

劉璋雖然處於所謂的「康乾盛世」，但存在於社會底層的惡霸、地痞、流氓和文化素質不高，好酒貪色，風流糟腐，吝嗇齷齪等各色人渣及不恥之徒仍是比比皆是，由於人數眾多，所以人們面對他

三十八　同註三一，見《斬鬼傳》序一，頁一～二。

們的惡德時也就習以為常，或許是在他們身上看見自己的影子吧！因而造成一個病態的社會。殊不知「人之所以為人者，善耳。人而至於不善，非人也，而實鬼矣」，正是他們這種「習染成性」而不自知的道德缺陷，不僅傷風敗俗，且危害善良，禍患極大，使他們成為名符其實的「人鬼」，作者認為：世上的善人可以導之以禮樂，惡人可以懲之以刑法，然無論是導之以禮樂或懲之以刑罰，皆是出自大慈悲心，唯有那些介於善與不善之間者，即非有奸、盜、殺害等之大惡，而只是在道德缺陷上的小惡，雖尚未觸犯王法，卻足以釀成大惡且破壞道德風俗一類的人，此種人，既非禮樂所能規勸，施以刑罰又似不當，如同第一回閻王對鍾馗所云：

> 此等鬼最難處治，欲行之以法制，彼無犯罪之名；欲彰之以報應，又無得罪之狀。……大都是習染成性之罪孽。

在無奈之際，作為知識份子且長期生活在民間的作者，亦和百姓一樣，對他們深惡痛絕，故不能坐視其衍，並肩負起了道德批判的擔子和淳風俗、化心靈的責任，希望透過淳正社會風俗，來感化和約束並引導惡德者進入善人之境；此外，亦冀由小說的創作，「超度」人因惡而淪為「鬼」者重新邁入人類善界，恢復良知的作用。於是作者「取諸色人，比之群鬼，一一抉剔，發其隱情」[三十九]，以借鬼喻人的寫作方式，把種種社會惡德一一抉出，對封建社會的各種寄生丑類之醜行劣跡、不良癖性，予以

[三十九] 同註一，頁一九九。

抨擊，更假鍾馗之手，對他們大加討伐，以達懲惡勸善而化世淳俗、暢明王法、超度眾生的目的，這正與吉爾伯特．哈特所認為優秀諷刺作品中應有的寫作態度和目的相和之：

第一，是儘可能活生生地描繪一種痛苦或荒誕的情境，或者一個愚蠢邪惡的人或集團。諷刺作家相信，由於受到習俗、無知和盲從的麻痺，大多數人是近視的，愚魯的，他希望讓他們看到事情的真相，至少看到他們習慣上忽略的那部分真相[四十]。

其次，諷刺家總是受著一種懲惡鋤奸的使命感的推動，……諷刺家們總希望去懲罰罪犯、嘲弄傻瓜，從而達到減少或消除這些社會腫瘤的目的[四十一]。

故作者在自序末了將自己寫作《斬鬼傳》的宗旨宣告如次：

故作是傳者，亦具一付大慈悲心，行大慈悲事，蓋以繼王政之所不及，而欲學明王佛之使人知所畏而為善也。第存其心也，而不能操其權，故其事假之鍾馗，而其功歸于咸、富（筆者案：含冤、負屈）。乃不知者，或疑予故以罵人，予敢以質諸天[四十二]。

（三）寄託政治理想

四十　同註三七，頁十七。
四十一　同註三七，頁二〇七。
四十二　同註三一，見《斬鬼傳》序一，頁二。

作者身為一個知識份子，當然與多數士子一樣懷有經世濟民的政治理想，希望有朝一日能踏上仕途，一展抱負。因此，「寄托政治理想」也就成為其寫作小說的動機之一。書中被皇帝封為「驅魔大神」，受以「遍行天下，以斬妖邪」之重任的鍾馗，是作者筆下的正義使者，也是替作者代行其政治理念的靈魂人物。

鍾馗雖有斬殺妖邪的重權，但當面對鬼類時，他並沒有一味斬殺、殲滅大小之鬼。其驅除之法，正如閻君所交待的那樣：「得誅者誅之，得撫者撫之，總要量其情之輕重，酌其罪之大小。」因為鬼中亦有真鬼、假鬼之分（第一回），如甕山逸士在序中云：

> 或曰：「鬼亦未可概論。如昔曾公說法而一鬼來聽，喝曰：『汝為人去罷！』其鬼答之曰：『做鬼今經五百秋，也無煩惱也無愁，禪師勸我為人去，誠恐為人不到頭。』若此等鬼是安于為鬼者也。宋劉伯龍歷位九卿郡守，而貧困獨先，其廉正可知矣。一旦思營什一之利，可不謂非易厥初操也。隨有鬼在旁撫掌大笑，伯龍因之而止。此鬼之能化人貪心者也。若此等鬼，方且禮之敬之而不暇，而敢曰斬乎？」余曰：「此真鬼也。若夫人而鬼矣，未鬼而為鬼，則不盡心人道，日趨鬼途，已非人類，焉得與安分化人之真鬼比？是必斬絕此等[四十三]。

真鬼不但不斬，還待之以禮，至於一般的鬼，不要僅靠法治，而應予以關心、協助，通過此種手段使

四十三 同註三一，見《斬鬼傳》附錄，甕山逸士〈序〉，頁一四二。

其免除「鬼類」之累名。如對付「開言處口如三緘，舉步時腳有千斤」的溫斯鬼和「有話便談，那裡管尊卑上下；得酒就飲，並不識揖讓溫恭」的冒失鬼，鍾馗則將他們各劈成兩半，然後將「溫斯鬼評處與冒失鬼一半，冒失的評與一半溫斯」，合起來依舊是二個。「只見兩個鬼，溫斯的也不溫斯了，冒失的也不冒失了，竟評成一對中行君子了」（第三回）；而對付「終日愁眉不展，面帶憂容」的心病鬼和「家無隔宿之糧，灶無半星之火」的窮胎鬼，則分別予以「寬心丸」、「元寶湯」服用（第八回）。至於對待惡鬼，懲罰亦有區別。不殺不足以改變世風者，殺之，如綿纏鬼（第三回）、謅鬼（第四回）等……；罪不致死者，或剜目——搗大鬼（第二回），或剁手——偷屍鬼（第六回），或割舌——急突鬼（第六回）；罪輕者，則處以棍打，如對誤入歧途的耍碗鬼、討吃鬼、叫街鬼，僅「每人打了四十棍，以戒將來，又每人賞了一百文錢，以濟窮苦。三鬼見鍾老爺賞罰分明，心中感服，叩頭拜謝，知過必改去了」（第五回）。

要而言之，作者暴露鬼類的種種惡德，目的是讓人們認識他們的面目，引起人們的警惕和激起人們的憤慨，至於斬殺或處罰惡鬼，主要目的則是為了還給人民一個道德、善良的社會，也是對人間鬼類的一個嚴重警告，讓他們不要心存僥倖，肆意作惡，要知道天理昭彰，報應不爽，若天人共憤，決無逃脫恢恢法網之可能。而作者所設計的牧民方法是，恩威並施，化民育眾，正是：法不峻不足以禁止邪風，情不施亦不能感召百姓。甕山逸士就云：

傳剿撫並用，猶為網開一面，不幾又增一等僥倖鬼，遺一等漏網鬼[四十四]。

劉璋寫此小說時，還未做深澤縣令，但在後來縣官四年任內，則將自己寄托於書中之治理社會的方法與理想付諸實踐：捕盜、息訟、雪冤等，就是具體的表現。作者將此理想寄托於書，自然也希望能給當世與後來者作為借鑒。

（四）展現文筆才華

劉璋在寫成諷刺小說《斬鬼傳》之後，又陸續創作了在題材與風格上都和《斬鬼傳》截然不同的才子佳人小說《鳳凰池》、《巧聯珠》、《飛花豔想》等，反映出作者的確是一個博學多聞，不可多得的才子。

尤其他竟然選擇了多數作家認為極複雜且困難的諷刺小說作為初聲之作。吉爾伯特・哈特曾說：

諷刺家總是受著一種奇異的審美歡娛的驅動。一切作家、藝術家在選材立意、營造佳構時所體驗到的正是這種審美歡娛。諷刺這種形式，正像我們已經看到的，因為它極其複雜，所以極有趣味。任何從事諷刺創作的人一定是受到它們的困難的吸引。諷刺家需要極其豐富的詞匯量；需要一種與強健而嚴肅的人生觀相結合的生動活潑的幽默風格；需要一種跳騰幾下就躍到讀者

四十四　同註三一，見《斬鬼傳》附錄，甕山逸士〈序〉，頁一四二。

前面的輕倩靈活的想像力；需要一種健康的趣味[四十五]。

正如吉爾伯特．哈特所認為的一般，諷刺作品確實不易為之。而《斬鬼傳》成書時，劉璋也只不過是個二十初頭的少年郎而已，以這麼輕的年紀，作這麼大膽的嘗試，或許正是因為有挑戰、有困難，才使作者毅然而作。既能借此展現文筆才華，從中肯定自己，並獲得樂趣；又可化育民眾，闡揚理想，何樂而不為呢？

再者，作者在《斬鬼傳．尾筆》裡說：

野史氏曰：魑魅魍魎，燐火熒煌，盈宇宙間皆是也。是書一出如甘露菩提水遍洒寰中，鬼火自滅。試問上古之五形，後王之三盡，陰曹之劍刀山，有如鍾馗老子一劍否？有如我煙霞散人一筆否[四十六]？

除了點出寫作此書的用意，在於誅殺現實社會上的一切人間鬼魅，正清風俗之外，最後一句「有如我煙霞散人一筆否」，也顯示出了作者對自己寫作能力那種深具信心且帶有霸氣的自負之情。可見展現文筆才華，亦是其寫作動機之一。

[四十五] 同註三七，頁二〇八。
[四十六]《斬鬼傳》、《平鬼傳》合刻，（台北：世界書局，民國六十九年五月六版），頁一〇七。

第二節 《唐鍾馗平鬼傳》作者、版本及其寫作動機

一、作者

《唐鍾馗平鬼傳》，一名《鍾馗平鬼傳》，簡稱《平鬼傳》，題「東山雲中道人編」。東山雲中道人何許人也？由於古人視小說為「小道」，以創作小說為遠離文人雅事清趣的筆墨遊戲，故而小說家往往不願在自己的作品上面題署真名，更何況所寫作的還是具有「批判」性質的諷刺小說。因此，作者用東山雲中道人作為字號或化名，或是為了免除「罵名」，惹來不必要的非議和麻煩；又或是在傳抄時，作者自己或翻刻者疏漏了也不無可能。但無論是何種情形，都造成後世研究者因其年代久遠且缺乏相關資料，而使得許多小說的作者問題成為一個懸案，《平鬼傳》的作者就是如此。至今，我們對《平鬼傳》作者之真實姓名及其生平事蹟，仍一無所知。在未有新的文獻資料被發掘之前，筆者也只能置辭於此。

二、版本

關於《平鬼傳》的版本，就同其作者一樣，所知甚少。筆者且將目前所見有關《平鬼傳》版本之記載條列如下：

（一）孫楷第《中國通俗小說書目》：《唐鍾馗平鬼傳》，八卷十六回，有清乾隆乙巳廣州刊本。半頁十行，行二十四字，題「東山雲中道人編」。與通行本《第九才子書》不同。未知與明本（筆者案：《鍾馗全傳》，明人撰）關係如何[四十七]。

（二）柳存仁《倫敦所見中國小說書目》：北京大學圖書館及鄭西諦先生更都收有另一部乾隆乙巳（五十年，一七八五）的廣州刊本《唐鍾馗平鬼傳》，卻是八卷十六回，題「東山雲中道人編」，這是另外一個系統的本子，可能是照前本（筆者案：《斬鬼傳》）加以擴大的[四十八]。

（三）鄭振鐸〈《斬鬼傳》、《平鬼傳》引言〉：《唐鍾馗平鬼傳》為第三種寫鍾馗故事的小說，也是罵世之作。傳本頗多，而罕見善本；或本題「東山．雲中道人編」，也不知其為何許人。文字較為直率，有的地方卻也很動人[四十九]。

吳曉鈴案：《新鋟唐鍾馗平鬼傳》，先生（筆者案：鄭振鐸）曾藏清乾隆五十年乙巳廣州刊本，今亦佚去[五十]。

（四）路工、譚天編《古本平話小說集》：《唐鍾馗平鬼傳》，封面題「乾隆乙巳年春新鐫」，「東山雲中道人評」，左下角有「鳳□ □□□□」五字不清，疑是作者隱名，或刻書坊名。

四十七　同註二一，頁二二八。
四十八　同註二二，頁二二二。
四十九　同註二三。
五十　同註二四，頁一三九。

六卷十六回，無序無跋，全書每頁十行，行二十四字，有別字及簡體字，最末回有殘缺[五十一]。

（五）《續修四庫全書・子部・提要》：《唐鍾馗平鬼傳》八卷，清乾隆乙巳廣州刊本。題東山雲中道人編，姓名不詳，是編所演凡十六回[五十二]。

就上述得知，此書存世的刊本僅見一種，為廣東鳳城五雲樓乾隆乙巳五十年（一七八五）刻本，近有「長江文藝出版社，一九八〇年十二月印《鍾馗傳—斬鬼傳・平鬼傳》，收入《中國古典小說選刊》」[五十三]、「一九九〇年上海古籍出版社《古本小說集成》影印本」[五十四]。

另外，筆者要說明的是，《鍾馗全傳》與劉璋之《斬鬼傳》、東山雲中道人之《平鬼傳》雖皆屬以鍾馗為題材的小說，但這三本書卻是各自獨立，各有其作者和版本，且三者成書之先後，亦有時代上的區別。《鍾馗全傳》係明人所撰，而《斬鬼傳》及《平鬼傳》則為清代小說；且就小說的類型而言，《鍾馗全傳》是一部典型的神魔小說，而《斬鬼傳》及《平鬼傳》則屬諷刺小說。因此，我們可以說這三本小說皆是根據同一個文學母題，即流傳於民間的鍾馗斬鬼故事加以改舊編新，在小說創作的過程中的確有其承先啟後的關係，但絕不能俱此而將三本小說視為一體，混為一談。其次，因為《斬

[五十一] 同註二七，頁四九七。

[五十二] 橋川時雄、王雲五等主編：《續修四庫全書提要》，（台北：台灣商務印書館，民國六十一年三月初版），子部，頁一八七九。

[五十三] 劉葉秋等主編：《中國古典小說大辭典》，（石家莊市：河北人民出版社，一九九八年七月），頁七九八。

[五十四] 王立言等編：《小說通典》，（北京：解放軍文藝出版社，一九九九年一月），頁四六四。

鬼傳》在翻刻時曾改題作《平鬼傳》，又兩者在時代及類型上亦是相同，遂使人們容易將兩者混淆，而有張冠李戴的情形發生。如河洛書局出版之《平鬼傳》一書，就把柳存仁《倫敦所見中國小說書目》所載的《說唐平鬼全傳》之考證，移充作「雲中道人」所編之《平鬼傳》的提要；但柳存仁在著錄《說唐平鬼全傳》時，早已註明八卷十六回，題「東山雲中道人編」的《唐鍾馗平鬼傳》是另外一個系統的本子，而河洛的編者卻將《說唐平鬼全傳》當作雲中道人的《平鬼傳》，顯然是受其書名影響而有之謬誤。再者，《續修四庫全書．子部．提要》著錄《唐鍾馗平鬼傳》八卷，所引之版本與孫氏目錄同，其中提到此書與《斬鬼傳》的關係：

> 按通行本陽直□□（筆者案：樵雲）山人《斬鬼傳》四卷，題第九才子書，亦演鍾馗事，勘其文與此本全異，疑此為舊本[五十五]。

然而柳存仁在《說唐平鬼全傳》之考證中卻認為「（《平鬼傳》）可能是照前本（筆者案：《斬鬼傳》）加以擴大的」[五十六]。顯見，兩㢱的說法不一，到底何者為是，讓我們從《斬鬼傳》與《平鬼傳》成書之先後關係來考察：就目前所見之文獻記載而言，已知《斬鬼傳》撰成於康熙二十七年（一六八八），而《平鬼傳》見於著錄的，則以乾隆乙巳五十年（一七八五）的刊本為最早，兩者相去近百年。胡萬

五十五　同註五二，頁一八七九。
五十六　同註二二，頁二二二。

川云：

雖然乾隆乙巳的刊本未必就是這書的原刊本，但是，在沒有其他有力證據出現之前，我們寧願相信這書（筆者案：《平鬼傳》）是在《斬鬼傳》之後[五十七]。

黃霖在《平鬼傳》引言亦云：

在此（筆者案：《平鬼傳》）之前，已有劉璋《斬鬼傳》一書問世流傳[五十八]。

於現行的小說史或小說目錄中，亦是先介紹《斬鬼傳》再介紹《平鬼傳》，已然成為一個通例。可見在史家及編者心中，也默認了《斬鬼傳》成書早於《平鬼傳》的事實。此外，《平鬼傳》在第一回開場詩云：「昔年也曾斬鬼，今日又要行凶」。透露出了雲中道人作《平鬼傳》乃是前有所承，而「斬鬼」二字，更讓人直接聯想到其所承者正是《斬鬼傳》；但我們也不要忘了在《斬鬼傳》之前，還有一本明刊的《鍾馗全傳》。即使如此，我們從三本小說的寫作構想和內容、風格來看：鄭尊仁在其《鍾馗研究》中說道：

《鍾馗全傳》是一本瀰漫著宗教意味的小說，與清代另外兩本（筆者案：《斬鬼傳》及《平鬼

五十七 同註三，頁一六三。
五十八 同註三一，見《平鬼傳》引言，頁二。

傳》）承襲了文人畫風格，藉鍾馗來寄寓自己希望的小說有著根本上的不同[五十九]。重要的是，在《鍾馗全傳》中，鍾馗所收拾的，都是真正存在於人間，危害世人的鬼物；而《斬鬼傳》與《平鬼傳》中，鍾馗所斬的卻是具有惡德敗行的「人鬼」。且《斬鬼傳》與《平鬼傳》都是清初小說，時代相仿；又《鍾馗全傳》至今只見一刊本，現在藏於日本內閣文庫，可推測其翻刻、流行的程度在當時或以後並不熱絡。但《斬鬼傳》卻不同，它版本眾多，其流傳定較《鍾馗全傳》來得廣，在參考資料容易取得下，影響當然較大。因此，筆者認為雲中道人的《平鬼傳》正是在《斬鬼傳》之後，仿效其以鬼喻人，寄托心志，然後加以改編擴大而成的。

再者，《平鬼傳》總回目錄的文字與每回回目的文字有不一致之處。如第七回的總回目為「五里村鍾馗收窮鬼」，每回回目改為「五里村酒店收窮鬼」；第八回的總回目為「大敗後窮鬼遇窮神」，每回回目則為「溜子陣戰敗遇窮神」；第十二回的總回目為「吊角莊風流鬼叛親」，每回回目改「叛」為「攀」，作「吊角莊風流鬼攀親」[六十]。又本書章回末了之結束語在體例上，亦有不一之處，如第五回結束沒有「欲知後事如何，且聽下回分解」一類套話，與其他十五回的結束文字不同。這些都表明

[五十九] 鄭尊仁：《鍾馗研究》，（中國文化大學中國文學研究所碩士論文，民國八十四年六月），頁一九五。

[六十] 案：就台灣近年所出版的《平鬼傳》而言，總回目錄的文字與每回回目的文字有不一之處，均以每回回目為主，修正統一，如三民書局、河洛書局、文化圖書。但亦有保存其原貌而未作修改者，如世界書局的《斬鬼傳》、《平鬼傳》合刻本。

了本書的編撰及刊刻過程，不免失之粗疏。

本文論述此書時，以三民書局排印本為據。三民書局本係據乾隆乙巳刻本及《世界文庫》本《平鬼傳》排印。

三、寫作動機

由於現存之《平鬼傳》無序、無跋，使我們無法直接了解作者的寫作意圖，但我們還是可以從第一回中察其端倪。

第一回開場詩云：

世上何嘗有鬼？妖魔皆從心生。違理犯法任意行，方把人品敗淨。
舉動不合道理，交接不順人情。搖頭晃膀自稱雄，那知人人厭憎！
行惡雖然人怕，久後總難善終。惡貫滿盈天不容，假手鍾馗顯聖。
昔年也曾斬鬼，今日又要行凶。咬牙切齒磨劍鋒，性命立刻斷送。

又同一回，閻君對鍾馗道：

陰間鬼魂俱係在下掌管。今陽間有一種鬼，說他是鬼，他卻是人，說他是人，他卻又叫做鬼。各處俱有，種類不一，甚為民害，惟萬人縣內更多。在下憐你才學未展，秉性正直，意欲封爾為平鬼大元帥。凡遇此鬼，除罪不至死，尚可造就者，令其改邪歸正，以體上天好生之德，其餘盡皆斬除。倘有惡貫滿盈，罪不容死的，生擒前來，再以陰間刑法治之。

據此，我們清楚地得知雲中道人作《平鬼傳》的動機：

（一）懲惡勸善

作者在小說中，將各類「心生妖魔」、「違理犯法」、「人品敗淨」、「不順人情」之人，紛紛冠以鬼名，並借鍾馗之手代替他來嚴懲這些世間鬼類，而處罰方式則按其罪行之輕重決定，究其最終目的，仍在於使他們改邪歸正，棄惡從善，做回「真人」。

（二）宣揚果報

作者在詩中云：「行惡雖然人怕，久後總難善終。」明白地告訴那些惡德敗行之「人鬼」，不要心存僥倖，天理昭彰，報應不爽，「不是不報，只是時機未到」；也安撫那些被鬼類欺侮之人，要他們知道惡人終究難逃法網，會得到報應。

（三）抒發憤懣

社會的黑暗和醜惡，提供了諷刺小說家豐富的批判材料。在封建末世，面對著該否定、該粉碎的舊事物，一些憤世嫉俗而又「無才補天」的作者，便借助魔幻的形象、怪誕的故事，把筆鋒指向這個人鬼顛倒，曲直不分的世界，於作者眼中，一切都是荒謬絕倫的，一切都是可笑的，從而表現出對現存社會秩序及其傳統陋習的反叛。第一回開場詩末了兩句：「咬牙切齒磨劍鋒，性命立刻斷送。」突顯的正是作者面對混亂世道時之憤懣，這是一種不與世沉浮、不屈服現實的可貴精神。正是在這種精神支持下，進而激起作者欲借小說諷刺現世的寫作動機。

經由以上三點對雲中道人作《平鬼傳》動機之分析，我們不難看出，雲中道人與劉璋在寫作動機上大抵一致，都出自於一份關懷、憐憫的救世、勸世之心。小說寫鍾馗平鬼，實則表達了民眾企盼除掉現實中奸惡之人的願望與心聲，只不過，雲中道人顯然比劉璋多了一點對現實世界的不滿和怨憤罷了！

第三節　《何典》作者、版本及其寫作動機

一、作者

《何典》，十回，原署「纏夾二先生評，過路人編定」。一九二六年劉復（半農）考訂其原書作者，得知過路人乃為張南莊，纏夾二先生則為陳得仁，他在〈關於《何典》的再版〉說道：

> 半月前，我又在冷攤上買到了一部不完全的石印小書，其內容即是《何典》的下半部，但封面上寫的是《繪圖第十一才子書》，書中的標目，卻又是《鬼話連篇錄》。這都沒有關係，因為

上海翻印小書的人，往往改換名目。可是原書中的「纏夾二先生評，過路人編定」在這翻印本裡已改作了「上海張南莊先生編，茂苑陳得仁小舫評」[六十一]。

編定者過路人，原名張南莊，上海人。評者纏夾二先生，原名陳德仁，字小舫，清代長洲（今江蘇吳縣）人。

關於作者張南莊的事蹟，主要見於光緒刊本書末之海上餐霞客跋文：

《何典》一書，上邑張南莊先生作也，先生為姑丈春蕃式尹之尊人，外兄小蕃學博之祖。當乾嘉時，邑中有十布衣，皆高才不遇者，而先生為之冠。先生書法歐陽，詩宗范、陸，尤劬書，歲入千金，盡以購善本，藏書甲於時。著作等身，而身後不名一錢，無力付手民。憶余齠齡時，猶見先生編年詩稿，蠅頭細書，共十餘冊。而咸豐初，紅巾據邑城，盡付一炬，獨是書幸存[六十二]。

由此段引文中，我們知道張南莊生活在清乾隆、嘉慶年間（一七三六～一八二一），係江南十大布衣之首，在當時有一定聲名，雖富有文才，但高才不遇，終生並未出仕。他精於書法，師法歐陽詢；研討詩文，詩宗陸游、范成大[六十三]；更是一位藏書家，並以此為嗜好而稱名於鄉里，每年進千金，都用

[六十一] 同註三一，見《何典》附錄，劉復：〈關於《何典》的再版〉，頁一三八～一三九。

[六十二] 同註三一，見《何典》，頁一二五。

[六十三] 案：陸游、楊萬里、范成大、尤袤，號稱南宋「中興四大詩人」，其中陸游與范大成詩風及創作內容相近，均於詩中流露出愛國情操和豪邁之氣。

來收購善本。他勤於著述，著作等身，有編年詩稿十餘冊，皆因生前人微，死後又不名一文，無力使自己的著作付梓，後毀於咸豐兵火，僅《何典》倖存，這對他個人和文壇而言都是一項遺憾與損失，否則我們就能夠從他的詩篇中了解更多有關他與《何典》的資料。可幸的是，從他同鄉楊城書《蒔古齋吟稿》所載《題張南莊詩卷》詩及《張南莊詩序》中，尚可窺見他創作詩歌的一些情況，以及別人對他詩歌的評價意見。

有關張南莊確切的生平，至今我們仍所知甚少。乾嘉年間，上海歸屬松江府管轄，成江就說：

> 《何典》裡大量的方言俚語，就出自松江，但也夾雜著一部分江蘇南部和浙江東北部的方言（劉復發現其中有些方言出自溫州），故我們推斷，張南莊可能客遇在松江，他的化名為「過路人」，也可證實這一點。從小說內容和細節描寫表明，張南莊很熟悉松江一帶農村的生活，稱自己的住處為「罨頭軒」（放著魚網的小屋）。本人仔細地查閱過松江的志書及上海的其他志書，未找到張南莊的線索。當年，劉復也為找張南莊煞費苦心。由於「南莊」是作者的號，不是名，給查詢增加了難度[六十四]。

看來，要想了解更多張南莊的生平、事蹟及其籍貫，尚有待新材料的發現。

[六十四] 張南莊：《何典》，（上海：學林出版社，二〇〇〇年十二月），見成江：〈點注後記〉，頁二九〇~二九一。

二、版本

《何典》全書共十回，原署「纏夾二先生評，過路人編定」，是張南莊倖存的一部方言小說。初刻於清光緒四年戊寅（一八七八），有上海申報館仿聚珍板本，編入《申報館叢書》，首有太平客人〈序〉，次有過路人〈序〉，末有海上餐霞客〈跋〉。

光緒二十年甲午（一八九四），又有上海晉記書莊石印本，十卷，不分回，書名改題《十一才子書鬼話連篇錄》，署「上海張南莊先生編」，「茂苑陳得仁小舫評」。這是此部小說的第二種本子。

《何典》雖經以上兩次印行，然而在當時流傳皆不廣，可能因為它是一部方言小說，因而使方言區域以外的讀者不易接受，以致影響它的流通。後來吳稚暉「屢次三番的說，他做文章，乃是在小書攤上看見了一部小書得了個訣。這小書名叫《豈有此理》；它開場兩句，便是『放屁，放屁，真正豈有此理！』」[六十五]遂引起錢玄同和劉復搜尋此書的興趣，而此書即是《何典》，有第一回開場詞為證：

> 不會談天說地，不喜鼓文嚼字。一味臭噴蛆，且向人前搗鬼。放屁，放屁，真正豈有此理！

大約在一九二三或次年，魯迅偶然從光緒五年（一八七九）印的《申報館書目續集》上看見《何典》題要，這樣說：

[六十五] 同註三一，見《何典》附錄，劉復：〈重印《何典》序〉，頁一二七。

《何典》十回。是書為過路人編定，纏夾二先生評，而太平客人為之序。書中引用諸人，有曰活鬼者，有曰窮鬼者，有曰活死人者，有曰臭花娘者，有曰畔房小姐者：閱之已堪噴飯。況閱其所記，無一非三家村俗語；無中生有，忙裡偷閒。其言，則鬼話也；其人，則鬼名也；其事，則開鬼心，扮鬼臉，釣鬼火，做鬼戲，搭鬼棚也。語曰，「出於何典」？而今而後，有人以俗語為文者，曰「出於《何典》」而已矣[六十六]。

疑其別致，於是留心訪求，並委託友人常維鈞也幫忙尋找，但均無所獲。一九二六年，劉復在逛廠甸時，偶然下買了此書（申報館排印本），於是將它重新整理並於同年六月由北新書局排印出版。劉復的整理主要是：用符號標出書中俚語，對其中少量俚語作校注，並將全書重新標點。此外，卷首有劉半農繪「鬼臉一斑」，計頭像共十六幅，包括了書中主要角色；右下角有劉半農題詞：「不會畫人相，何妨畫鬼相，若說畫得不像，捉他一個來此，看他像也不像，天陰雨濕百無聊賴之日，畫於不敢搗鬼齋。半農。」[六十七]該書另有一頁啟示，係北新掌櫃謂廣告上宣傳過的錢玄同預定在本書付印時所作之序終未寫出，而向讀者致歉，此書再版時，兩者都被抽去。再者，該書還錄有劉復請魯迅所作〈題記〉（後收入《集外集拾遺》）及劉復〈重印《何典》序〉二文。一九二六年十二月，北新書局再版。此

[六十六] 魯迅：《魯迅全集．華蓋集續編．〈為半農題記何典後，作〉》，（台北：古風出版社，民國七十八年十二月），第三卷，頁三〇三。

[六十七] 案：劉半農所繪「鬼臉」與題詞，見本文附錄二，頁二七五。

次再版，增收了魯迅〈為半農題記《何典》後，作〉[六十八]、林守莊〈序〉及劉復〈關於《何典》的再版〉。劉復在標點、校釋方面也作了些修正，如初版時第四回的一條批注：「本回中間有一、二穢語，將為刪去，代之以□」。再版時，批注與□均被取消，刪去的文字亦照原文補出。至一九三三年九月，北新書局先後共再版五次。

關於《何典》版本的資料，成江亦有論及，筆者補充如下：

> 從光緒四年版到劉復點注版本，間隔四十八年；至一九四九年，北新書局共印了六版《何典》。坊間也出現了多種翻版的《何典》。據我看到的就有：
>
> （一）一九四六年十月上海友聯出版公司收入「萬人手冊第一輯」的《何典》，口袋書開本，封面上寫著「吳稚暉先生推薦不朽杰作」，印數一萬，文中部分文字已改。
>
> （二）上海卿雲圖書公司的《何典》，一九二六年七月的初版，一九二八年五月的第三版，裝幀精緻，封面是羊皮的，燙金字，書上標明是陸友白校，內文與友聯出版的差不多，改的部分文字也相同，扉頁前有「海上浪人」寫的提要，內容也出自北新書局版和光緒五年版的廣告，行文中沒有新意。

[六十八] 案：魯迅：〈為半農題記《何典》後，作〉，原發表於《語絲》第八十二期，（一九二六年六月七日），收入魯迅：《華蓋集續編》。

(三)上海大達圖書供應社一九三五年五月出版的《何典》,標明是再版的,周郁浩標點。

除北新書局版的,上述幾種版本均沒有注釋,倒是將書中褻語「屄」字統一改成了諧音的「皮」字,若不知其故,書中那些「皮」字,有幾處讀來顯得十分滑稽。

其後三十年,《何典》流傳中斷。直到一九八一年,人民文學出版社和工商出版社才分別出版了《何典》的新版本,前者為潘慎的校注本;後者為北新書局第五版的重印本,劉復原點注,但謹慎地標明為「內部發行」。一九八五年十一月,為紀念魯迅逝世五十周年,上海魯迅紀念館和上海書店特編印《魯迅作序跋的著作選輯》十五種,其中第一種就是根據北新書局一九二六年初版本影印的《何典》。現在讀者看到的新注《何典》的底本,是一九三三年上海北新書局第五版的版本,這個版本校戡較精[六十九]。

此外,必須說明的是,人民文學出版社,一九八一年五月第一版,係以上海北新書局一九三三年九月第五版為底本,重新排印、校注出版《何典》,作為該社《中國小說史料叢書》之一種,該書由潘慎校注,於方言俚語有詳盡的注釋,有助於閱讀者對此書進一步的了解。近有一九九〇年上海古籍出版社《古本小說集成》影印本,及二〇〇〇上海學林出版社出版,由成江點注的新注本《何典》。

本文論述此書時,以三民書局排印本為據,該本係以申報館排印本為底本,再加以整理。

[六十九] 同註六四,見成江:〈點注後記〉,頁二八八~二八九。

三、寫作動機

（一）創新求變，打破寫作窠臼

《何典》，這部由張南莊以方言寫成的鬼類諷刺小說，從書名來看，幾乎很難讓人聯想到它是一部小說，自然更勿論說要揣測書裡的內容了。而當你讀此書時，保證會讓你處處驚嘆「小說還有這種作法」，然不管是作者對此書的命名也好；所創作的內容也罷，都反映了他對小說特徵的理解和欲創新求變，打破寫作窠臼的文學觀。

書前太平客人〈序〉云：

昔坡公嘗強人說鬼，辭曰無有，則曰：「姑妄言之。」漢《藝文志》云：「小說家者流，蓋出於稗官，街談巷語，道聽塗說者之所為也。」由是言之，何必引經據典而詡為鬼之董孤哉？吾聞諸：天有鬼星，地有鬼國；南海小虞山中有鬼母，盧充有鬼妻，生鬼子；《呂覽》載黎邱奇鬼，《漢書》記斄亭冤鬼；而尺郭之朝吞惡鬼三千，夜吞八百，以鬼為飯，則較鍾進士之啖鬼尤甚。然或者造無為有，典而不典。若乃「三年伐鬼」，則見於《書》；「一車載鬼」，則詳於《易》；「新鬼大，故鬼小」，則著於《春秋》。豈知韓昌黎之送窮鬼，羅友之路見揶揄鬼，借題發揮，一味搗鬼而已哉？今過路人務以街談巷語，記其道聽塗說，名之曰《何典》。其言則鬼話也，其人則鬼名也，其事實則不離乎開鬼心，扮鬼臉，懷鬼胎，釣鬼火，搶鬼飯，釘鬼門，做鬼戲，搭鬼棚，上鬼黨，登鬼錄，真可稱一步一個鬼矣。此不典而典者也[七十]。

又過路人在此書之〈自序〉云：

無中生有，萃來海外奇談；忙裡偷閒，架就空中樓閣。全憑插科打諢，用不著子曰詩云；詎能嚼字齩文，又何須之乎者也。不過逢場作戲，隨口噴蛆；何妨見景生情，憑空搗鬼。一路順手牽羊，恰似拾蒲鞋配對；到處搜鬚捉蝨，賽過搲迷露做餅[七十一]。總屬有口無心，安用設身處地；盡是小頭關目，何嫌脫嘴落鬚[七十二]。新翻騰使出花斧頭[七十三]，老話頭箍成舊馬桶[七十四]。陰空撮撮[七十五]，一相情願；口輕唐唐[七十六]，半句不通。引得人笑斷肚腸根，歡天喜地；且由我落開黃牙牀[七十七]，指東話西。天殼海蓋，講來七纏八丫叉；神出鬼沒，鬧得六缸水弗渾[七十八]。豈是造言生事，

七十 同註三一，見《何典》原序一，頁一～二。

七十一 案：搲迷露做餅：意思為胡思亂想。

七十二 案：脫嘴落鬚：信口開河。

七十三 案：花斧頭：花樣、手法。

七十四 案：老話頭箍成舊馬桶：意思是，用從前通行的話講敘往事。

七十五 案：陰空撮撮：想當然。

七十六 案：口輕唐唐：說話輕巧隨便。

七十七 案：落開黃牙牀：張嘴。

七十八 案：渾：劉復云：「渾，疑當作淨。」

偶然口說無憑；任從掇冊查考，方信出於何典[七十九]。

作者給自己的小說取名《何典》，意味此書創作出自新典，全書以方言俗語為文，可謂「前無古人」；文中則「鬼話連篇」、「一步一個鬼」。張南莊認為小說的內容本來就是虛構的，是出於「街談巷語，道聽塗說」，創作時理應隨著個人意趣，信手拈來，自由發揮，並且推陳出新，舊瓶亦可裝新酒，毋需受故紙典籍的束縛，而應當體現自我作古的創新勇氣，正是「不典而典者也」。至於那些「引經據典」、「嚼字齩文」的作品，作者則抱持著不以為然的態度，關於這點，或許與他身處之時代有關。黃霖就說：

如果我們再將視野適當擴大一點，結合作者所處乾嘉時代的學術研究和文學創作風氣，便不難體味「何典」這兩個字所透露出的反詰語氣，包含著作者對落筆必求數典徵實的學風，以及小說創作和小說批評中一定程度上存在著的學究式傾向的懷疑，乃至某種否定[八十]。

第十回末，詩曰：

文章自古無憑據，
花樣重新做出來。

七十九　同註三一，見《何典》原序二，頁一～二。
八十　同註三一，見《何典》引言，頁一。

拾得籃中就是菜，
得開懷處且開懷。

可說是為張南莊創作本書之旨趣及初衷，下了一個最好的註解。

（二）反映人生，暴露社會醜惡

作者在〈序〉中雖以遊戲文學為煙幕，但仍無法掩蓋其影射當時社會現實的本意。魯迅曾概括此書曰：「談鬼物正像人間，用新典一如古典」[八十一]。其寫法正是繼承了自《斬鬼傳》和《平鬼傳》以來的諷刺風格，藉鬼諷世。劉復謂全書「無一句不是荒荒唐唐亂說鬼，卻又無一句不是痛痛切切說人情世故」[八十二]。在文字獄大張的時代，作者把對人世的不滿，採取了巧妙的技巧，借鬼話道出，傾瀉內心的抑鬱，其激憤之情，充塞字裡行間；而對鬼域世界精心的刻劃，莫不是為了「在死的鬼畫符和鬼打牆中，展示了活的人間相，或者也可以說是將活的人間相，都看作了死的鬼畫符和鬼打牆」[八十三]，進而將現實世界毫釐不差地展示在小說中，正所謂「從世相的種子出，開的也一定是世相的花」[八十四]。書中作者通過三家村財主活鬼一家兩代的不同際遇和禍福，嘲笑了閻羅王及妖魔鬼怪所在的陰曹地府

[八十一] 魯迅：《魯迅全集．集外集拾遺．〈《何典》題記〉》，（台北：古風出版社，民國七十八年十二月），第七卷，頁二八八。
[八十二] 同註三一，見《何典》附錄，劉復：〈重印《何典》序〉，頁一二八。
[八十三] 同註八一，頁二八八。
[八十四] 同註八一，頁二八八。

的形形色色，借此對當時社會的人情世態、官場的黑暗腐朽，極盡嘲諷之能事，作出最嚴厲的諷刺，反映出我國封建社會崩潰前夕的黑暗現實。

總之，張南莊借鬼域寫人世，雖然給《何典》披上一層薄紗外衣，然而其真實目的卻是要讀者撩開這層薄紗，明確無誤地看到小說裡面的世界，正是自己身邊的世界。

第四節　鬼類、內容概述

一、《斬鬼傳》

（一）鬼類（按出場先後順序排列）

搗大鬼——好說大話，吹噓自己的身份和才能，以此騙財或誆食。下場先是被鍾馗剜出眼睛，最後被彌勒佛吞進肚子，化屎拉出。

挖渣鬼——搗大鬼結義兄弟，專好吹噓，善於暗中算計別人。下場是被彌勒佛吞進肚子，化屎拉出。

含碜鬼——搗大鬼結義兄弟，說話不實，專門在背地裡陷害他人。下場是被彌勒佛吞進肚子，化屎拉出。

皮臉鬼—路上強盜。
溫斯鬼—稀奇寺火頭，言行舉止慢慢吞吞，少氣無神；後來鍾馗將溫斯鬼與冒失鬼劈成四件，各取一半，拼成一對中行君子（筆者案：中行君子意謂為人處世中道而行）。
冒失鬼—言行舉止不經思考，莽莽撞撞。下場同溫斯鬼。
涎臉鬼—又稱涎臉大王，無恥山寡廉洞的鬼王，寡廉鮮恥。下場是自刎而死。
齷齪鬼—涎臉鬼的徒弟，吝嗇小氣，整日思量怎樣圖人財產、占人土地。下場是與仔細鬼互砍，重傷而亡。
仔細鬼—涎臉鬼的徒弟，視錢如命，一毛不拔。下場是與齷齪鬼互砍，重傷而亡。
急賴鬼—涎臉鬼的徒弟，遇事推拖耍賴。下場是跌落沒奈河，變成大鱉。
綿纏鬼—涎臉鬼的徒弟，專好死纏爛打，並無廉恥，不達目的絕不罷休。下場是被鍾馗斬殺。
伶俐鬼—涎臉鬼的軍師，見識精詳，施計妥當，後投靠風流鬼。下場是被負屈摘及心肝。
不通鬼—八蜡廟中的教學先生，作文不通，又怪別人淺薄不能賞識。下場是投井自盡。
謅　鬼—不通鬼結社裡的社長，胡謅瞎說之流。下場是死於鍾馗劍下。
討吃鬼—齷齪鬼的兒子，奢華揮霍，非嫖即賭，後來淪為乞丐。下場是被鍾馗棍責四十，又賞了一百文錢，令其改過自新。

耍碗鬼——仔細鬼的兒子，奢華敗家，整日賭錢飲酒取樂，後來淪為乞丐。下場是被鍾馗棍責四十，又賞了一百文錢，令其改過自新。

倒塌鬼——原是富貴人家，因不學無術，遂把家產敗盡，淪為討吃鬼家中下人。下場是死於討吃鬼棍下。

低達鬼——阿諛奉承的小人，後被鍾馗所擒，罰他幫陰兵吮癰舐痔。

誆騙鬼——耍碗鬼的知心朋友，專靠口舌，詐騙錢財。下場是被摳掏鬼摳死。

丟謊鬼——耍碗鬼的知心朋友，專靠口舌，詐騙錢財。下場是死於鍾馗劍下。

叫街鬼——急賴鬼的兒子，父死之後當了乞丐，下場是被鍾馗棍責四十，又賞了一百文錢，令其改過自新。

假　鬼——本領是行事如捕風捉影，說話則漫天蓋地。下場是被鍾馗斬殺。

地哩鬼——通風報信之人。下場是被楞睜大王壓死。

摳掏鬼——誆騙鬼店裡的伙計，專摳人錢，凡事千萬計較，毫無良心。下場是自焚而死。

風流鬼——縣尹作養的童生，雖有才思，但做人浮蕩、輕狂，縱情於花柳之間，全無中規中矩的氣象。下場是被鍾馗逼死，化為原形。

遭瘟鬼——縣尹作養的童生，為人糟腐，開口就講道學，至於人情世態，一毫不懂。下場是頭上生瘡，透頂而死。

偷屍鬼—丟謊鬼店裡的伙計，生得毛手毛腳，專偷盜。下場是被縣令命人將其雙手剁了。

急突鬼—丟謊鬼店裡的伙計，生得伶牙俐齒，做錯死不承認，只會賴人。下場是被縣令命人將其舌頭割了。

輕薄鬼—伶俐鬼招來替風流鬼報仇的兄弟，生得體態輕狂，言語不實，最好掇乖賣俏。下場是被負屈斬殺。

撩橋鬼—伶俐鬼招來替風流鬼報仇的兄弟，極能沿墻走壁，上樹爬山，就如猿猴一般。下場是被負屈一箭射殺。

澆虛鬼—伶俐鬼招來替風流鬼報仇的兄弟，撩蜂踢蝎，吹起揑塌之輩。下場是被負屈斬殺。

滴料鬼—伶俐鬼招來替風流鬼報仇的兄弟，撩蜂踢蝎，吹起揑塌之輩。下場是被負屈斬殺。

心病鬼—終日愁眉不展，面帶憂容，吃了含冤給的寬心丸後就好了。

窮胎鬼—赤貧帶衰之人，卻有高人與他稱莫逆，服用含冤給的兩劑元寶湯後就好了。

急急鬼—急躁之人，最後急得一頭撞死。

黑眼鬼—生得五官不正，四體歪斜，好人之所惡，惡人之所好，自以為士居之；後被白眉神收服，交與妓院當下人。

色中餓鬼—悟空庵住持，本領為跳墻頭、鑽狗洞、嫖娼婦。下場是被鍾馗斬殺。

發賤鬼—道人，欺善怕惡，越見人軟，他越硬起來，不知輕重。下場是被含冤令陰兵將其教訓一頓，稍不發賤。

醉死鬼—好酒顛狂的醉漢。下場是死於負屈刀下。

楞睜大王—生來朦朧，秉性癡拙，雖然威嚴若神，卻是木雕泥塑一般，說話牛頭不對馬嘴，顛倒反覆；本領是總呆著一雙白眼，半聲也說不出來。下場是慘遭活埋。

乜斜鬼—楞睜大王手下，是一懶散糊塗之人。下場是被負屈斬殺。

奸　鬼—原為楞睜大王手下，後給色中餓鬼做徒弟，當了和尚，是三心二意的奸巧之人。下場是被鍾馗斬殺。

活施鬼—家財有限又好體面、擺闊氣，只會虛張聲勢，是標準打腫臉充胖子一類的人。下場是撞牆而死。

（二）內容

第一回　金鑾殿求榮得禍，酆都府捨鬼談人：

《斬鬼傳》敘述唐德宗時，才高貌醜、生性耿直的秀才鍾馗到京應試，成績卓異，考官韓愈和陸贄把他取為貢士之首。金殿面聖時，德宗嫌其醜陋，甚是不悅，欲取消其狀元資格，又因奸相盧杞讒言誹謗，鍾馗聞言大怒，舞笏便打，德宗喝令拿下，鍾馗憤極，奪劍自刎。經陸贄奏說，德宗後悔聽信讒言，遂將盧杞發配嶺外，以正妒嫉之罪，並封鍾馗為驅魔大神，要他遍行天下，以斬妖邪。鍾馗受封，其鬼魂便至地府拜見閻君，說明要來陰間誅妖斬邪，閻君卻說：「尊神要斬妖邪，倒是陽間最多。」因為「大凡人鬼之分，只在方寸間。方寸正的，鬼可為神，方寸不正的，人即為鬼。」閻君又告訴他，陽間鬼物共有三十九種之多，他們多是習染成性之罪孽，欲行之以法制，彼無犯罪之名；欲彰之以報應，又無得罪之狀，正需要鍾馗這樣的驅魔大神將那些人間鬼類一一懲治。最後閻君還派了大將二員，一個叫含冤，一個叫負屈，再撥陰兵三百給他助威。又有一隻能知鬼類所在的蝙蝠自願跟隨，於是一群人浩浩蕩蕩的返回陽世斬鬼。

第二回　訴根由兩神共憤，逞豪強三鬼齊謅：

鍾馗一行來到陽世，幻化成人形，首先到了「稀奇寺」，入內休息，於寺中，含冤、負屈二人自述身世，後由彌勒佛助鍾馗除掉搗大鬼、挖渣鬼、含碜鬼。

第三回　含司馬計救賽西施，負先鋒箭射涎臉鬼：

又於寺中助溫斯鬼與冒失鬼，使他們變成中行君子，後於途中斬殺了糾纏民女的綿纏鬼；含冤設計令涎臉鬼良心發現而自盡。

第四回　因齷齪同心訪奇士，為仔細彼此結冤家：

接著鍾馗斬了謅鬼；齷齪鬼與仔細鬼則互殘而死；不通鬼投井而亡；急賴鬼逃跑時落入沒

奈河，變成大鱉。

第五回　忘父仇偏成莫逆，求官位反失家私：

齷齪鬼的兒子討吃鬼與仔細鬼的兒子耍碗鬼，因受誆騙鬼及丟謊鬼的詐騙，以致散盡家產，淪為乞丐，又巧遇急賴鬼的兒子叫街鬼，三人結拜成兄弟。另一方面，鍾馗斬了假鬼，後又尋討吃鬼三人，分別懲以棍責四十，又賞每人一百文錢，令其改過自新去。

第六回　誆騙人反被摳掏，丟謊鬼卻教鬼偷屍：

後誆騙鬼被伙計摳掏鬼所殺，而摳掏鬼在含冤計下戰敗，自焚而死。又鍾馗同縣令一起審案，斬殺了丟謊鬼，剁去偷屍鬼雙手，割掉急突鬼舌頭。

第七回　對芳樽兩人賞明月，獻美酒五鬼鬧鍾馗：

且說風流鬼因能詩善文，鍾馗於是請風流鬼以他鬍鬚為題賦詩一首，而風流鬼正好滿肚牢騷，便藉此發洩，吟詩諷刺鍾馗，鍾馗一怒之下，提劍就要誅他，風流鬼遂被逼回原形而死，原是未央生所化。伶俐鬼得知風流鬼被鍾馗逼死後，為了報仇，招來了輕薄鬼、撩橋鬼、澆虛鬼、滴料鬼四人，一起去戲弄鍾馗，先把他灌醉，再脫其靴子，偷其寶劍、笏板，藏其紗帽，弄得鍾馗脫巾露頂，赤腳袒懷，不成模樣，這就是五鬼鬧鍾馗的故事。恰好負屈領兵回來，於是五鬼逐一被斬殺。

第八回　悟空庵懶誅黑眼鬼，烟花寨智請白眉神：

等鍾馗醒來後，含冤稟明醫治心病鬼、窮胎鬼及戰敗急急鬼之事。接著鍾馗等人對上黑眼鬼，但吃了敗仗，於是含冤獻計，請出白眉神，方將黑眼鬼制服，並交予妓院當下人。

第九回　喜好色潛移三地，愛貪杯謬引神仙：

話說白眉神牽走了黑眼鬼後，鍾馗一行便在悟空庵暫停，鍾馗無意中發現庵中積聚了許多色中餓鬼所藏的淫婦，遂將她們全部斬殺，並尋色中餓鬼去，不料追趕之際，竟被醉死鬼絆倒，而讓色中餓鬼逃脫，但最後色中餓鬼與醉死鬼還是在酒鋪中被就地正法。

第十回　妖氣淨楞睜歸地獄，功行滿鍾老上天堂：

最後，負屈斬殺了乜斜鬼，含冤設計活埋了楞睜大王，功行圓滿，班師回朝。玉帝策封鍾馗為翊正除邪雷霆驅魔帝君，含冤為天樞文德翼聖真君，負屈為天樞武德贊聖真君。鍾馗等謝恩畢，含負二人俱到天樞垣赴任去，而鍾馗則往廟中享受香火。德宗見了奏報，命柳公權題匾，遣禮部尚書杜黃裳、內侍魚朝恩前去鍾馗廟掛匾，在一派笙蕭鼓樂中，眾人看到匾上所題是五個瓦盆大的金字：「那有這樣事！」全書至此結束。

二、《平鬼傳》

（一）鬼類（按出場先後順序排列）

大頭鬼—閻君撥給鍾馗隨路聽用的鬼卒。

大膽鬼—閻君撥給鍾馗隨路聽用的鬼卒。

精細鬼—閻君撥給鍾馗隨路聽用的鬼卒。

伶俐鬼—閻君撥給鍾馗隨路聽用的鬼卒。

短命鬼—無恥夫妻的大兒子，不論人之厚薄，也不論事之大小，專以短見害人，送給了應氏表弟針尖和尚做徒弟。下場是被鬱壘和嘸蕩鬼斬殺。

無二鬼—無恥夫妻的二兒子，行事為人，較其父無恥，更甚十倍，仗著歪賴嚇詐，是兇神惡煞之人，自號炕頭大王。下場是死於神荼叉下。

下作鬼—無二鬼幫客，做了狗頭軍師，外面與人相交，卻是極好，肚裡卻藏著壞心眼，專長詆毀戳邪，欺訛百姓，有個外號叫「臭鴨蛋」，言其是個壞心眼的人。下場是死於鬱壘棍下。

倒　鬼—無二鬼的結拜兄弟，衰鬼一個，專給人帶晦氣，令人萬事不利，欲斬之際，被他父親喪門神救走。

粗魯鬼—無二鬼的結拜兄弟，行事粗魯。下場是自己撞死。

滑　鬼—無二鬼的結拜兄弟，凡事油滑推托。下場是被神荼劈死。

賴殆鬼—或名懶怠鬼，無二鬼的結拜兄弟，個性懶怠，為人無賴、歹毒，後投降鍾馗。下場是被亂軍殺死。

噍蕩鬼—無二鬼的結拜兄弟，性情粗暴、放肆，後投降鍾馗。經曲泉鬼給他刷洗乾淨後，說話再不噍蕩了。

冒失鬼—無二鬼的結拜兄弟，作事冒冒失失，莽莽撞撞。下場是死於鍾馗劍下。

混賬鬼—無二鬼的結拜兄弟，討債時，欠他少的，他偏說多，還了他的，他說賬尚未清。下場是被大頭鬼斬殺。

討債鬼—無二鬼的結拜兄弟，討債時與混賬鬼無二異。下場是被大頭鬼斬殺。

楞睜鬼—無二鬼的結拜兄弟，猙獰、嚴厲之人。下場是死於大頭鬼鍾下。

溜搭鬼—下作鬼的妻子，是一淫婦。下場是被鬱壘和噍蕩鬼斬殺。

色　鬼—溜搭鬼的情人，男女不拒的好色之徒，服用賈在行（催命鬼）誤開的絕命丹而亡，又被針尖和尚救活，遂投其門下。下場是被大頭鬼一錘打死。

小低搭鬼—色鬼的家童，亦是其男妓。下場是被鬱壘和噍蕩鬼斬殺。

催命鬼—姓賈號在行，是位郎中，實為庸醫。下場是被燒死。

酒　鬼—色鬼的哥哥，好酒之徒。下場是被李白領去當酒友。

尖腚鬼—或稱老尖腚鬼，無二鬼手下。下場是死於鬱壘棍下。

窮　鬼—一貧如洗，雖不隨和，但有志節，不同流合汙。後被鍾馗收為破鬼前步先鋒。

累　鬼—窮鬼的親表兄弟，時常為人情往來所累，少不得盡力巴結，人甚骨氣，且有膽略，能爭慣戰，有萬夫不當之勇，為無二鬼助陣。下場是被大頭鬼捉去，後投降於鍾馗。

勾死鬼—下作鬼家人，能言善道，專長聚眾。下場是被亂軍殺死。

賭錢鬼—無二鬼好友，開賭博廠，專做頭家，誘人賭錢，使人家破蕩產。下場是被油炸，烹成一塊灰炭。

憂愁鬼—窮鬼的丈人，終日愁眉深鎖，服用鍾馗給的寬心丸和大膽湯後就好了。

替死鬼—賭莊的人頭，專代人受過。下場是被大頭鬼一錘打死。

暗　鬼—賭局裡的莊家。下場是被大頭鬼一錘打死。

喇嗎鬼—借人東西不還。下場是被大頭鬼一錘打死。

女勾死鬼—賭錢鬼的老婆。下場是被鍾馗斬殺。

伍二鬼—紈絝子弟，終日閑遊浪蕩，不學無術。下場是死於神荼叉下。

倒塌鬼—賠了夫人又折兵型的倒霉角色，受無二鬼封為督總管。下場是被鬱壘和噍蕩鬼斬殺。

風流鬼——倒塌鬼的妻子，是一風流淫婦。下場是被鬱壘和噍蕩鬼斬殺。
厭氣鬼——倒塌鬼家中的老婆婆。下場是被鬱壘和噍蕩鬼斬殺。
小廟子鬼——處處好佔小便宜之人。下場是成為鍾馗等人的佳餚。
醉　鬼——好酒之徒。下場是被李白領去當酒友。
嘮叨鬼——冒失鬼的表舅。下場是死於神荼叉下。
咧咪鬼——齜牙咧嘴，兇惡之人。下場是被鬱壘斬殺。
輕薄鬼——為無二鬼助陣的高人，專善出口傷人。下場是被窮鬼用麻糝砸死。
糊塗鬼——無二鬼手下，行事糊塗。下場是被伶俐鬼一戟刺中左腿，落入奈河。
雜毛鬼——無二鬼手下。下場是被大膽鬼刺死。
腌臢鬼——無二鬼手下，不重乾淨之人。下場是被鍾馗生擒，後被曲泉鬼給他內外收拾乾淨，變成一個假清客。
調　鬼——無二鬼手下。下場是被斬殺。
弄　鬼——無二鬼手下。下場是被斬殺。
迷瞪鬼——無二鬼手下。下場是被神荼一叉打落河內。
胡搗鬼——住在枉死城內，後來逃得不知去向。
小尖腚鬼——老尖腚鬼之子，無二鬼世交。下場是被鍾馗殲滅。

咳嗽鬼—患病之人。下場是被燒死。

癆病鬼—咳嗽鬼妻子，患癆病之人。下場是被燒死。

偷生鬼—胡搗鬼的妻子。下場是被斬殺。

屈死鬼—胡搗鬼的跟班。下場是被斬殺。

眼子鬼—胡搗鬼的跟班。下場是被斬殺。

稔纏鬼—胡搗鬼家裡購貨、辦雜事的僕人。下場是被斬殺。

死　鬼—逐日死眉不瞪眼，並無一點精神。下場是被推入森羅殿前的曲泉，後來變成一個一時不閑的活鬼。

曲泉鬼—森羅殿中專管曲泉之人。

瞎　鬼—有眼無珠之人。下場是將其兩眼浸在曲泉內，後來變成一個夜辨五色的精明鬼。

邋遢鬼—不愛清潔，渾身油污，齷齪不堪。下場是被浸在曲泉內，後來變成一個乾淨鬼。

寒磣鬼—其貌不揚。下場是被浸在曲泉內，後來變得平頭正臉。

齀烟鬼—好吃烟，逢人即要烟吃，逐日在烟鋪外蹲踞。下場是被責掌二十個嘴巴。

（二）內容

第一回　萬人縣群鬼賞月：

小說敘述大唐德宗年間，甲科進士鍾馗，才高八斗，學富五車，只因像貌醜陋，未中頭名，一怒之下，在金階上撞殿柱而亡。閻君憐其才學未展，秉性正直，遂封鍾馗為平鬼大元帥，交予《平鬼錄》一本，又賜青鋒寶劍一把，追風烏錐馬一匹，紗帽、圓領、牙笏、玉帶，令其領四名鬼卒至萬人縣平鬼。萬人縣住一人姓無名恥，靠強借訛詐度日，其子無二鬼在中秋節與九鬼結拜。

第二回　烟花巷色鬼請醫：

無二鬼等聽聞密報，得知鍾馗至此平鬼，遂命㑇鬼前去請下作鬼來商議對策。再說這下作鬼的老婆溜搭鬼是一淫婦，背著下作鬼四處偷人，這日趁著下作鬼外出去找無二鬼之際來到色鬼家，見色鬼臥病，便叫其家童小低搭鬼前去請郎中催命鬼來為色鬼看病。

第三回　賈在行誤下絕命丹：

不料催命鬼誤開藥方，色鬼吃了絕命丹而亡，幸為針尖和尚所救，遂投其門下。

第四回　下作鬼巧設連環計：

針尖和尚知鍾馗將至，遂令短命鬼把不修觀改為大放寺，又教了短命鬼及色鬼武藝，然後到狼牙山黑水洞修行去了。再說下作鬼同㑇鬼至無二鬼家，在眾鬼合計後，推無二鬼為炕頭大王，下作鬼為狗頭軍師。下作鬼即命討債鬼、混賬鬼、粗魯鬼、懶怠鬼、冒失鬼、滑鬼、楞睜鬼等各自鎮山把關，以對付鍾馗。調配完畢，隨即返家，將妻子一同接來。

第五回　唐鍾馗火燒不修觀：

話說鍾馗一行於路程中，得知大放寺內有短命鬼與色鬼作惡，於是前往平鬼，不料短命鬼遁逃，而色鬼仗著自己法術精通，連敗大頭鬼和大膽鬼，最後在伶俐鬼巧計下被大頭鬼一錘打死，並於寺中放出被色鬼、短命鬼強留的婦女，又燒了不修觀。

第六回　短命鬼被擒子母山：

且說短命鬼遁逃後，差點成了討債鬼兄弟的醒酒湯，幸好真相大白，知短命鬼乃為無二鬼兄長，遂將短命鬼送至其弟無二鬼那。後無二鬼率群鬼迎戰鍾馗，鍾馗和四名鬼卒不敵，被無二鬼所使的黑眼風刮走。

第七回　五里村酒店收窮鬼：

萬人縣百姓因不堪無二鬼、下作鬼等欺詐誆騙，遂到磨天山頂上焚香，向天齊聲叫苦。只見一股冤氣，直往上升，不料這股冤氣，衝散了無二鬼刮鍾馗的那陣「黑眼風」，鍾馗在聽過百姓訴冤後，便往萬人縣前去，途經五里村，收服了窮鬼。

第八回　溜子陣戰敗遇窮神：

話說鍾馗收了窮鬼後，任他為破鬼前步先鋒。後窮鬼於溜子陣中敗給討債鬼，但在窮神的幫助下，終擒得討債鬼與混賬鬼，而二鬼亦難逃被斬殺的命運，接著鍾馗一行又尋賭錢鬼去。

第九回　桃花山收服兩兄弟：

鍾馗行經桃花山，收降了性好食鬼的神荼、鬱壘兩兄弟。接著往前進發，正行之間，巧遇賭錢鬼，然被他逃脫，但卻在賭莊裡捉得替死鬼與暗鬼。

第十回　五里村斬燒一全家：

替死鬼與暗鬼皆死於大頭鬼錘下。鍾馗又斬了喇嗎鬼，接著到賭錢鬼家，將其妻小斬殺，把賭錢鬼下油鍋，烹成一塊灰炭，並令人放火燒宅。可憐賭錢鬼的一個穿花女兒，活活的燒死在床底下。後鍾馗聽聞窮鬼丈人憂愁鬼患病，便替他醫治。

第十一回　奈河關下作鬼署印：

憂愁鬼在服了鍾馗的寬心丸和大膽湯後，從此樂觀隨和，凡事不再焦愁。再說那無二鬼用黑眼風把鍾馗刮去，甚為得意，便把兵符印信，交與下作鬼署理，而自己則同小低搭鬼回萬人縣去。途中解救了與倒塌鬼妻子風流鬼通姦的伍二鬼，並從伍二鬼口中得知風流鬼是個美人，伍二鬼知其心意，便獻上一計。

第十二回　吊角莊風流鬼攀親：

無二鬼依計，與風流鬼快活一番，並叫倒塌鬼將家眷送至他家，又遣勾死鬼去招兵買馬以對付鍾馗。無二鬼回到家後與溜搭鬼、風流鬼輪流取樂，忽聞短命鬼來報，鍾馗將至，嚇得昏倒在地。

第十三回　冒失鬼酒裡逃生：

再說鍾馗離開五里村後，於途中啖了小廟子鬼，又敗了冒失鬼，但因酒鬼、醉鬼阻攔，而被冒失鬼逃脫，鍾馗一怒，欲斬酒鬼、醉鬼之際，李白適時出現求情，鍾馗遂讓李白把二鬼領走當酒友。話說冒失鬼得了性命，巧遇表舅嘮叨鬼，二人同往望鄉臺叫陣，俱被斬殺。

第十四回　粗魯鬼夢中喪命：

話說無二鬼因留戀女色，不願回寨，於是倒塌鬼用計將無二鬼灌醉，然後抬到寨中。探子來報，知鍾馗要去爭蒿里山，無二鬼便率眾鬼卒直奔蒿里山，不料途中就與鍾馗人馬相逢，自是一番激戰。神荼、鬱壘殺了老尖腚鬼、伍二鬼，鍾馗則砍下無二鬼的左耳，追殺之際，粗魯鬼迎出，仍敗，後又斬了咧呋鬼，降了噍蕩鬼、賴殆鬼，並在裡應外合下攻進鬼門關。粗魯鬼夢中驚醒，跑得過猛，一頭碰牆，命喪而亡。無二鬼逃回寨中後，遂命拔寨撤回城去。

第十五回　耍乖山勾兵取救：

此時，累鬼與輕薄鬼前來助陣，並同無二鬼等兵將前去叫陣，不料先是累鬼被捉、輕薄鬼被殺；接著雜毛鬼、滑鬼也相繼被殺；腌臢鬼、調鬼、弄鬼也被生擒；糊塗鬼、迷瞪鬼則被打入水中，凶多吉少。而鍾馗一方也有懶殆鬼戰死。另一邊，鬱壘同噍蕩鬼斬殺了短命鬼等六鬼，無二鬼大敗後逃往枉死城投靠胡搗鬼，且派勾死鬼到耍乖山向世交小尖腚鬼求救。且說小尖腚鬼聞訊後，領兵同無二鬼等大敗鍾馗，大勝之餘，飲酒狂歡，是夜鍾馗人等將城外寨中鬼卒全部殲滅，次日，鍾馗臨城叫陣，無二鬼遂派催命鬼迎戰。

第十六回　森羅殿繳冊復命：

催命鬼一出戰，就被鍾馗一方圍在陣內，在上天無路下，只得入地峪藏身。最後催命鬼與咳嗽鬼及勞病鬼皆被燒死於峪內。此後，鍾馗等又殺了無二鬼、楞睜鬼、下作鬼等，將《平鬼錄》上諸鬼逐一消滅，功成圓滿，遂返回森羅殿復命。玉帝封鍾馗為翊正除邪驅魔雷霆帝君，神荼、鬱壘為巡行天下驅魔使者左右門神將軍。從此天下百姓家家畫鍾馗神像懸掛中堂；戶戶寫神荼、鬱壘名字，供奉大門，以消除鬼魔，永保安樂。小說至此結束。

三、《何典》

（一）鬼類（按出場先後順序排列）

活　鬼─三家村的暴發戶，活死人的父親。下場是氣病而死。

雌　鬼─活鬼的妻子，活死人的母親，後來嫁給劉打鬼。下場同上。

形容鬼─打狗灣陰間秀才，雌鬼的弟弟。下場是跳水自盡。

鬼　囝—打雜的小男孩。

孟　婆—孟婆茶館的老闆，以賣孟婆湯出名。

活死人—活鬼夫妻的兒子，小說中的男主角，後來因為平亂有功，被封為蓬頭大將，並與臭花娘拜堂成親，生有二子。

扛喪鬼—活鬼對門鄉鄰。

六事鬼—活鬼隔壁鄉鄰，熱心助人，慣做媒人，促成雌鬼與劉打鬼一段孽緣。

怕屄和尚—乃色中餓鬼，既貪財又好色，且忘恩負義。

破面鬼—催命鬼的酒肉兄弟，陰間流氓。下場是死於黑漆大頭鬼拳下。

黑漆大頭鬼—荒山腳下強盜首領之一，在戲場上打死破面鬼，後來起兵造反，自稱杜唐大王。下場是被活死人所殺。

催命鬼—當方土地（縣令）餓殺鬼的手下，仗勢欺人，在地方上設計謀財，敲詐勒索，魚肉鄉民，是個欺善怕惡之輩。下場是死於青胖大頭鬼拳下。

餓殺鬼—三家村的縣令，貪財好色，是標準的貪官污吏，後來行賄識寶大師，當上枉死城城隍。

令死鬼—餓殺鬼手下。

劉打鬼—當官名字又叫劉莽賊，是餓殺鬼的手下，亦是其男妓，生得頭端面正，吃喝嫖賭樣樣精通，後來當了雌鬼的晚老公。下場是死青胖大頭鬼槌下。

劉娘娘—劉打鬼母親，生來細腰長頸，甚是標緻，天生淫蕩，與劉打鬼娘兒兩個都是餓殺鬼的婊子。

好娘舅—劉打鬼的娘舅，是個爛好人。

試藥郎中—替活鬼看病的蒙古大夫，只會誇口，但無醫術。

搭腳阿媽—活鬼家中的老媽子，專營燒茶煮飯。

委尿丫頭—活鬼家中的褓母，專照顧活死人。

醋八姐—形容鬼的妻子，小人家出身，口無遮攔，是典型的長舌婦，不甚賢慧，有一子名叫牽鑽鬼。

牽鑽鬼—形容鬼夫妻的兒子，生得凹面陗嘴，甚是難看，調皮搗蛋，駑鈍不堪。

角先生—私塾老師，牽鑽鬼與活死人都是他的學生。

硬頭叫化子—是個無賴乞丐，手裡牽隻會表演雜耍的青肚皮猢猻，後頭跟著一隻急屎狗。

勾魂使者—鬼門關總兵派去請形容鬼的差鬼。

白蠓鬼—形容鬼的同窗朋友，少時與形容鬼兩個都在烏有先生手裡念書，後來都做了鬼秀才，直做到枉死城城隍。他做官雖廉潔，但才具粗淺，優柔寡斷，娶妻叫長舌婦。後來因為餓殺鬼為謀城隍之位而向識寶太師行賄，白蠓鬼遂被調到鬼門關當總兵，然在大頭鬼叛亂攻城之際，白蠓鬼夫妻臨陣脫逃，可看出他是一位膽小貪生之輩。

烏有先生—形容鬼與白蠓鬼的老師。

長舌婦—白蠓鬼的妻子，口才伶俐，是白蠓鬼審案時的得力助手。

識寶太師—閻羅王殿下第一權臣，平日靠托閻王，作威作福，賣官鬻爵，無所不為，有一女兒叫畔房小姐。

閻羅王—掌管陰府的最高統治者。

辣總兵—已故鬼門關的總兵。

挑擔鬼—專幫人挑行李之人。

串熟鬼—與活死人同學堂念書的同窗。

三見鬼—是一名野鬼，專愛說些穿鑿附會的話。

蟹殼裡仙人—仙風道骨，是一個能未卜先知的異人。

鬼谷先生—蟹殼裡仙人的道友，有將無做有的本領，偷天換日的手段，文武全才，是活死人學成大本事的老師。

癡道婆—脫空祖師廟的尼姑。

熬小腳師姑—脫空祖師廟的尼姑。

色　鬼──仗官托勢的壞胚子，專幹些淫蕩事，強欺民女。

輕腳鬼──色鬼的父親，曾做過獨腳布政，已退隱山林，但有財有勢。

臭　鬼──是個清白良民，靠祖上傳留的田房屋產過日子，屢試不中，改行從商。

趕花娘──趕喪大人的女兒，臭鬼的妻子。

大肚癡囝──臭鬼家中的夥計，幫忙採買貨物。

騷丫頭──臭鬼家中的丫環，幫忙燒茶煮飯。

臭花娘──臭鬼夫妻的女兒，才貌雙全，嫁給活死人，是小說中的女主角，後來因為平亂有功，被封為女將軍。

冒失鬼──紈絝子弟，自恃身長力大，到處惹事生非，有勇無謀，後來拜鬼谷先生為師，又因為平亂有功，被封為掙盆將軍，鎮守鬼門關。

地裡鬼──鬼谷先生的徒弟，法則多端，後來因為平亂有功，被封為狗頭軍師，與活死人同輔朝政。

摸壁鬼──鬼谷先生的徒弟，其弟叫摸索鬼。後來因為平亂有功，被封為冬瓜將軍，與偷飯鬼同守陰陽界。

摸索鬼──鬼谷先生的徒弟。下場是死於青胖大頭鬼槌下。

豆腐西施──是一標緻美人。下場是被畔房小姐一棒打死。

豆腐羹飯鬼─豆腐西施的父親。

極　鬼─色鬼的門客，心計歹毒，助紂為虐。

冤　鬼─豆腐羹飯鬼的好鄉鄰。

畔房小姐─識寶太師女兒，生得肥頭胖耳，粗腳大手，自恃是太師女兒，凡事隨心所欲，敢作敢為，且妒心甚重，是色鬼的老婆。

門上大叔─冤鬼的至友。

迷露裡鬼─兩個大頭鬼的結拜兄弟，足智多謀。下場是死於地裡鬼的殺手鐧。

烏糟鬼─陰府判官。

青胖大頭鬼─荒山腳下強盜首領之一，殺人放火，無惡不做，自稱百步大王。下場是被處以宮刑，拆了骨頭。

白面傷司─陰府鬼卒。

輕骨頭鬼─兩個大頭鬼的結拜兄弟。下場是被斬首示眾。

推船頭鬼─兩個大頭鬼的結拜兄弟。下場是被斬首示眾。

識卵太保─陰府朝臣。

替死鬼─鬼門關副總兵。下場是死於黑漆大頭鬼槌下。

討債鬼─孟婆莊土地。

白日鬼—惡狗村土地。
邋遢鬼—血污池土地。
戀家鬼—望鄉臺土地。
一腳鬼—陷人坑土地。
殺火鬼—溫柔鄉土地。
自話鬼—大排場土地。下場是上吊自盡。
倒塔鬼—陰陽界守界將官之一，有萬夫不當之勇。下場是死於黑漆大頭鬼槌下。
偷飯鬼—陰陽界守界將官之一，足智多謀，後來因為平亂有功，被封為盡盤將軍。
賫奏鬼—偷飯鬼手下，差他上酆都求救。
甘蔗丞相—陰府宰相。
無常鬼—陰府將官，領兵前去協助偷飯鬼，後來因為平亂有功，被封為枉死城城隍。
羅剎女—山中女怪，專吃男子骨髓，會法術，練就刀槍不入的老臉皮。下場是被活死人所殺。
雌雄人—臭花娘女扮男裝的假名。
馬　鬼—馬販，兼作販牛生意。
鐵將軍—陰府將官。

護身將—保護閻王安全的貼身將領。
拽馬鬼—陰府鬼卒。
活　龍—活死人夫妻的長子。
活　現—活死人夫妻的次子，與其兄俱做螞蟻大官。

（一）內容

第一回　五臟廟活鬼求兒，三家村死人出世：

小說通篇描寫鬼域世界中發生的故事。書中敘述下界陰山腳下有一鬼谷，谷中野鬼形形色色，不計其數。其中有一三家村，村中有個暴發戶財主叫活鬼；活鬼娶妻雌鬼，乃打狗灣陰間秀才形容鬼的姐姐。活鬼夫妻已過中年卻膝下無子，正在苦惱之際，忽聞形容鬼從新死亡人那聽來的拜神求子之法，頗為靈驗。於是活鬼夫妻便到孟婆莊的五臟廟求子。在活鬼夫妻虔誠的許願下，感動了神明，是夜，神明夢中送子，雌鬼便懷了鬼胎，生下一子，名叫活死人。

第二回　造鬼廟為酬夢裡緣，做新戲惹出飛來禍：

活鬼得子，合家歡喜，為了酬神還願，便在活死人滿月後，建鬼廟以奉神；扛喪鬼與朋友也請來一班戲子替活鬼敬神賀喜。不料當眾鬼看戲看得正高興之際，戲場上發生了黑漆大頭鬼打死破面鬼的命案，而破面鬼正是當方土地餓殺鬼底下差人催命鬼的兄弟。但一方面因黑漆大頭鬼打死人後便逃走了；一方面則畏懼其兇惡，不敢招惹，於是在扛喪鬼的主意下，催命鬼遂將活鬼誣告下獄，雌鬼為救活鬼，不得已之下，花了千萬兩銀子向催命鬼、餓殺鬼行賄，才使活鬼放出。

第三回　搖小船陽溝裡失風，出老材死路上遠轉：

活鬼被放出後，便與形容鬼、六事鬼乘船返家。於行船途中，活鬼從六事鬼口中得知底細，氣得口吐白沫，又逢突來的狂風把船吹翻，受了寒溼氣，返家後不久就歸西了。

第四回　假燒香賠錢養漢，左嫁人坐產招夫：

話說活鬼死後，雌鬼耐不住寂寞，於是在六事鬼撮合下，便招劉打鬼入家。

第五回　劉莽賊使盡老婆錢，形容鬼領回開口貨：

劉打鬼入舍到活家後，整日與朋友在外面吃喝玩樂，且輸了一屁股債；向雌鬼要錢，若不給，就飽以拳腳。日復一日，活家家產終於被劉打鬼揮霍一空，雌鬼因氣得病，臨死時將活死人托給其弟形容鬼扶養。活死人雖得投靠娘舅形容鬼，然舅母醋八姐不賢，把活死人視為眼中釘。一日，形容鬼收到同窗朋友白蠓鬼來信。這白蠓鬼本是枉死城城隍，不料那三家村土地餓殺鬼做了幾任貪官，賺了無數銅錢銀子，便賄賂識寶太師，要謀這城隍做。結果白蠓鬼被調到鬼門關當總兵，但因白蠓鬼是念書人出身，那懂行兵打仗，因此才稍信央請形容鬼過來幫忙。形容鬼在與醋八姐相商後，就起程往鬼門關去了。

第六回　活死人討飯遇仙人，臭花娘燒香逢色鬼：

那醋八姐自從形容鬼起身之後，就不準活死人去念書，並且對他百般虐待；活死人不堪忍受而出走，淪為乞丐。幸遇蟹殼裡仙人賜辟穀丸、大力子和益智仁，且蒙其指點到鬼谷先生處學藝。途中於一鬼廟，巧救了被色鬼欺辱的臭花娘。

第七回　騷師姑癡心幫色鬼，活死人結髮聘花娘：

話說這臭花娘原是陰山腳下溫柔鄉裡臭鬼的女兒，其母名叫趕茶娘。誰料在臭鬼出外經商之際，趕茶娘卻生起貪吃病來；臭花娘孝心一片，到鬼廟替母親祝禱，險遭污辱，幸得活死人相救，而逃過一劫。再說活死人救了臭花娘後，便送她回家，臭花娘也將此段經過告訴父母，臭鬼夫妻感謝之餘，遂把臭花娘許配給活死人。活死人在臭鬼家住了一段日子後，才在蟹殼裡仙人的托夢下，動身尋鬼谷先生去。

第八回　鬼谷先生白日升天，畔房小姐黑夜打鬼：

路上，活死人先遇到鬼谷先生的徒弟冒失鬼，再由冒失鬼引領活死人到鬼谷先生處，並與鬼谷先生其他三個弟子——地裡鬼、摸壁鬼、摸索鬼見了面。由於活死人天生聰明，又吃了益智仁，才一年半載，便把鬼谷先生的本事學了十之七八。且說色鬼在鬼廟裡欲玷污臭花娘不成，又叫極鬼到豆腐羹飯鬼家搶走他的女兒豆腐西施，不想被老婆畔房小姐一棒打死。

第九回　貪城隍激反大頭鬼，怯總兵偏聽長舌婦：
豆腐羹飯鬼夫妻聽聞女兒死訊，傷心欲絕；在迷露裡鬼的建議下，便決定到城隍那去告狀。但餓殺鬼為了不想得罪識寶太師，就命人抓黑漆大頭鬼和青胖大頭鬼來抵罪，藉以了結此案。於是催命鬼帶著鬼卒抓了黑漆大頭鬼，但卻激起青胖大頭鬼造反。叛軍先攻佔了枉死城，又奪了鬼門關；而鬼門官總兵白蠓鬼早已和其妻長舌婦逃之夭夭，形容鬼則跳水自盡。

第十回　閻羅王君臣際會，活死人夫婦團圓：
話說兩個大頭鬼，攻破鬼門關，引兵殺到陰陽界來，守界將官倒塔鬼出面迎戰，不敵，被黑漆大頭鬼所殺。閻王聞奏大驚，立刻出榜招賢。而另一頭，臭花娘與活死人殺了專吃男子骨髓的羅剎女，並與冒失鬼和地裡鬼前往酆都城投軍。到了酆都城，閻王封活死人為大元帥，冒失鬼為開路先鋒，地裡鬼、雌雄人（臭花娘）為參謀，引兵前去救應。雙方經過一番激戰，活死人等順利地平息了叛亂，凱旋而歸。閻王論功行賞，便封活死人為蓬頭大將，地裡鬼為狗頭軍師，同輔朝政；冒失鬼、偷飯鬼等也都有所封賞。至於臭花娘則在閻王的旨意下，與活死人在森羅殿上拜堂成親，從此安居樂業；後又生了活龍、活現二子，直到頭白老死。

第四章　諷刺主題及其思想意涵

《斬鬼傳》、《平鬼傳》、《何典》這三部諷刺小說，其故事角色，無論是陰間的「真鬼」或是陽間的「人鬼」，所影射的均是人間百態，社會的眾生相，但它們的諷刺重點仍有所不同。《斬鬼傳》、《平鬼傳》側重對社會道德風尚、人性弱點的諷刺，而《何典》則側重揭露官場的黑暗腐敗；另外三部小說在對人情世態、世俗偏見及宗教的偽善上，也多有諷刺。

第一節　社會之醜惡世相

一、人性弱點

《斬鬼傳》、《平鬼傳》中，鍾馗所斬的大都是「習染成性之罪孽」，這些「方寸不正」的「人鬼」，在他們身上可以看見各種足以敗壞社會風氣、侵蝕世道人心的惡習、弱點，雖然多屬「不犯王法」的社會道德問題，但一旦蔓延開來，卻嚴重危害到社會的善良風俗，進而造成一個病態的社會亂象。隨著封建社會的日漸腐朽，此類鬼物愈來愈多，作者遂將世間眾生各種不良的習性幻化為人形，並冠以鬼名，使他們成為陋劣品性的化身，然後在鍾馗捉鬼故事的基礎上，進一步想像、虛構，把他們作為書中主要的諷刺對象。奧登曾說：

瘋癲的人因為不能為自己的行為負責，所以不能當作諷刺的對象。窮凶極惡的人也不能當作諷刺的對象，因為即使要談到負責，這種人卻已喪失天良[一]。

按此理論來看，《斬鬼傳》、《平鬼傳》中的群鬼，各個都是既非白癡，亦非瘋癲，更不是窮凶極惡之人，而是環繞在我們周遭，習以為常也身受其害，具有某種惡德、癖性的卑劣之徒，這種取自於現實生活，取自於平凡的諷刺對象，正是諷刺文學最好的題材。

且看《斬鬼傳》中的搗大鬼，憑著他自吹自擂的伎倆，到處騙財誆食；而他的兩個拜把兄弟——挖渣鬼、含碜鬼，亦是狂妄自大，裝神弄鬼，專好吹噓之人，像這類表裡不一，徒逞口舌之能以欺詐百姓者，不正是現代社會所稱的「金光黨」嗎？而如鍾馗等正人君子當然不敵這些挖渣與含碜的言語，個個被弄得牙癢筋疼，敗下陣來。後來作者安排一個由彌勒古佛化身的胖大和尚，「笑了一笑，張開大口，囫圇的一聲，竟將三個鬼咽下肚裡去了」。並對鍾馗道：

你們不知，此等人與他講不的道理，論不的高低，只可大肚裝了就是，何必與他一般見識（第二回）。

一 轉引自胡萬川：《鍾馗神話與小說之研究》，（台北：文史哲出版社，民國六十九年五月初版），頁一七〇。

不久，「見和尚出了一個大恭，竟將三個鬼當作一堆臭屎屙了。屙畢，化陣清風而去」。

這段和尚吞鬼的情節，後來被收入程世爵的《程氏笑林廣記》，題為「捉鬼」，內容所述幾乎完全相同，只是文字稍有改變。云：

> 玉皇命鍾馗至世捉鬼。鍾馗領旨，帶領鬼卒，到下界，仗劍捉之。誰知陽世之鬼，比陰間多而且凶。眾鬼見鍾馗來捉，那冒失鬼上前奪劍，伶俐鬼搬腿抽腰，討錢鬼拉靴摘帽，下作鬼解帶脫袍，無二鬼掀鬚掠眉，窮命鬼竊劍偷刀，淘氣鬼摳鼻剜眼，醜臉鬼嘮俚嘮叨，眾鬼跌倒身上，色鬼雙手抱住。這鍾馗有法無法，眾鬼既號且跳。鍾馗正在為難，忽見一胖大和尚，皤皤大腹，嘻嘻而來，將鍾馗扶起說：「伏魔將軍，為何這樣狼狽？」鍾馗說：「想不到陽世之鬼，如此難捉。」和尚說：「不妨，等我替你捉來。」這和尚見了眾鬼，呵呵大笑，張巨口嘓嚕一聲，把眾鬼全吞在肚內。鍾馗大驚說：「師傅實在神通廣大。」和尚說：「你不知道這等孽鬼，世上最多，也合他論不得道理，講不得人情，只用大肚皮裝了就是了[二]。

此則笑話，可以說是含括了《斬鬼傳》全書的故事而成，它之所以能一再被改編引用，實與其隱含的雙關寓意有很大的關係。劉璋認為面對只會吹噓自擂，目中無人的狂妄之輩，根本不用予以理會，若要與他們事事認真，斤斤計較，定當「扶病而回」；須同胖大和尚一樣，大口一吞，化屎屙出，一了

二　程世爵：《程氏笑林廣記》，收入《中國笑話書》，（台北：世界書局，民國八十一年十二月第九版），頁四六四。

百了。「大肚子裝了」，正意寓「人生在世，若不太過計較，大肚能容，管他挖渣含磣，原自無物」[三]。又「從搗大含磣的情節再推而廣之，鍾馗所要斬的這些陽間鬼祟，你若能大肚海量的裝下他們，或縮頭不管，原也無事，你若看不過，要撩撥他們，卻再也受不了。這就是這故事的隱喻」[四]。

再如《斬鬼傳》中的涎臉鬼，所代表的正是陽間寡廉鮮恥之輩的化身。他那副硬臉，「任你刀劈箭射靴頭踢」依然絲毫無損，究其成惡之因，乃喪失良心所致。於是，含冤獻計，欲造一副內藏良心的厚臉與涎臉鬼的厚臉交換，當他換上時，「那良心發現，自然把厚臉漸漸薄了」。但是卻遍找良心不著，鍾馗向陰兵詢問，眾陰兵道：

> 小的們知道那良心拿到陽間不中用，所以都不曾帶來。只有一個陰兵，名喚潘有，他有一副良心，卻也不是陰間帶來的，是這邊一個有良心的人，見此時使用不上，氣憤不過，將良心撒在街上，被他拾來藏起，老爺只問他要便了（第三回）。

這段鍾馗尋良心的情節，既幽默且諷刺深刻。良心在陽間之所以不中用，就是因為陽間有著太多厚顏無恥，泯滅良心，遭人唾罵卻若無其事的「涎臉鬼」，致使有良心的人「氣憤不過」，也只好「將良心撒在街上」。作者如此誇張的描寫，可看出他對此輩痛惡之深，也流露出他面對如此世道的無奈與

三　胡萬川：《鍾馗神話與小說之研究》，（台北：文史哲出版社，民國六十九年五月初版），頁一七五。
四　同註三，頁一七五～一七六。

感慨之情。胡萬川對這段情節也有所評論：

> 如果說書中有什麼近于訶斥全群的描述，指的應當就是這一段吧！但是說陽間良心無用的話，卻只能當作描寫涎臉鬼故事時的強調與戲謔的筆法，因為鍾馗所要尋找的盡是鬼祟之人，而不是正常的人，這些鬼祟之人可以說就是蒙蔽了良心的人，所以才敢胡作非為，才使得陽間烏煙瘴氣。這節故事的寓意就在強調，如果大家有良心，世間再無鬼魅，不須鍾馗來斬。有了良心的人，即使有時做錯事，也會自己悔愧。強調的描寫，就在於加強諷刺的效果，所以也不能以此即認為此書是訶斥全群之作[五]。

的確，正如胡氏所說，人之所以作惡，是由於良心及羞恥心的喪失所致，如果世上人人都能秉持良心為人做事，知過必改，那何須要有法律教條來規範，又怎會有惡人胡作非為的事情發生。劉璋「用奇特的想像，荒誕的手法，寓言式的表達了自己對良心與罪惡此消彼長關係的看法，流露出對良心的崇拜」[六]。

又如《斬鬼傳》第四回，藉齷齪鬼，諷刺一毛不拔，專佔便宜之人；藉仔細鬼刻畫出一個吝嗇的守財奴形象；第五回藉低達鬼諷刺了逢迎諂媚，極會趨奉之小人；第六回寫摳掏鬼「十個指頭就如鋼

五　同註三，頁一七七。

六　《何典》、《斬鬼傳》、《唐鍾馗平鬼傳》合刊本，（台北：三民書局，民國八十七年一月初版），見《斬鬼傳》引言，頁五。

鉤一般」，意在諷刺那些摳人錢財之人；……。總之，從《斬鬼傳》、《平鬼傳》的各種鬼名中，如冒失、急賴、誆騙、摳掏、風流、粗魯、下作、混賬等……，即可明白作者欲諷刺的各類人性弱點；並以詼諧滑稽的筆調，把這些鬼物的病態惡行一一抉出，描繪出他們的醜陋特徵，目的是為了讓人們有所警惕而引以為鑒。然後假托鍾馗，加以斬除，使惡人因畏懼而改過，從而把半似陰曹地府的人間改造成清明的世界，「安良善體天地之好生，除凶殘振朝廷之斧鉞」[七]，以此來傳達作者的理想。

二、炎涼世態

人情世故的現實殘酷，亦是小說的諷刺重點。例如《斬鬼傳》第二回，鍾馗細問含冤身世根由，只見那含冤嘆口氣道：

教主得知，俺本是一個寒儒，上無父母，下無兄弟，伶仃孤苦，終日只以吟詩作賦為本。不想此詩與彼絲不同，吟下盈千累萬，卻作不得衣裳，遮不得寒冷；此賦與彼富相懸，作下滿案盈廂，卻立不得產業，當不得傢伙。每日咽喉似海，活計全無，看看窮得到底。待要尋親戚，那親戚不惟不憐我，而反笑我。待要靠朋友，那朋友不說難求他，並難見他。因此撇了桑梓，四海遨遊。怎奈他鄉與故土一般，那風流的嫌俺迂疏，那糟腐的又嫌俺狂蕩。

七　同註六，見《斬鬼傳》附錄，《第九才子書斬鬼傳》原序，頁一四五。

含冤的心聲，反映出人性的現實面——憑你空有滿腹的文韜武略，若不能登科致仕，仍只是紙上談兵罷了！而且生活經濟的壓力，才是最殘酷又不得不去面對的問題。像含冤這樣一個窮書生，要說想得到親友多大的關注，是不太可能的，有的只是冷嘲熱諷或避之唯恐不及的場面；但若有朝一日，含冤飛上枝頭當鳳凰，拜官封爵，那怕沒有親友不請自來對他逢迎一番？唉！這就是現實社會「認錢不認人」的悲哀啊！

另外，《何典》中醋八姐對撫養活死人這件事的先後兩種截然不同態度又是一例。雌鬼知道自己將不久於人世，便把活死人託給形容鬼代為撫養，形容鬼回家後向醋八姐說起此事，醋八姐道：

> 他做財主婆的時候，一把抓了兩頭弗露，從無一絲紗線破費在窮親眷面上。今日倒要把個開口貨擐在別人身上，只怕情理上也講不去（第五回）。

形容鬼曉得她是貪財的，便向身邊摸出塊金子來，放在面前，道：

> 他有這件海寶貝與我們，也不是白效勞的。你若推出手，如何可白手拿財，只得送還他便了（第五回）。

醋八姐看見那塊金子火燄燄的擺在面前，眼裡放出火來，怎捨得送還？便改口道：

既然他以心相托，個把小囝多裡掏攏，所費也有限。況且古老上人說的：「外甥弗出舅家門。」想必無爺娘收管的外甥，原該住在娘舅家裡，不出門的。你既拿了來家，再若送去，顯見得是我之過了。說罷，便搶去下了壁虎袋，再也不肯出現（第五回）。

見錢眼開，為人勢利的醋八姐，先是吃了秤鉈鐵了心，反對形容鬼把活死人領回家中撫養；待見著金子後，態度隨即一百八十度轉變，說些口不對心，令人作嘔的「正經道理」。但是沒過幾時，又變了心腸，把活死人「當作眼裡釘肉裡瘡一般」，不僅不許他去念書，還把他當成奴隸般的使喚，處處刁難，而待自己的兒子卻勝似寶貝。張南莊塑造出醋八姐這樣一個認錢不認親的勢利角色，所要諷刺的正是社會上那些見利忘義、缺乏良知的小人。

還有在第六回中，活死人到鬼廟欲向怕屄和尚借盤纏的一段文字，更把炎涼莫定的世態人情，展露無遺。且看：

孰知那些出家不認俗的朋士友，雖則一代人物，卻不肯一代只管一代，一般的想鑽在銅錢眼裡，把那十方施主，比吃孫子勝三分，吃殺弗還荅，尚嫌吃得弗爽利，怎肯反做出錢施主？聽得要向他借錢，便面孔掇了老宅基上去，把那些骷髏頭幾乎擐落，就道：「沒有沒有。你是個逃走客，捉轉來要打一百的，不要在此帶累我鄉鄰吃麥粥。」便將活死人扯住背皮，聳出廟門，關了門進去。

怕屄和尚不想如果沒有活鬼造鬼廟，他那能在裡面風流快活，但事實卻說明了「人在情在，人亡情亡」的道理，像這種世態炎涼、人情冷淡的醜陋戲碼，在現實社會中仍是持續不斷的上演著。

三、世俗偏見

在《斬鬼傳》、《平鬼傳》中，作者對世俗偏見的諷刺也有一定的深度。

故事中的中南山秀才鍾馗「生的豹頭環眼，鐵面虬鬚，甚是醜惡怕人」。這麼一位醜惡怕人的秀才卻是「外貌不足，內才有餘，筆動時篇篇錦綉，墨走處字字珠璣」，且秉性正直，德行高超。鍾馗上京應試，雖然得遇能識真才的韓愈、陸贄的賞識與提拔，但因貌醜不堪而不容於當道，被皇帝黜落，皇帝道：

> 我朝取士，全在身言書判，此人醜惡異常，如何作得狀元（《斬鬼傳》第一回）？

識拔真才的韓愈雖然也從實際的歷史中找出一些不當以貌取人的實例，來規勸德宗不可因人棄才，但是，皇帝心中成見既生，便仍用世俗評價的觀點來反駁韓愈的話，皇帝說：

> 卿言正是，但我太宗皇帝時，十八學士登瀛州，至今傳為美談。若以此人為狀元，恐四海愚民，皆笑朕不識人才也（《斬鬼傳》第一回）。

所謂四海愚民，代表的正是世俗之見，當然也包括皇帝在內。於是才比天高，秉性忠直的鍾馗終敵不過世俗偏見的洪流而被吞噬，以自殺來表示對這種世俗偏見的抗議。

齊裕焜在《中國諷刺小說史略》中說：

> 衣冠社會，原只重衣冠表相不重人。悠久的文明傳統，居然不許貌醜的才子有正常的嚮往和追求，這是對現實和歷史的嘲諷[八]。

因此，嚴格來說，鍾馗被黜，憤而自殺的悲劇，不是皇帝一人所造成的，皇帝所代表的只是一般的世俗之見。由此可知，「作者諷刺的對象並不是某一個人，也不是不分青紅皂白地專對某一群人，而是世間眾生相中醜惡的一群。這是一群人鬼，他們所代表的，就是當時人鬼不分、是非不明的社會風氣及傳統惡習」[九]。

四、倫理失常

隨著乾嘉時期社會風氣的日漸糜爛，舊有的道德傳統嚴重地受到挑戰。張南莊痛心傳統理性原則的喪失殆盡，他用誇張漫畫式的筆調譏諷寡婦「雌鬼」在丈夫亡後，難耐寂寞和情慾的誘惑，先是置

八　齊裕焜、陳惠琴：《鏡與劍——中國諷刺小說史略》，（台北：文津出版社，民國八十四年初版），頁六二。

九　同註八，頁六二。

貞節操守於不顧，「假燒香賠錢養漢」找和尚，繼而「左嫁人坐產招夫」覓情郎。由於情慾的作祟，使她擇夫不重人品而重性情風流，招了一個專會吃喝嫖賭的「如意郎君」劉打鬼，再嫁後不久便落得「家當弄精光，打罵還頻數」，最後氣病而死。

雌鬼改嫁這段情節，展現了當時婚姻觀念的一個方面。隨著世俗的開放，寡婦改嫁，別求幸福，原也無可厚非，但小說裡雌鬼改嫁的主要原因卻只在滿足自己的「情慾」上，這對身為道德知識份子的張南莊來說，無疑是不能接受的。諷刺的是雌鬼的後夫劉打鬼亦是圖謀、敲詐活鬼家產的參與者之一，雖然雌鬼並不知道這一層內幕，但是小說以事實對雌鬼的選擇和這場婚姻作了無情的嘲弄，並為她安排一個悲慘的結局。鄭劭榮認為：

> 作者意在通過「雌鬼」的可悲結局，警告世上那些不守婦道，只顧一時快活的婦人必須馬上洗心革面，自覺皈依傳統倫理道德規範，否則會招致各種災禍，甚至性命難保[十]。

然而，黃霖卻有另外看法：

> 小說在對待寡婦再嫁問題上，顯然受到了正統的節操觀念的限制，以人物淒慘的結局來證明其初始追求的荒唐，顯出的反倒是作者自身的迂腐[十一]。

十　鄭劭榮：〈論《何典》中的救世意識〉，（長沙：湖南師範大學社會科學學報，二〇〇一年五月），第三十卷，頁一八〇。

十一　同註六，見《何典》引言，頁六。

倘若我們撇開雌鬼改嫁的問題不談，就單論小說通過雌鬼「飢不擇食」而「自食惡果」的情節來看，作者在譏諷世俗習尚的同時，亦不失規誡人們記取教訓的用心。

五、貪財勢利

《何典》中貪財勢利的市井愚民裡，除了之前提到過的醋八姐外，還有第八回的豆腐羹飯鬼。他在女兒豆腐西施被色鬼手下強行擄走後，不但不擔心女兒的安危，也沒有第一時間報官，反而望著他們把豆腐西施帶進色鬼家裡去；更荒唐的是，他不想色鬼是有家室的人，豆腐西施只不過是其洩慾的工具罷了，竟然心裡還打著如意算盤，尋思道：

> 那色鬼潑天的富貴，專心致志尋了女兒去，自然千中萬意，少不得把他做個少奶奶，住著高堂大廈，錦衣玉食的享用不了，也是他前世修來的。

而當其母親得知此事後，雖然想到了會將「女兒骯髒埋滅了」，但同樣也有「與他親眷來去，也覺榮耀」的奢望，結果「把一個如花似玉的絕世佳人，送到西方路上去」，叫畔房小姐給一棒打死。

豆腐羹飯鬼夢想趨貴致富，攀比豪門，竟至於無視女兒的痛苦，放縱歹徒逞惡，為虎作倀，還以恥為榮，殊不知因自己一時的利益薰心，讓豆腐西施落得香消玉殞的悲慘命運，真是「鳥為蟲死，人為財亡」；可以說豆腐西施的死，是其父母間接造成的。在此，作者「抱著善良的嘲弄態度，既批評他們思想糊塗，不明事理，又對其不幸充滿了同情」[十二]。他一方面憤怒譴責權貴子弟仗勢欺人的惡行，另一方面也深刻的諷刺了澆薄的世風，並對那些企圖攀附權貴的勢利小民予以當頭棒喝，冀其引以為鑒，以免重蹈豆腐羹飯鬼的覆轍。

此外，在無恥貪財的小人裡，劉娘娘與劉打鬼母子倆，亦屬其中一群。黃霖提道：

劉娘娘、劉打鬼母子皆以色相取悅縣令餓殺鬼，是喪盡廉恥之徒，又都十分貪財。兩人利用與縣令那層骯髒關係，趁活鬼家人前來託情之際，漫天要價，中飽私囊。活鬼之死雖係官府迫害，其實與劉氏母子從中大撈不義之財甚有關係，說他們是官府之幫凶並不過份。小說暴露和鞭撻這類不良之民致人於死地的惡欲貪念，比之單純地譴責狎妓賣淫頹風更加觸及人類靈魂的蝕鏽，也更加具有批判的力量[十三]。

所以，作者在諷刺此輩時，不單是揭露其醜陋無恥的一面，更希望讀者能正視潛藏於人性中的貪念，因為貪念起，廉恥失，害人禍己的事就會發生，其一片教化世人的殷勤之心，躍然紙上。

十二　同註十，頁一八〇。

十三　同註六，見《何典》引言，頁五。

第二節 官場之黑暗腐朽

中國自隋、唐實行科舉制度以來，科舉考試遂成為人民作官唯一的正途。至明太祖，定八股取士之法，天下讀書人無不兢兢於仕宦之途。清承明後，相延未改。至於不由科舉而登仕版的，其途徑大致有四：捐納、因軍功保舉為官、任蔭、吏選，其中尤以捐納禍害最深。捐納，即輸粟納財，以博一職，俗稱「捐官」。捐納制度的實行，雖為朝廷增加了財政收入，也開闢了地主、商人進入仕途的捷徑，但卻使封建官僚機構惡性膨脹，促使官吏更加貪污腐化，其途益濫，成為清代政治腐敗的一大弊政。另一方面，科舉考試徇私舞弊的情形時有所聞，此輩類多紈絝，登科後大都坐靡廩粟，庸腐無能，鮮能稱職；加上清初以來，封建統治階級生活奢靡：康熙是比較注意節約、力戒浮費的。但乾隆時期，清政府的財力更加充裕，上至皇帝，下至王公貴族、文武百官、大地主、大商人，無不過著紙醉金迷的生活，尤其是滿族新貴，沾染奢華荒淫風氣最嚴重，漢族官僚生活亦競相豪侈，還有那些大地主、大商人，剝削了大量錢財，揮金如土，窮奢極欲。奢侈淫靡的風氣是社會衰敗和動蕩的標志。

清朝在經歷了一段政治穩定和經濟繁榮的全盛時期之後，到了乾隆後期，習俗日侈，風氣敗壞，統治階級的驕侈淫佚正是社會問題日益嚴重的反映，而與這種腐化之風相伴而來的便是官僚機構中貪風日盛，賄賂公行，這是統治階級腐朽和社會風氣澆薄下的痼疾。官場的貪贓枉法原是封建專制統治下不可避免的弊害，但當封建政治較為清明之際，這一弊害，處在不很明顯的潛伏期；而到了王朝政治走下坡的時候，它就象潰爛的膿瘡，惡性發作，敗壞整個機體。康熙時，官場貪污之風已漸盛，由於康熙的放縱寬容，各級官員肆無忌憚地勒索攘竊，使吏治更加敗壞。迨雍正上台，銳意改革積弊，整頓吏治，對減少貪污，有一定的積極作用。但乾隆以後，以和珅集團為主的貪污之風又惡性蔓延開來，吏治廢弛、官常大壞，日盛一日，結果是「自公卿至庶人惟利之趨」，「倚勢營私而終歸於不知恥」。以乾隆的奢靡，加上和珅的貪黷，在他們二人的影響下，吏治的敗壞，可想而知。劉蓉有一段話論述清朝吏治的敗壞，說：

> 今天下之吏亦眾矣，未聞有以安民為事者，而賦斂之橫，刑罰之濫，朘民膏而殃民命者，天下皆是，此其患豈小故哉！……國家設官分職，本以為民，而任事者非惟不恤，又從而魚肉之，使斯民之性命膏血，日呼號宛轉於豺狼之吻而莫之救以死，斯亦極人世傷心之故矣！又有甚者，府吏胥徒之屬，不名一藝，而坐食於州縣之間者以千計，而各家之中，不耕織而享鮮美者，不下萬焉。鄉里小民，偶有睚眦之故，相與把持愚弄，不破其家不止。則夫玩法舞文，羅織無辜之苦，其尚可問也哉！夫以數十里彈丸之邑，主以豺狼之吏，而又縱百千鷹犬，螳捕而蠶食之，使毒歸閭里，怨歸朝廷。……今之大吏，以苞苴之多寡，為課績之重輕，而黜陟之典亂；今之小吏，以貨賄之盈虛，決訟事之曲直，而刑賞之權乖。……今州縣之中，稍有潔己自好者，不惟白首下僚，無望夫官階之轉，而參劾且隨之；而貪污者流，既以肥身家，樂妻子，而升擢之榮，歲且數至。彼此相形，利害懸絕。彼廉吏者，名既未成，利亦弗就。而獨捨天下之所甚利，

犯當世之所甚忌，此豈其情也哉！宜乎竟通私賄，煽起貪風，雖或負初心、虧素守，然猶每顧而不悔也[十四]。（劉蓉《養晦堂文集》卷三〈致某官書〉）

這段話把吏治的弊端說得相當透徹。在當時上下相蒙，阿諛逢迎，但知求財納賄的風氣下，大小官吏們唯知戀位食祿，魚肉百姓，因循苟且，墨守成規，不以政務為重，百業廢弛，效率極低，錢糧虧空，訟案山積，官場遂成了自私自利、昏暗不明的醜陋世界。因此，在這三部清代的鬼類諷刺小說中，作者皆能準確地抓住時代的徵結，強而有力的諷刺和抨擊我國封建社會崩潰前夕官場內幕的黑暗腐朽，其中又以《何典》為甚。

一、不識人才，用人失當

首先，在《斬鬼傳》及《平鬼傳》中，作者於開章第一回，便將諷刺的矛頭，指向人間最高統治者——皇帝的昏庸。鍾馗文武全才，在進士考試中才壓群儒，力拔頭籌，這樣的人才若能為國家所用，必是社會百姓的福祉。可惜的是在殿試時，因相貌醜陋而使龍顏不悅，又逢奸相盧杞為迎合上意進諫讒言，鍾馗憤怒之下，觸犯朝儀，遂自刎而死。只見：

陸贄怒氣填胸，向前奏道：「宰相不能憐才，而反害才，他說鍾馗醜惡，做不得狀元，他如今

十四　轉引自戴逸主編：《簡明清史》，（北京：人民出版社，一九八五年四月北京第九次印刷），第二冊，頁三七六～三七七。

現稱『藍面鬼』[十五]，豈可做的宰相？奸邪誤國，罪不容誅，望陛下察之！」德宗此時，如嚼橄欖，方才回過味來。說道：「寡人一時不明，卿言是也。」（《斬鬼傳》第一回）

但為時已晚，逝者逝矣，若非德宗昏庸糊塗，侷於世俗偏見，又怎會讓奸相有可趁之機？而痛失良才，使鍾馗成為朝廷重貌輕才的犧牲品。這種奸臣當道，良臣不容於世的選才制度，無疑是對主政者「不識人才，用人失當」的無情譏嘲。

不獨鍾馗如此，含冤、負屈兩人求仕的不幸遭遇，亦是對朝廷不識人才的血淚控訴。含冤本是一介寒儒：

滿腹文章，怎奈饑時難煮；填胸浩氣，只好苦處長吁！白眼親友，反說酸子骨離；難心妻妾，倒言夫主情乖。正是：失意貓兒難學虎，敗翎鸚鵡不如雞（《斬鬼傳》第一回）。

這麼一個富有才學且正直的人，卻不受朝廷重視，連親友家人都對他不理不睬，後來好不容易得到考官賀知章的賞識，取為探花，卻又因為受朝廷臣僚之間爭鬥的牽累而遭權奸革退，功名又成畫餅。負屈是將門之子：

狼腰虎體，兩臂力有千斤；海闊天空，一心私無半點。身能扛鼎，怎奈無鼎可扛；志氣沖天，

十五　案：盧杞貌醜，時人稱他「藍面鬼」。

其如有天難沖！爛弓折箭，怎好向人前賣弄；三略六韜，只落得紙上空談。正是：雄心欲把山河奠，薄命難逢推轂人（《斬鬼傳》第一回）！

他武藝超群，卻不受朝廷青睞，屢舉不第，有志難伸。後投軍出征，雖然奮不顧身救出被圍的主將，事後卻反被誣告不聽調遣招致失利，奉旨遭斬，成為刀下冤魂。

黃霖對此評道：

三人（筆者案：鍾馗、含冤、負屈）文武之才不同，具體遭際各異，但是皆有才難展，失意困頓，最終飲恨而亡，以極大的悲傾訴著極大的恨。小說在這些描寫中，揭發的雖是個別權奸佞臣的禍害，暴露的卻是封建官場任人唯親，戕害人才的沉疴痼疾[十六]。

諷刺的是，這三人的稟賦才能在陽間不為當政者所用，直至死後來到陰間才得以發揮所長，獲得應有的尊重，授以斬鬼除邪之重任。但是他們「不在陰間誅除惡鬼，也不到陽間驅逐邪祟，卻來到人間要專殺形是人類，心是鬼魅的人鬼。這種安排的出發點，便有著補償鍾馗在陽間受到如有『藍面鬼』之稱的盧杞等人排斥、受冤的心理作用」[十七]。如此「活著無所為，死後方能有所為」及「活著所受的冤，要到死後方能伸張」的對比，反映的是人間的黑暗與陰間的清明，這對識人不清，用人不當的現實世

十六　同註六，見《斬鬼傳》引言，頁三。

十七　同註三，頁一六八。

界來說，無非構成一種既心酸又悲苦的強烈諷刺。

另外，值得一提的是，小說中作者不僅只對失志者的心裡有所補償；而且對那些殘害善良、為禍作亂的奸險惡人和不肖之徒，作者也使他們或被鍾馗誅殺，或到了陰間後得到應有的懲罰。且看《斬鬼傳》第十回鍾馗與閻羅王的對話：

閻君道：「尊神有所不知，那死大漢是呂布所轉，因他雖然勇猛，卻少剛骨，所以罰他轉了這等個人，以待尊神誅之，報他殺丁建陽之罪也。那不惜人是張六郎所轉。因他生的美貌，人皆愛他，故有許多淫欲之罪，所以罪他，轉成這等個人，凡今世之憎他者，皆前世之愛他為也。尊神也誅得不錯。」鍾馗道：「如此說來，那些婦人，想必也有些因由？」閻君道：「怎麼無因由？那都是呂太后、武則天、趙飛燕、楊貴妃、虢國夫人，以及賈充妻等之類。因他們淫欲無度，所以罪他轉此輩，望他受些饑寒，少改前過，不想猶然無恥，尊神雖然誅之，尚不足以盡其辜，俺還要罰他們變做母豬、母羊、母驢、母馬去也。」鍾馗道：「此輩不過好淫，殿下加以如此重罪，如曹操、王莽等，我朝楊國忠、安祿山、盧杞之徒，殿下又以何法加之？」閻君道：「曹操、王莽已在阿鼻獄中。數百年間，楊國忠已罪他變牛數次，安祿山已罪他變豬幾遭，活時受無根之苦，死時還要一刀，剝皮剉骨，其罪不輕。陰府自有公道，陽間不知。」……鍾馗又問道「盧杞怎麼樣了？」閻君道：「昨日拿到，還未判斷。」鍾馗道：「何不牽來，小人問他一問？」……盧杞抬頭一看，見是鍾馗，嚇得戰戰兢兢，俯伏地下道：「向日是天子嫌君貌醜，不干盧杞之過。」鍾馗益發大怒，拔出劍來，就要斬他。閻君道：「尊神若斬了他，就要便宜他了。看俺處治他。」命將盧杞下入油鍋，須臾皮骨皆脫。鍾馗大喜，對閻君說道：「也算陰兵們勞碌一場，將肉賞與他們吃何如？」閻君依說，眾陰兵踴躍而食。

於此段情節中，或許因為作者個人主觀好惡的關係，使得部份人物的罪名有些牽強和不合理之處；然而作者之所以會在小說末了安排這段情節，我想其用意是在撫慰及補償那些受害者的心靈，同時也蘊含了佛教因果輪迴，報應不爽的果報思想。

二、徇私舞弊，貪贓枉法

《斬鬼傳》、《平鬼傳》、《何典》都是以鬼類為描寫對象，然而不論是《斬鬼傳》、《平鬼傳》中的陽間鬼類，或者是《何典》中的陰間鬼類，基本上他們都是人類某種癖性的代表，所以實際上作者諷刺的，當然就是醜陋的人類。

我們在《何典》的鬼域世界中可以看到下至地保縣吏，上至朝廷太師；無論勢燄方熾的新貴，抑或致仕鄉居的舊臣，無不兇殘成性，貪婪巧詐。而當作者以諷刺之筆揭開其虛偽的面貌時，顯現的只是其愚劣、無能之原形。因此，作者批評的鋒芒首先指向貪贓枉法、恣意妄為的官吏階層。小說第二回，活鬼因中年得子而酬神演戲，不料戲場上卻發生黑漆大頭鬼打死破面鬼的命案，而前來處理的差吏催命鬼聽得兇手是在「餓鬼道上做大夥強盜」的，「不覺冷了下半段」，於是在地保扛喪鬼的「算計」下，「捉豬墊狗」，讓活鬼來扛罪。並道：

那活鬼是個暴發頭財主，還不曾見過食面，只消說他造言生事，頂名告他一狀，不怕不拿大錠大帛出來買靜求安，連土地老爺也好作成他發注大財。你道如何？催命鬼笑道：「我正肚裡打這草稿，不料你的算計卻倒與我暗合道妙，可稱英雄所見略同。自古道：無謊不成狀。正是這等幹去便了。」（《何典》第二回）

原來這催命鬼是衙門「第一個得用差人」，「平白拿本官做了大靠背，專一在地黨上紮火囤，拿訛頭，喫白食詐人的」，是一位仗官欺人的惡吏。至於縣令餓殺鬼，「又貪又酷，是個要財不要命的主兒」，平日就在動活鬼家財的腦筋，只是苦於沒有合適的藉口，現在逮到這樣的機會，豈肯放過？「說要辦他個妖言惑眾的罪名」。雌鬼聞之，急忙請六事鬼來與他斟酌。六事鬼道：

我曉得這餓殺鬼是要向銅錢眼裡翻觔斗的。今日把活大哥這等打法，便是個下馬威，使活大哥怕他打，不敢不送銀子與他的意思。如今也沒別法，老話頭：不怕官，只怕管。在他簷下過，不敢不低頭。只得要將銅錢銀子出去打點。

又探得衙門消息都說「活鬼是個百萬貫財主，土地老爺要想在他身上起家發福的。若要摸耳朵，也須送他九籃八蒲簍銀子，少也開弗出嘴」。果然錢可通神，餓殺鬼拿到賄款後，次日便將活鬼放出。

作者用漫畫式的筆墨，簡略、清晰而又富有特徵地勾勒出這批「贓官墨吏」貪婪的靈魂和兇惡的嘴臉，如同上演了一齣鬼界的「官場現形記」，在他幽默、滑稽的筆墨風致中，所蘊含的是對封建官場黑暗之嚴厲申斥，亦寄予鄙棄之意。

所謂「上樑不正，下樑歪」，縣令鄉吏一個個如虎似狼地勒索榨取民財，朝廷內外的權要重臣豈不是更變本加厲，貪贓枉法，奢侈無度？《何典》第五回，白蠓鬼原是枉死城城隍，不料：

那三家村土地餓殺鬼做了幾任貪官，賺了無數銅錢銀子，曉得這枉死城城隍是個美缺，走了識寶太師門路，要謀這城隍做。那太師是閻羅王殿下第一個權臣，平日靠托了閻王勢，作威作福，賣官鬻爵，無所無為的。他得了餓殺鬼賄賂，恰遇守鬼門關的辣總兵死了，也不管人地相宜不相宜，硬做主張把白蠓鬼調了鬼門關總兵，將這城隍缺讓與餓殺鬼做了。

張南莊身處的乾嘉時代，官吏貪贓，賄賂公行，幾乎成了社會的痼疾，尤其是乾隆皇帝後期的和珅集團更是大肆專權納賄，橫行天下；吏治民風，均敗壞在他們手裡。富有傳統理想的作者，在小說創作中，當然不會放過撻伐、批判的機會。因此，我們在識寶大師身上，多少都能想見和珅當時「威福由己，貪黷日甚」[十八]的卑劣行徑。

十八　案：當時朝鮮來華的使臣鄭東觀回國後的報告中說：「閣老和珅用事將二十年，威福由己，貪黷日甚，內而公卿，外

又如第六回所述的輕腳鬼，「曾做過獨腳布政，退歸林下。家裡翻轉屋來座銀子，坑缸板都是金子打的，真是富貴雙全」。作者在此又一次地以嘲諷的語氣，譏刺了那些趁著任官期間搜括民脂民膏以供退休後享用的貪官汙吏。另外，在《斬鬼傳》第五回中，也有一段對官場黑暗的諷刺情節。敘述討吃鬼與耍碗鬼在妓院裡嫖賭：

那日忽然來了一位相公，跟著許多家人，原來是賈大爺的公子。誆騙鬼扯著他二人與眾人都溜將出來，……討吃鬼將眾人邀在他家裡坐下，心中好不氣惱，對耍碗鬼道：「他們做官的人家這樣勢焰，我們沒有前程的難過日子，若是你我大小有個前程，這會也還在那邊陪他坐裏。」……誆騙鬼乘機說道：「大爺們要前程不難，拿出幾千兩銀來，小人效勞，替大爺們到長安去干辦，休說前程，就像那公子的父親做黃堂知府，也是個容易得。那時做了官，掙幾十萬銀子回來，要嫖就嫖，要賭就賭，誰敢說句歪話？」耍碗鬼道：「官也這等容易做麼？」丟謊鬼道：「這有何難，如今朝中做宰相用事的是李林甫，他受賄賂，只要投在他門下，當下就有官。只怕大爺們捨不得銀子，若是捨得，小人幫扶上誆騙哥去，只管要妥當。」

從上述內容中我們可以知道為什麼有那麼多人，尤其是有錢人（如文中的討吃鬼和耍碗鬼）想要做官；

而藩闔，皆出其門。納賄諂附者，多得清要，中立不倚者，如非抵罪，亦必潦倒。上自王公，下至輿僮，莫不側目唾罵」（戴逸主編：《簡明清史》，北京：人民出版社，一九八五年四月北京第九次印刷，第二冊，頁三七二）。

因為做官「好處多多」，不僅可以「裝腔作勢」，最重要的是「能掙很多錢」：

從科舉出生的官吏，十年寒窗，很多人的目的就是要做官發財。鄭板橋曾一針見血地指出：「一捧書本，便想中舉、中進士、作官，如何攫取金錢，造大房屋，置多田產」。另一部分從捐納出身的官吏，花了許多銀錢，才買得一官半職，做官猶如做買賣，將本求利。有朝一日，補上實官肥缺，自然要不遺餘力地大撈一把。這樣，人人聚斂，上下交征，貪風益熾。當時的記載說：「督撫司道等則取之州縣，州縣則取之百姓，層層朘削，無非苦累良民，罄竭膏脂，破家蕩產。」又說：「大抵為官長者，廉恥都喪，貨利是趨。知縣厚饋知府，知府善事權要，上下相蒙，曲加庇護，恣行不法之事。」類似這類揭露官場貪贓枉法的記載，多得不勝枚舉[十九]。

有了財、勢之後，當然就能「目無法紀，胡作非為」。而要做官也很容易，所謂「有錢能使鬼推磨」，只要找對門路，就可以花大錢做大官，此種花小錢賺大錢，又能名、勢、利兼收的「投資」，難怪會使人「趨之若鶩」。唉！貪贓枉法之官場黑暗，又是一幕。

再者，談徇私舞弊。清廷雖然規定滿漢官員都要經過科舉考試，才能授予官職，但實際上滿人作官靠特權，不靠科舉，科舉只是為漢人鋪設的一條參加政治的道路。且看《斬鬼傳》第二回含冤激憤的控訴：

十九 轉引自戴逸主編：《簡明清史》，（北京：人民出版社，一九八五年四月北京第九次印刷），第二冊，頁三七三～三七四。

那年正當大比，蒙賀老先生取為探花及第。不想宰相楊國忠要拿他兒子做狀元，賀先生見文字不通，不肯取他。楊國忠上了一本，說賀老先生朋比為奸，閱卷不公。朝廷就把賀先生罷職，就將俺革退。俺想半生流落，才得知遇，又成畫餅，命薄如紙，活他何益？因此氣憤不過，一頭撞死。

像這樣不問才能，只是一味循私的官場文化，國家痛失人才不說，不幸的是換來一群庸蠢的鼠輩官吏，試問國家社會在他們的治理下，百姓如何不淒苦？朝政如何不衰亡？

三、官官相護，仗勢欺人

於醜陋腐朽的官場裡，大官、小官無一好官，往往是狼狽為奸，同一鼻孔出氣；而他們的子女在其縱容下，也就成了仗勢欺人，驕淫兇殘，無惡不作的一群。

《何典》第六回中，就寫了色鬼串通尼姑，姦淫信女的惡行：

他老子輕腳鬼，曾做過獨腳布政，……單生這色鬼，是個老來子，自小縱容慣了，纏交十幾歲，就到外邊吃花酒，偷婆娘，無所不為。後來結識了這廟裡師姑，替他做牽頭，遇有燒香娘娘到來，便留進私房，用些甜言蜜語誘引他上當。孰知那些女眷家，只為想吃野食，所以要出來燒香念佛，忽有個精胖小夥子來做他口裡食，真是矮子爬樓梯——巴弗能彀的，自然一拍一胳縫。

偶然千中揀一，有個把縮羞怕臉弗肯的，便捉住了硬做。那女眷吃了虧，只得打落牙齒望肚裡嚥，再也不敢響起。就使老公得知，一則怕他有財有勢，二則家醜不可外揚，只好隱忍過了。所以這色鬼天弗怕，地弗怕，任意胡做。

作者在此除了揭露那「仗官托勢的花花公子」劣行外，也把紅杏出牆的蕩婦、無恥偽善的尼姑都寫了進去，不禁讓人在對公理正義失望之餘，又見世風淫邪如此，更添一分感傷。

另外在同書第八回中，色鬼因之前在鬼廟裡欲沾污臭花娘不得，回家後便差人四處去尋訪。誰知事有湊巧，在陰錯陽差之下，誤把豆腐西施當成臭花娘，便遣極鬼等人至豆腐羹飯鬼家強行擄走豆腐西施。此等強盜行為，視法律於何在？還有，因妒心發作而濫殺無辜的畔房小姐：

識寶太師的女兒，叫做畔房小姐，生得肥頭胖耳，粗腳大手。自恃是太師爺的女兒，凡事像心適意，敢作敢為。

當她得知色鬼欲偷情的計劃後，「恨極鬼牽風引頭，算計也要打他一頓出氣」，「不料反打著了豆腐西施，正中太陽裡，打得花紅腦子直射」，一命歸西：

門上大叔只得報知輕腳鬼，查起根由，纏曉得是扮做強盜去搶來的。依了官法，非但一棒打殺，並且要問切卵頭罪的，怎不驚惶？還喜得沒人知覺，忙使人把死屍靈移去，丟在野田堵裡，……

豆腐羹飯鬼聽聞女兒不幸，於是就向城隍告狀，孰料此時的城隍已是餓殺鬼。畔房小姐是識寶太師的女兒，恩人之女，豈能問罪。因此，在男妓劉打鬼的主意下，故計重施，復採「捉豬墊狗」的辦法，欲把荒山裡的兩個大頭鬼抓來當替罪羔羊，如此一來「一則結了此案，二則捉住大夥強盜，又可官上加官，豈非一得而兩便」？

可見，官場裡根本沒有公理、正義，官官相護、錢權交易、漆黑一團。這些大官子弟，在作惡殺人後，照樣逍遙自在，官吏不會來查究；即使立案，也不過胡亂尋一個替死鬼，將案子打發了事。作者借迷露裡鬼之口憤怒地斥責現實世界暗無天日，法制鬆馳，一語道破了封建王法的虛偽性：

> 雖說是王法無私，不過是紙上空言，口頭言語罷了。這裡鄉村底頭，天高皇帝遠的。他又有財有勢，就使告到當官，少不得官則為官，吏則為吏，也打不出甚麼興官司來[二十]（第九回）。

一針見血地抨擊了封建「王法無私」，只不過是句口號罷了！形同虛設；官官相護的結果，是草菅人命，視百姓為草芥。「這種描寫比起《斬鬼傳》、《平鬼傳》更具有認識價值和批判意味，可以說，這是封建末世官場活報劇的概括，是清王朝吏治腐敗的縮影」[二十一]。

[二十] 案：興官司：聲勢大且能令人滿意的官司。

[二十一] 同註八，頁六四。

四、懦弱無能，貪生怕死

《何典》刻畫的「白蠓鬼」形象，反映了官場上另一類痼疾。白蠓鬼知書識禮，也知道敬重才士，感念友情，總之，是黑暗官場裡難得還算有幾分好處的官員。「他做官雖是一清如水」，但是「才具淺促」，平時被猾吏欺誆得暈頭轉向，遇事難斷是非曲直，全靠其妻調度周旋：

> 那夥提草鞋公人[二十二]，見本官軟弱，便都將嘴騙舌頭的來弄慫他。白蠓鬼又是軟耳朵的，聽了他們三人說著九頭話，不免弄得沒了主意，正是清官難出猾吏手。幸虧那城隍奶奶長舌婦，卻是十三分奢遮的[二十三]，任你說得天花亂墜，總瞞不過他。遇著審官司時候，或是在面前背後提調[二十四]，或竟與白蠓鬼排排坐著[二十五]，叉張夾嘴的斷災斷禍[二十六]。他嘴頭子又來得左話左轉，右話右轉[二十七]，翻蛆搭舌頭的儕是他說話分[二十八]。憑你老奸巨猾、能言舌辯的囚犯，也盤駁不過，他倒制服得那些強神惡鬼伏伏臘臘[二十九]，一些也弗敢發強（第五回）。

[二十二] 案：提草鞋公人：在衙門辦事的差役。
[二十三] 案：奢遮：出色。
[二十四] 案：提調：提醒，調教。
[二十五] 案：排排坐：並排而坐。
[二十六] 案：叉張夾嘴：經常插嘴。
[二十七] 案：嘴頭子又來得左話左轉右話右轉：意為口才流利，說話滴水不漏。
[二十八] 案：翻蛆搭舌頭：意思同「一張嘴巴兩層皮，翻來翻去都有理」。儕：全部的意思。
[二十九] 案：伏伏臘臘：伏伏貼貼。

看到這裡，真不知誰才是城隍，是白蠓鬼，還是其妻長舌婦？

後來，因識寶太師收受賄賂，於是把白蠓鬼從枉死城城隍調任鬼門關總兵。白蠓鬼上任後便聘請昔日同窗形容鬼來做佐僚，而他自己則「喫了大俸大祿」，「一味裡吃食弗管事，只曉得吹歌彈曲，飲酒作樂，把那軍情重事，都擐在形容鬼身上，自己倒像是個閒下裡人」。而當他奉旨領兵「勦捕賊寇，收復城池」時，白蠓鬼的反應是「幾乎魂靈三聖都嚇落了」，說道：

> 我雖文武官員俱曾做過，卻文不能測字，武不能打米，怎當得這個苦差！說罷，不覺嗚嗚咽咽的哭將起來（第九回）。

最終，白蠓鬼決定聽從長舌婦的建議，「將真珠寶貝，細軟衣裳」打包，「開了後門」逃走。白蠓鬼的臨陣脫逃，正是乾隆時期軍隊腐化，軍紀廢弛的曲折影射[三十]，也意味著清代這個末世的封建王朝，即將結束。

像白蠓鬼這樣既懦弱無能又貪生怕死且乾領俸祿的官員，不論古今，大有人在；其問題主要不在於個人品格，這一點與貪官贓吏有所不同，但是他們「文不能測字，武不能打米」，卻能夠今日做文

三十 案：《東華錄》乾隆朝，卷二，雍正十三年十二月，記載：「都統、副都統於會議之時，多不到班。其到班者，往往不以正務為意，或彼此相謔，言笑無忌」。八旗高級將領，養尊處優，玩忽職守，把勤習騎射，訓練武藝，處理公務，整頓營伍，一概置之腦後。而一般士兵，長期住在北京或駐防各省，過著太平歲月，清廷不許他們從事各種生產勞動，養成遊手好閒，浮華喧囂的習氣（戴逸主編：《簡明清史》，北京：人民出版社，一九八五年四月北京第九次印刷，第二冊，頁三七九）。

官，明日做武將，這無疑是對國家在選才任能體制上的一大諷刺。「時代稍後的龔自珍在《明良論二》一文中憤怒批判宦官庸庸碌碌，不圖作為，『政要之官，知車馬、服飾、言詞捷給而已，外此非所知也；清暇之官，知作書法、賡詩而已，外此非所問也』。《何典》則以文學的語言，藝術的形象，撻伐了官場的弊端，與龔自珍之議論同樣痛憤，同樣深切」[三十一]。張南莊在此有意通過白蠓鬼的形象，對瀕臨崩潰的封建社會官僚弊病，做一徹底的諷刺。

第三節　儒釋道之庸俗偽善

一、庸俗迂腐的封建文人

文字獄是封建專制底下的產物，是帝王用來消滅異端，箝制思想的政治手段，清代文字獄次數之頻繁、株連之廣泛，文網之嚴密，都遠超過以往任何朝代。清廷大興文字獄的結果，許多知識份子感時懼禍，只好選擇「明哲保身」、「尚友古人」，埋頭於典籍考據中，終年在古書中尋章摘句。沉溺於故紙堆中，使學術脫離了實際生活，遂使文人士子，眼光窄隘，思想閉塞，窒息了一切進步思想的發展，「夫學術非而人心異，人心異則世道漓，世道漓則舉綱常、倫紀、政教、禁令，無不蕩然於詖

三十一 同註六，見《何典》引言，頁四。

辭邪說之中也，豈細故邪？」（唐鑑：《國朝學案》提要）[三十二]。在思想禁錮、學術僵化的情形下，造成讀書人庸俗迂腐、不學無術的社會現狀。

且看《斬鬼傳》第四回急賴鬼介紹「文才最高，做得詩詞歌賦，再莫人比得過他」的不通鬼：

那一年歲當大比，題目是風花雪月絕句四首，他不假思索，拿起筆來，就做成了。我還記得，試念與二位兄聽：

詠風那首是：

一股沖天百丈長，黃砂吹起斗難量。
任他鎮宅千斤石，刮到半天打塌房。

詠花那首是：

一枝才敗一枝開，誰替東君費剪裁？
花匠想從花裏住，不然那討許多來。

詠雪那首是：

輕于柳絮快如梭，可耳盈頭滿面挅；

三十二同註十四，頁四八九。

想是玉皇請賓客，廚房連把煺天鵝。

詠月那首是：

寶鏡新磨不罩紗，嫦娥端的會當家。

只愁世上燈油少，夜夜高懸不怕他。

齷齪鬼聽了道：「這個算做得好！只是『不怕他』三字，有些不明白。」急賴鬼道：「這正是用意深遠處，大凡做賊的人偷風不偷月，他最怕的是月，月偏不怕他，故意要照將起來，所以用著『不怕他』三字，可謂奇奇極矣。房官見了他的卷子，喜得說道：『羽翼已成，自當破壁飛去。』因怕他飛了去，將他文字旁邊抹了許多道攔住，猶恐脫穎而出，又叉上許多叉子叉住。呈在主考那邊。不想主考學問淺薄，曉不得『不怕他』三字，反說莫有出處，駁了不中，你說屈他不屈他？他因此滿腹不平，又作了一首感懷詩。再念與二位兄聽：

生衙鈔短忍書房，非肉非絲主不良。

命薄滿腹觀鷸蚌，才高塞耳聽池塘。

談詩口渴梁思蜜，話賦心漕孔念姜；

何日時來逢伯樂？一聲高叫眾人慌。」

齷齪鬼道：「這詩我益發不懂，還求講一講！」急賴鬼道：「『生衙鈔短忍書房』者，且說待要做生意無本錢，待要住衙門又沒頂手，所以忍氣吞聲入書房也。第二句就是因主考駁了他的卷子，他說他吟的詩當不得肉，作的賦當不得絲。又遇主考無良，不能愛才。故云『非肉非絲主不良』。第三句是他見人家中了，他不能中，故憤然說道，我雖命薄，看你們鷸蚌相持到幾時？第四句是說不第以來，別無生涯，只得教書，那學生們念起書來，就如蛙鳴的一般。古詩有『青草池塘處處蛙』之句，這『聽池塘』三字，又用得好。第五六句便說到那教書的苦處，每日講起書來，講得口渴心漕，當日梁武帝被侯景困在臺城餓死時，曾思蜜水止渴。《論語》上有『孔子不徹姜食』，故又說起『孔念姜』。口渴思蜜水，心漕想鮮姜。你看他對的何等工巧！又句句是故典，豈不是好詩？至于結尾二句，益發妙絕，古今少有。當日馬逢伯樂而嘶，其價倍增。他說何日來逢伯樂，遇上個明眼主考，將他中了，如今人都欺他，那時把人都嚇慌了，所以說『一聲高叫眾人慌』。這一首詩無一個閑字，無一句閑話，蘊藉風流，特真異才。詎奈德修而謗興，道高而毀來，人反起他一個渾名叫做不通鬼，你說這樣一個才學，何為不通的麼？」

從此段情節的描述中，我們不難想見不通鬼的糟腐庸俗，是到了多麼不堪的地步。作者之所以塑造出不通鬼這樣一個迂腐形象，一方面是藉由他應舉的遭遇，諷刺當時凡事都要引經據典的八股科舉制度：八股文這種文章除了當作做官的敲門磚之外，一點用處也沒有。宋濂曾指出：

自貢舉法行，學者知從摘經擬題為志，其所最切者，惟四子一經之箋，是鉆是窺，余則漫不加省，與之交談，兩目瞪然視，舌木強不能對」（《翰苑別集》卷一）[三十三]。

只是使讀書人一味在古聖先賢的故紙堆中打轉，在字與詞的取捨中鑽牛角尖，「繁稱博引，游衍而不得所歸」。儘管如此，清廷統治者為了束縛人們的思想，還是極力倡行八股文，把知識份子的視野拘囿於「四書」、「五經」之中，造成封建文人思想愈趨僵化，終至酸腐。康熙時有一個大臣說得很明白：

非不知八股為無用，特以牢籠人才，捨此莫屬[三十四]。

可謂一語道破。另一方面是藉由他「滿紙胡言」、「無一筆通處」的詩作，譏諷那些學問只弄得半截，卻狂蕩恣肆；明明作文不通，卻自以為是的庸儒。庸俗迂腐的文人充斥國家社會，知識份子缺乏正確的治學方法，而變質的科舉制度[三十五]，卻把持著宦途；文化學術變了質，思想教育脫了軌，禍亂由此

[三十三] 轉引自鄭天挺主編：《清史》，（天津人民出版社，一九八九年八月第一次印刷），上編，頁二一〇。

[三十四] 同註三三，頁二一〇。

[三十五] 案：唐宋兩代試士之科目，或重詩賦，或重經義，雖屢有變更，但究其考試內容，不外是注重儒家經典與文章詩賦而已。然到明清，選才之法又有較大的變化，規定科舉試題皆須由四書五經內選擇，考生須代古人立言，不准稱引三代以下的史實；至於立論，又必須以朱熹學說為根據。這就是所謂制義之文，即流俗所謂的八股，是一種內容空洞、形式僵化的文體，只能摹倣古人的口吻和重複儒家經典中的意見，以及依照朱熹的注釋來闡述文義，決對不允許發表個人獨立的見解，且內容與規格皆有定式。顧炎武在《日知錄》中指出其缺點說：「文章無定格，立一格而後為文，其

蘊釀，盛衰當然循環。

二、汲於功名的科場士子

自隋代以來，以考試方式甄選人才之科舉制度，就成為士人仕進的主要途徑。「學優則仕」，是多數讀書人共同的願望，因為考試中舉，不僅可以獲取功名利祿，一展雄心抱負，又可晉升上層階級，光宗耀祖；也能在社會上贏得受人尊重的地位與相伴而來的各種特權，可說是名利兼收。

然而，張南莊卻對當時文人亦步亦趨的讀書——應試——及第這樣一條實現自身價值的道路，表現出不以為然的態度。他在第七回寫到：

> 臭鬼起初也曾讀過書，思量要入學，中舉人，發科發甲的。無奈命運弗通，放屁文章總不中那試官的驢屄眼，考來考去依然是個一等白身人。

他在心灰意冷之際，決定「把那章書捲起」，「收拾些老本錢」，開始了經商生涯，並從中感受到成功的喜悅，「比那窮念書人反有天壤之隔」。這表明，文人施展才能和獲得成功的途徑原是多方面的，並非只有科舉一條通路可行，功名不足以代表一切。作者在此藉著臭鬼「棄儒從商」的例子，暗諷了

文不足言矣。」文章本來是天成，但八股時文有其陳套定格，反而限制真才，因此科舉制度變了質，也就失去其為國掄才的本意。

那些汲於功名的科場士子，同時也對荷著沉重功名包袱的文人表現出善意的同情。

此外，他對文人通常以為自己「有過目不忘的資質，博古通今的學問」，便十分了得而得意忘形的模樣嗤之以鼻，因為這些在他看來，都是相當淺薄，不足掛齒的。《何典》第六回，他就藉蟹殼裡仙人對活死人嘲弄的一番話，諷刺了有以上優越感的文人：

> 你只曉得讀了幾句死書，會謅文嚼字，弄弄筆頭，靠托那『之乎者也矣焉哉』幾個虛字眼搬來搬去，寫些紙上空言，就道是絕世聰明了。若講究實際工夫，只怕就文不能安邦，武不能定國，倒算做棄物了。

作者直言不諱地稱這樣的文人只是一些「尋章摘句的書訛頭」，也對科舉制度造就文人只會「寫些紙上空言」，不知「講究實際工夫」的弊害進行了批判。「傳統文人引以為自豪的那一套看家本領被一筆掃抹，他們畢生在書齋苦苦追求，結果只是使自己加速成為一個無甚價值可言的廢物，這真是莫大的悲哀」[三十六]。因此，「作者為療治文人這種通病，設想出一種叫『益智仁』的藥丸讓他們服用，洗肚滌腸，啟瀹靈府，將一切無用之空言統統拋開，代之以安邦定國、經世濟民的實際本領。這種思想與稍後的近代務實思潮有其相通之處」[三十七]。

[三十六] 同註六，見《何典》引言，頁七。

[三十七] 同註六，見《何典》引言，頁七。

三、偽善破戒的釋道末流

康乾時期，隨著國家社會的穩定發展，城市經濟日漸繁榮，財富大量湧現，人民生活富足，號稱「康乾盛世」：宗教方面，「清自聖祖至高宗，均著意於儒學的復興，對佛教並不關心。佛教諸宗，禪宗雖仍盛行，但其精神日趨世俗化，宗風亦隨之衰落」[三十八]；再者，「清室雖然也奉道教，但不如前代之甚，始則降正一真人為五品，其後又不許朝覲，僅由禮部帶領引見。乾隆時，更禁正一真人傳度俗人為道，道教遂日見衰落」[三十九]。社會方面，經濟高度發展的結果，遂開起了奢靡之風，金權腐蝕人心，善良風俗不再，道德慘遭毒化，整個社會籠罩在淫邪的烏雲底下。在頹靡世風的浸染下，佛門淨土、道觀尼庵藏污納垢，宗教的清規戒律受到無情的衝擊。

《斬鬼傳》第八回寫悟空庵住持色中餓鬼：

> 若論他的本領，倒也跳得墻頭，鑽得狗洞，嫖得娼婦，要得破鞋（淫婦）。

從庵中住持的稱號、本事，不難想見此地必定藏污納垢，有著見不得人的勾當。果然「曲徑通幽處，深藏女色多」，暗室裡積聚數個蕩婦：

三十八 傅樂成：《中國通史》，（台北：大中國圖書公司，民國八十年八月十八版），下冊，頁七二八。

三十九 同註三八，頁七二九。案：洪武初，正一教領袖張正常入朝，太祖封之為真人，官正二品，世襲罔替；從此龍虎山張氏，成為道教正統。

俱是這庵中和尚收攬。也有竟作佃戶的，名為佃戶，實嫁和尚；也有燒香施捨的，名雖行善，實圖歡樂；也有飢寒所迫的，名雖周濟，實來還賬；也有逃荒出去的，本為避難，也來混水（《斬鬼傳》第九回）。

儼然把佛門聖地變成了青樓妓院，庵中和尚盡是淫僧，「不分晝夜，輪流取樂，心猶不足，又在外邊勾搭上許多私窠子、小伙兒」。

而當淫僧遇上了蕩婦，其情景是：

不說山盟，不言海誓。這一個緊敲木魚，高念著救苦菩薩；那一個慢拍著雙鐃，低叫道肉身羅漢。這一個金蓮高舉，恍然似亂墜天花；那一個纓鎗頻刺，依稀像點頭頑石。戰多時寺門欲閉，霎時間魂入西天；頑一會兒老僧入定，須臾內身到極樂。這正是：未央生大破肉蒲團，海闍黎夜宿銷金帳[四十]（《斬鬼傳》第九回）。

作者在此以詼諧、幽默的筆調，活生生地描繪出一幅「春宮圖」，談笑中貶斥了那些不守清規、縱慾破戒的佛門敗類。

然釋道弟子的穢行，尚不止於此，《何典》中作者還描述了「燒香望和尚，一事兩勾當」的齷齪事，廟裡和尚反倒成為淫婦慾女尋歡的對象。第四回寫雌鬼喪夫，獨守空房，一日「忽然膀罅襠裡肉

四十 案：海闍黎：《水滸傳》中一和尚名，潘巧雲姘夫。

骨肉髓的痒起來」，痛得渾身發麻，遂往鬼廟以醫病為由，與怕屄和尚風流一番。雌鬼事後便欲起身回家：

和尚攔住，說道：「小僧替施主醫好了大毛病，怎麼相謝都弗送就想回去？和尚喫十方，施主倒喫起廿四方來了！」雌鬼道：「今日沒有身邊錢，改日謝你便了。」和尚道：「現鐘弗打倒去鍊銅！又不是正明交易，到是現消開割的好。正叫做賒三千弗如現八百。」雌鬼道：「真正若要欺心人，吃素隊裡尋。不要說我是老施主，就是個面熟驀生人，像方纔這等適心適意的被你鬼開心，難道肯替你白弄卵的麼？我倒肚裡存見，譬如割屄齋僧，弗做聲弗做氣罷了，你倒拔出卵袋便無情起來！」和尚道：「方纔施主眼對眼，看小僧用盡平生之力，弄得熱氣換冷氣的，替你觸疥蟲，倒要一毛弗拔的綽我白水[四十一]，也意得過麼？」雌鬼被他纏住，只得在荷包裡挖出一隻鐸頭錠來送與他。和尚雙手接了，忙陪笑臉道：「這是生意之道，不得不如此。後日裡間倘然用著小和尚時，決不計論的。」

此段情節，生動地刻畫出和尚既好女色又貪財的醜陋形象，他在通情歡樂之後，還厚顏無恥地向雌鬼要「謝錢」，其變賣色相的骯髒靈魂，更顯齷齪。

此外，封建末世的佛院道觀，有時更成為犯罪的溫床，放任淫邪之徒在裡面胡作非為。《何典》

[四十一] 案：綽我白水：稱佔便宜、揩油為「綽白水」。

六、七回中，作者就以犀利的筆鋒，批露了宗教那偽善、黑暗的一面。趕茶娘得了貪吃病，便叫女兒臭花娘到脫空祖師廟去替她求神保佑：

> 臭花娘道：「細娘家出頭露面，穿寺燒香，只恐外觀不雅。」趕茶娘道：「多少千金小姐，又不曾生病落痛，一樣入在三官社裡[四十二]，聞知那裡有甚撐撒佛會[四十三]，就八隻腳跑弗及，也不怕男女混雜，挨肩擦背的不拘那裡都趕了去。你今替娘燒香，是一團正經，況又下師姑堂[四十四]，有甚不雅？」（《何典》第七回）

到廟裡燒香禮佛本是正經事，況且又是尼姑庵，應該沒有什麼是非，孰料那祖師廟裡的師姑竟是色鬼的姘婦，專「替他做牽頭，遇有燒香娘娘到來，便留進私房，用些甜言蜜語誘引他上當」。因此，當臭花娘到了廟裡：

> 那癡道婆便替他點上香燭。臭花娘雙膝饅頭跪在地下，祝告了一番，磕了頭起來。便有一個後生師姑向前來浪搭，那張牢屄嘴就像捋舌喇哥一般「小姐長，小姐短」[四十五]，留他進去吃清茶。臭花娘正有些口渴，便也不甚推辭。師姑便攙了他手，引進房中。恰纔坐定，只見師姑牀上帳

[四十二] 案：三官社：民間求神拜佛、傳道治病的組織。
[四十三] 案：撐撒佛會：此指眾人聚在一起做佛事。
[四十四] 案：師姑堂：尼姑庵。
[四十五] 案：捋舌喇哥：口齒靈巧的八哥。

子裡鑽一個眼光忒忒的大頭魘子來[四十六]。臭花娘吃了一驚，忙起身想跑，早被師姑關上房門攔住。那魘子不問情由，向前摟住了他，便來親嘴摸奶奶。臭花娘嚇得魂不附體，儘命把他敲捩摘打。那魘子也不發怒，狗獾了面孔[四十七]，只管低頭下氣的求他。師姑又在旁邊花言巧語的相勸。那臭花娘恨窮發極，便把他一記反抄耳光。師姑大怒道：「嗔拳不打笑面。我好意勸你，怎倒這等不受人抬舉！」便扎上手幫這魘子，把他扛頭扛腳拖到牀上搇翻了。那魘子便來扯他褲子。臭花娘那時少個地孔鑽鑽，叫爺娘弗應的，只得殺豬一般喊起「救命」來（《何典》第七回）。

真是世風日下，人心不古，熱情的外表下，竟藏著一顆惡毒的心。尼姑庵裡師姑道婆的無恥之行，較之前者，更是變本加厲，卑鄙至極，成為觸及法律的罪犯。她們勾結歹徒，設下圈套，拐騙前來廟裡燒香的無辜婦女失身受辱，藉此滿足、討好那些社會敗類的歡心。如此傷風敗德的惡行，不禁讓作者藉活死人之口，對那些犯規破戒、為虎作倀、助紂為虐的釋道末流大怒道：

清平世界，怎做這等沒天理事！難道無王法的麼（《何典》第六回）？

其激憤痛恨之心情，可想而知。

在《平鬼傳》中，同樣也有描述釋道末流惡行惡狀的情節，作者以諷刺的手法將那污穢的佛院道

四十六　案：魘子：色鬼。

四十七　案：狗獾了面孔：形容不知羞恥的樣子。

觀取名為「不修觀」，後來又改名「大放寺」，以「寺與肆」諧音，來抨擊寺中觀內寡廉鮮恥，胡亂作為既不修且放肆的僧道弟子。

不修觀的住持針尖和尚，無意間救了因好色貪淫而病逝的色鬼：

針尖和尚道：「你平生淫人婦女過多，應有此症。你如肯改悔，拜我為師，我教你些兵法武藝，可以保護你的身體。不知你意下如何？」色鬼道：「俺的欲心未靜，恐怕難以學道。」針尖和尚道：「色即是空，這個色字，我們空門原是離不了的。」色鬼遂向針尖和尚拜了四拜，又合短命鬼敘了師兄師弟（《平鬼傳》第三回）。

這裡說的又是一個不守清規，破壞宗門戒律的末世僧流。他對色鬼的荒淫惡行，不但沒有規勸，令其改過，反而傳授其可以「保護身體」的方法，好讓色鬼不至於重蹈之前「縱慾而亡」的覆轍。就在針尖和尚的縱容下，寺院成了惡人的庇護容身之地，讓這些敗類得以在宗教偽善的外衣下，繼續逞兇為惡，將前來燒香的婦女強留寺中，供其享樂：

到天明，率領四大鬼卒，到了大放寺內，尋找餘鬼。及至方丈，聞得夾皮墻內，似有婦人聲音。遂向前打開，見有十餘個少年婦女走出來。鍾馗問道：「爾等何處人氏？在此何幹？」那婦人道：「俺俱是下作鬼的表嫂子，因去年三月三，來廟燒香，被色鬼與短命鬼強留在此的。」（《平鬼傳》第五回）

對此，作者深惡痛絕地藉針尖和尚曲解佛家偈語「色即是空」的話，罵盡當時破戒為非的佛道僧尼。

封建社會崩潰的前夕，諷刺作家也把矛頭指向罩上高潔、神聖光環的儒、釋、道；所批判的並不是其本質理念或教義有任何不妥，而是針對佛道僧儒的種種劣行，通過對他們行跡的具體描寫，毫不留情地揭露其庸俗、虛妄、偽善的醜態，目的在使社會、人民能有所省思而警悟。

第五章　三部鬼類諷刺小說之藝術成就

鄭振鐸在〈《斬鬼傳》、《平鬼傳》引言〉道：

中國諷刺小說極少，《斬鬼傳》、《平鬼傳》外，惟《何典》、《常言道》寥寥數作耳。而《常言道》諸書卻都是模擬《斬鬼傳》、《平鬼傳》的。故論述諷刺小說的，自當以那幾部鍾馗斬鬼的小說為開宗明義第一章[一]。

尚不僅如此，《斬鬼傳》更是我國諷刺小說史上第一部鬼類寓言諷刺小說，稍後的《平鬼傳》、《何典》都與《斬鬼傳》一脈相承，皆以寓言手法，喻鬼諷人，因此我們不妨稱它們為「清代鬼類諷刺小說三部曲」。本章重點，即在探析這三部小說所表現的藝術成就，藉以明示其價值所在，流傳不朽之因。

一　鄭振鐸：〈《斬鬼傳》、《平鬼傳》引言〉，載於丁錫根：《中國歷代小說序跋集》，(北京：人民文學出版社，一九九六年七月，北京第一版)，下冊，頁一六七八～一六七九。亦見於鄭振鐸撰、吳曉鈴輯：〈《西諦題跋》選〉，載於《文學遺產》，(北京：中華書局出版，一九八三年)，第三期，頁一三九。

第一節 以鬼喻人，陰陽倒轉

一、小說背景

魯迅曾經說過：

……社會諷刺家究竟是危險的，尤其是在有些「文學家」明明暗暗的成了「王之爪牙」的時代。人們誰高興做「文字獄」中的主角呢，但倘不死絕，肚子裡總還有半口悶氣，要籍著笑的幌子，哈哈的吐他出來。笑笑既不至於得罪別人，現在的法律上也尚無國民必須哭喪著臉的規定，並非「非法」，蓋可斷言的[二]。

魯迅這段話明白地道出社會環境對作家創作的巨大牽制力及對作家藝術選擇的控制力。在文網嚴密的封建專制時代，尤其是大興文字獄的清朝，社會不允許直接的暴露批評，也不允許社會性諷刺，於是作家只好「幽默幽默」；可是社會中的醜惡究竟太多，作家終究不能單純的幽默，不得不創作諷刺作品。因此，諷刺作家既要避免迫害，又要揭露社會醜惡，於是寓言式的諷刺手法便相應而生。作者把本來可以直接認識的人和事用怪誕的手法表現出來。真實社會在作者虛構的、離奇的、怪異的想像中變形，人間變鬼界，以鬼喻人，陰陽倒轉，從而帶給人們一種輕鬆滑稽的鬧劇感受；不引起人們的憎

[二] 魯迅：《魯迅全集．偽自由書．從諷刺到幽默》，（台北：古風出版社，民國七十八年十二月），第五卷，頁四五～四六。

惡，批判的力度自然隨著笑聲而削弱。就像人們在哈哈鏡前認識自己，窺視別人，形象雖然醜陋，但鏡子中的那個人，還是原來的你。

就如上述，《斬鬼傳》、《平鬼傳》、《何典》的作者，在沒有言論自由的封建社會裡，別出心裁地運用影射、比喻的手法，將故事背景置於魑魅魍魎的世界中，在鬼世界裡展示人世現實。作者筆下的群鬼色相無不極盡挖苦人生百態之能事，他們是市井中腐敗現象的化身，世間醜惡人物的借喻，這種既繼承小說寄寓譏彈的傳統而又翻陳出新、另闢蹊徑，藉「鬼」諷今的寫作手法，實為三部小說的成功之處。

二、情節架構

就故事情節架構而言，《斬鬼傳》故事的發展是依鍾馗一路行來所遇，一段一段的敘述，前一段的情節與後一段的情節不一定有直接的關係。書中的諸鬼，大多隨有關情節的展開而出現，情節的結束而消失，其中以鍾馗斬鬼為主線，將諸鬼故事串聯起來，所以在結構上，《斬鬼傳》是由許多獨立的故事銜接而成，胡萬川認為這種結構可以稱之為「串珠式的結構」：

> 串珠中的每一顆珠子原也是各自獨立的珠子，但是以一根線索貫成，珠子與珠子之中，便有了關係。串珠式結構的小說，每一節故事就等於一顆珠子，以一個彼此相關的線索貫連其中，便

成了一篇有若珠串的長篇小說[三]。

接著，胡萬川又說：

《斬鬼傳》以後的中國諷刺小說《儒林外史》、《官場現形記》、《二十年目睹之怪現狀》等也莫不如此。這些諷刺小說之所以多半有著這種結構的道理，是因為作者所要諷刺的對象並不只是一個人或一件事，而是整體的社會習俗或制度。一個人，一件事只能表現單純的一面，只有許多各不相同的人或不相同的事匯集起來，才能表現出較有普遍性的社會的缺失。因此，中國的諷刺長篇小說便往往在寫了一個人或一件事之後，接著再寫另一件事另一個人，因為惟有如此，才能達到諷刺層面的廣度，而諷刺層面的廣泛，相對的，便可造成諷刺的深度的效果[四]。

從胡萬川的這段話中，我們不難體會作者對於故事架構的匠心經營，及《斬鬼傳》對後世諷刺小說以啟迪與創新的影響。

而《平鬼傳》的敘述結構與《斬鬼傳》則有所不同。《斬鬼傳》是串珠式的結構，分可獨立，合則為一，然《平鬼傳》雖也著重描寫形形色色的鬼，卻把諸鬼活動相互穿插並組織成與鍾馗斬鬼相對的另一陣線，以兩軍對壘的形式貫穿全文，使情節衝突顯得更為集中。至於《何典》，就其內容架構

三　胡萬川：《鍾馗神話與小說之研究》，（台北：文史哲出版社，民國六十九年五月初版），頁一七八。
四　同註三，頁一七八。

而言，這是一部世情小說和才子佳人小說的合成品，但卻比一般才子佳人小說有著更引人入勝的情節。在《何典》這部小說裡，所謂才子指的是活死人，所稱佳人係為臭花娘，他們在書中分飾男女主角，以活死人一生，從出世、習藝、逃亡、戀愛，乃至應試，功成，名就，團圓來貫穿全局。藉由活死人的故事，引發出來各式人物，作者以嬉笑怒罵，影射人生的筆法，把人變作鬼、人世間變作陰山下，即「將活的人間相，都看作了死的鬼畫符和鬼打牆」[五]，全書「無一句不是荒荒唐唐亂說鬼，卻又無一句不是痛痛切切說人情世故」[六]。中國小說自魏晉、隋唐以來，多有鬼怪神魔出現，但都是以人神相戀、人鬼相爭為特點，終究脫不開以人為中心的格局。惟獨這部《何典》，上上下下近百個人物，大大小小幾十起事件，全都是鬼頭鬼腦，鬼鬼祟祟地表演出來。這是鬼的世界，這兒有鬼的邏輯，絕無一「人」廁身其間。如果說，很多的文人雅士都以能在文學史上「有一筆」為榮的話，那麼，《何典》則正是以其「鬼始鬼終」的全新構想，贏得了自己獨特的地位。

概括來說，三部小說在情節設計上，作者用超現實的神魔鬼怪來影射現實，情節離奇怪誕。鍾馗死而復生，返回陽世建功立業；樺樹皮可以造臉，還可以安裝良心，良心一發動，臉皮可以由厚變薄（《斬鬼傳》）；道士神奇的仙丹——大力子，吃了變有力；益智仁，吃了變聰明（《何典》）。這

五　魯迅：《魯迅全集．集外集拾遺．〈何典〉題記》，（台北：古風出版社，民國七十八年十二月），第七卷，頁二八八。

六　《何典》、《斬鬼傳》、《唐鍾馗平鬼傳》合刊本，（台北：三民書局，民國八十七年一月初版），見《何典》附錄，劉復：〈重印《何典》序〉，頁一二八。

些情節都是現實生活中不可能存在，不可能發生的。作者正是借助這些荒誕的情節來表現病態的社會和人生。這些離奇古怪的情節雖然超現實，但又不完全脫離現實，它的諷刺藝術正是和怪誕的審美意識結合在一起。

第二節 塑人寫景，匠心經營

宋元時代的《醉翁談錄》對美刺（讚美與諷刺）兩種功能在小說中的效果提到：

> 言其上世之賢者可為師，排其近世之愚者可為戒，言非無根，聽者有益[七]。

羅燁指出小說通過正反兩種人物的形象塑造，可以達到激發人們學習和引起人們借鑑的諷刺目的。而且「言非無根」正說明作品具有現實人生的實際反映，作者以褒貶是非的筆調，有意義地表彰忠臣義士，同時也譴責奸臣佞人。這種以正反人物的塑造來表達作者是非觀念的筆法，可說是傳統美刺說的另一種繼承。《醉翁談錄》又很重視小說的社教功能：

> 說國賊懷奸從佞，遣愚夫等輩生嗔；說忠臣負屈啣冤，鐵心腸也須下淚。……噇發迹話，使寒

七 羅燁：《醉翁談錄》，（台北：世界書局，民國四十七年五月初版），頁二。

門發憤；講負心底，令奸漢包羞[八]。

作者刻意描寫正反兩種不同的形象，教人師賢戒愚，從而明辨是非。這種以正面人物當作理想典範，又以反面形象為借鏡，可以收到警戒、覺醒的諷刺效果，使讀者從中得到教誨，這就是「聽者有益」。顯示羅燁早就肯定了小說的社教功能，希望透過兩種相反人物的塑造，來發揮感化作用，正如諷刺小說塑造理想典範來寄託改良、革新的具體方策一樣。

一、正面人物的塑造

《斬鬼傳》、《平鬼傳》中，鍾馗和他的副將含冤、負屈代表的是正面人物。鍾馗「生的豹頭環眼，鐵面虬鬚，甚是醜惡怕人」（《斬鬼傳》第一回）。「當然，這是歷來鍾馗神話中的鍾馗形象，而不是《斬鬼傳》作者創造出來的。但是，以這樣的人物來當作諷刺小說的正面人物，卻是作者的獨到之處」[九]。鍾馗醜惡的外表與內心的正直，以及超群的才華，本身便是一個不協調的對比，而這個對比放在世俗取人的標準底下，便產生出諷刺意味。至於含冤、負屈，其實便是鍾馗心境的另一化身，含冤的「滿腹文章」，負屈的「狼腰虎體」，兩個人加起來不正恰似一個鍾馗嗎！

八　同註七，頁五。
九　同註三，頁一六八。

《何典》中，張南莊身處乾嘉時期（西元一七三六——一八二〇年），對於知識階層拘守煩瑣的漢學和考據學，以致思想僵化、人格庸俗、日趨墮落的現狀進行了深刻的反省。作者認為「為人在世，須要烈烈轟轟幹一番事業，豈可猥鄙蠖縮，做那苟延殘喘的勾當」（《何典》第六回）？於是塑造出「活死人」這樣一個品德高尚的理想知識分子形象，他天性聰穎，在仙人的幫助下，變得文武全才；他見義勇為，在脫空祖師廟解救被色鬼欺凌的臭花娘；他臨難受命，精忠報國，掛帥出征，一舉破賊。作者欲借活死人以供人世間那些只會寫「放屁文章」的迂儒們仿效之用心，溢於言表。此外，形容鬼的善良仗義，殺身成仁；臭花娘的堅守節操，都是作者筆下的正面人物。

小說作者們，樹立了一系列理想的道德典範，予以熱情頌揚，目的當然是希望能為世人所取法，進而澄清玉宇，補救這個千瘡百孔的社會。

二、反面人物的塑造

再說到反面人物的塑造，《斬鬼傳》全書大大小小鬼類加起來有四十餘種，《平鬼傳》也有五十餘種，《何典》則更多了，有八十餘種，那是因為《何典》的故事背景設在鬼界，因此無論正面或是反面人物皆是鬼；然若單指反面人物而言，也有二十餘種。作者將這些鬼類的惡德，在作品中化成了一個個具體的形象。如搗大鬼的好說大話、挖渣鬼的暗於算計、楞睜鬼的猙獰嚴厲、醃臢鬼的不重乾淨、催命鬼的仗勢欺人、餓殺鬼的貪財好色……；還有仔細鬼、齷齪鬼、涎臉鬼、風流鬼等等形象，他們的共同點就是其性格特徵都和他們的名字一樣單一，且其言語行為都較常人極端、過分、不可思議、不合常理。當然，不合常理並不違背常理，在現實世界中也可能有這樣極端過份的人，但他們僅僅是屈指可數的個體；而在鬼類諷刺小說中，人性性格基本都是如此，故只能看作是作者刻劃人物的一種誇張手法。

鬼類諷刺小說由於深富寓言性，情節、人物已退居在次要的地位，作家更為關注的是種種不良惡德癖性。而為了引起人們對這些敗害的注意和反思，作者採用誇張的手法來塑造筆下的反面人物，使其類型化，把社會惡德分解為種種類型，書中每一鬼類都是某一類型的體現者，通過對這些類型化人物的描寫，以突顯其本質，來揭露某一惡德的可笑、可惡乃至可恨。然而卻也造成他們在性格上缺乏豐富性、複雜性，這是三部鬼類小說在塑造反面人物時，主要的不足之處。

三、人物寫真

雖然三部小說在人物性格的塑造上略顯單薄，但卻不影響他們在書中栩栩如生的形象，作者在描摹書中各類人物時，均別具巧思，務使其形象生動，入木三分：例如形容搗大鬼模樣：

兩道揚眉，一雙瞪眼。兩道揚眉，幾生頭頂心邊；一雙瞪眼，竟在眉棱骨上。談笑時面上有天，

> 交接處眼底無物。手舞足蹈，恍然六合之內，任彼崢嶸；滿心快意，儼然四海之外，容他不下。帶一頂虱頭冠，居然是尊其瞻視；穿一件虼蚤皮，正算的設其衣裳†。兩個小童，高呼大喝；一匹瘦馬，慢走緩行。正是：貓兒得意歡如虎，蜥蜴裝腔勝似龍（《斬鬼傳》第二回）。

寥寥數筆，就把搗大鬼裝模作樣、狐假虎威、虛張聲勢的小丑形態勾勒出來。再看同回對彌勒古佛化成的胖大和尚的描述：

> 一個光頭，兩隻肥腳。一個光頭，出娘胎並未束髮；兩隻肥腳，自長大從不穿鞋。吃飯時口開大張，真個是一座紅門。哂笑處眯縫細眼，端的賽兩勾新月。肚腹朝天，膨膨脹脹，足可以撐船蕩槳。布袋拖地，圪圪瘩瘩，都是些燒餅乾糧。正是：任你富貴賢愚輩，竟在呵呵一笑中。

看似輕描淡寫，摹來卻是淋漓盡致；一個光頭大肚，笑臉迎人的彌勒佛形象，活靈活現。同書第六回，寫摳掏鬼更是生動：

> 頭似猴腮，鼻如鷹嘴，一副臉面無血色，十個指頭似鋼鉤。寧教我負人，莫教人負我，奇方得自曹操。逢人食其肉，還要吸其髓，妙術受於狐精。一點良心，難離陰司早已丟下；千般計較，出娘胎敢不帶來？要知此物名和姓，四海皆稱摳掏鬼。

---

† 案：正算的設其衣裳：「正算的」意思為正好是；「設」，合。

儼然一個張牙舞爪，吃人不吐骨頭的吸血鬼形象，立刻矗立在讀者面前。又如，書中介紹賽西施出場時，但見：

眉如新月，縱新月那裡有這般纖細；眼如秋水，那秋水也莫有這樣澄清。臉賽桃花，使桃花猶嫌色重；腰同楊柳，就楊柳還覺輕狂。只可惜生在荒村，一顆明珠暗投瓦礫。若教他長於金屋，千般粉黛難比嬌嬈。蹙蹙眉尖，真似捧心西子；懨懨愁態，還如出塞王嬙。便是王維妙手猶難畫，況我拙手怎能描（《斬鬼傳》第三回）！

作者以生花妙筆，把賽西施的面容、體態，鉅細靡遺的描繪出來，使賽西施如天仙般的標致倩影活躍於紙上。這種對人物白描的手法於《平鬼傳》中也有之，如書中對窮鬼形狀的描寫：

只見那窮鬼頭戴一頂愁帽，身披一領破蓑衣，手裡拿著一塊麻糝，心廣卻是體瘦，瘦的只落了一張皮，包著一把窮骨頭（《平鬼傳》第七回）。

寫風流鬼：

生得長挑身子，黑鬒鬒的鬢兒，彎生生的眉兒，清冷冷的杏子眼兒，櫻桃口兒，嬌滴滴的聲兒，從白裡透出紅來，粉濃濃慢長臉兒，窄星星尖笋腳兒。未從開口，就似笑的一般。無庸妝飾，自然風流（《平鬼傳》第十一回）。

相同的白描手法，於文字使用上卻有差異。劉璋顯然較具文人雅氣，排比用典；而雲中道人則不避俚俗，用字生動、活潑，為人物形象增添了趣味效果。

除了白描手法之外，小說中對人物的刻劃，也技巧性的透過人物本身的言行舉止來呈現。例如對齷齪鬼的描寫：

（齷齪鬼）見桌子上落下許多芝麻，待要收得吃了，恐怕仔細鬼笑話。乃眉頭一蹙，計上心來，於是用指頭一面在桌上畫，一面說道：「我想鍾馗這廝，他定要從慳吝山過來，過了慳吝山，就是抽筋河，過了抽筋河，就是敝村了。」桌上畫一道，粘得顆芝麻到手，因推潤指，將芝麻吃了又畫，畫了又吃，須臾吃得罄盡（《斬鬼傳》第四回）。

又寫仔細鬼在臨死前：

吩咐兒子道：「為父的苦扒苦掙，扒掙的這些家財，也夠你過了。只是我死之後，要及時把我的這一身好肉賣了，天氣炎熱，若放壞了，怕人不肯出錢。」說著流下兩行傷心淚來，大叫一聲，嗚呼哀哉了。不多一時，就悠悠的轉活來。他兒子問道：「爺爺還有甚麼牽計處？」仔細鬼道：「怕人家使大秤，要你仔細，不要吃了虧，就是牽計這個大事。」說畢方才放心死去了（《斬鬼傳》第四回）。

作者以詼諧的筆調，誇張的手法，突顯出書中的人物性格。搗大鬼的自大狂妄、彌勒古佛的肥大身軀、摳掏鬼的冷血無情、賽西施與風流鬼的纖麗可人、窮鬼的貧寒徹骨、及齷齪鬼的一毛不拔、仔細鬼的貪財慳吝，皆一絲不掛的呈現在讀者面前。我們除了佩服作者在情節設計上的巧思外，也不得不佩服作者在刻劃人物技巧上的高妙。

四、描景狀物，如目在側

談到對景物的描摹，在《斬鬼傳》中可說是屢見不鮮，而且是精彩至極。試看第一回，作者對長安的描寫：

華山朝拱，渭水環流。宮殿巍巍，高聳雲霄之外，樓臺疊疊，排連山水之間。做官的錦袍朱履，果然顯赫驚人；讀書的緩帶輕裘，真個威儀出眾。挨肩擦背，大都名利之徒；費力勞心，多半商農之輩。黃口小兒，爭來平地打筋斗，白髮老者，閑坐陽坡胡搗喇。

如此由遠而近，由景至人的次第描繪，將長安城的壯闊，城內人民的熙來攘往，清楚地帶進讀者的心中。同回，作者對金鑾殿景象的描寫也是氣象萬千，彷彿盛唐氣度再現：

九間金殿，金殿上排列著朗鈸明瓜[十一]；兩道朝房，朝房內端坐著青章紫綬。御樂齊鳴，卷簾處，

十一　案：朗鈸明瓜：指武將衛士。

香煙繚繞，隱隱見鳳目龍姿。金鞭三響，排班時紗帽繽紛，個個皆鵷班鵠立。站殿將軍，圓睜著兩隻怪眼；把門白象，齊漏著一對粗牙。正是：九天閶闔開宮殿，萬國衣冠拜冕旒。

而寫陰曹地府時，如臨其境，令人見而生慄：

陰風慘慘，黑霧漫漫。陰風中彷彿聞號哭之聲，黑霧內依稀見魑魅之像。披枷帶鎖，盡道何日脫陰山；鋸解就樁，不知甚時離苦海。目連母斜倚獄口盼孩兒，賈充妻呆坐奈河等漢子。牛頭馬面，簇擁曹瞞才過去；喪門吊客，勾牽王莽又重來。正是：人間不見奸邪輩，地府壘堆受罪人。

《何典》中也有對景物的描繪，不同的是在敘述文字上較為逗趣，別有一番滋味。如第四回寫怕屄和尚房裡：

只見朝外鋪張嵌牙牀，掛頂打皮帳，牀前靠壁，擺一張天然几，一頭一盆跌㭭香櫞，一頭穩瓶裡養一枝鼻涕花，中間掛一幅步步起花頭的小單條，旁邊擺著幾條背板凳，牀下安個倒急尿瓶，鋪設得甚是齊整。

不論是劉璋的如實描繪；還是張南莊的漫畫敘寫，都讓讀者在閱讀小說之餘，另有一種視覺上的領會，於情節景物的變化中，慢慢地深入作者所要帶給讀者的小說世界。

第三節　詩詞對句，活用自如

三部小說中，作者於詩詞對句的靈活運用，也是特色之一。如：

一、用以證景

清水無塵映夕陽，
東風拖出柳絲長；
閑來獨向橋頭上，
不數兒家彩漆床。（《斬鬼傳》第二回）

輕風拂柳，垂楊飄逸，綠水瀠洄。作者以景入詩，寫來著實清雅；以詩證景，觀來更覺麗致，一幅春光美景圖，躍然紙上。再如：

金風蕭瑟楚天長，人世光陰屬渺茫。
田舍稻炊雲白滑，山園霜熟木奴香[十二]。
雁傳歸信天河遠，蛩訴離愁夜正長。

[十二] 案：木奴：泛指果實。

況是江山搖落後，閑居潘鬢漸蒼蒼[十三]。（《斬鬼傳》第六回）

作者在寫到中秋天氣，金風瑟瑟，玉露零零的蒼茫景色時，不以直敘白描，反倒以一首詩來概括秋色，情中有景，景中有情，寓情於景，情景交融。除了達到作者以詩證景的目的外，也顯示出作者在詩作上的造詣。

二、用以觀人

《斬鬼傳》第六回中，作者在介紹風流鬼與遭瘟鬼出場時，對兩人的性格特質並不明言，而是以曲折方式，藉由鍾馗觀看兩人的同題詩作來道出。

且看：

鍾馗見天然几上放著兩卷詩稿，取來展玩，卻是詠秋風、秋月、秋水、秋山四景的絕句，兩卷俱是這個題目，且都是一樣韻腳，先將一卷從頭細玩，那詠秋風的是：

金風蕭瑟逗窗紗，鳥雁排空影欲斜。

今夜愁多應有夢，不知吹去到誰家？

十三 案：潘鬢：晉潘岳在《秋興賦．序》中自述三十二歲頭生白髮，後用「潘鬢」為中年鬢髮初白的代詞。

那詠月的是：

清風清夜沐清光，散盡天香桂影長。
願借仙娥消寂寞，好來窗下舞霓裳。

那詠水的是：

丹楓搖落晚煙多，雨後風餘細細波。
竊愛澄鮮如俊月，每臨秋水憶嬌娥。

那詠秋山的是：

白雲飛去復飛來，霜葉如花未經開。
最喜謝安高致好，擬逢仙女到天台。

鍾馗看畢，道：「此卷才質雖好，口角輕狂，必放達不羈之人也。」又看那一卷，只見詠秋風的是：

秋日風寒不用紗，街頭搖蕩酒旗斜。
舞弓坐後情猶在，結伴還須詠到家。

那詠秋月的是：

明月逢秋分外光，天香先占一支長。

嫦娥若肯垂青睞，脫去藍衫換紫裳。

那詠秋水的是：

原泉有本水偏多[十四]，每到秋來不起波。

孺子濯纓夜到此，豈容盥手映嫦娥。

那詠秋山的是：

萌蘗才生人又來，秋山所以少花開。

年來王道無人講，松柏焉能似五台。

鍾馗看畢，掩口而笑道：「好個糟腐東西，令人可厭。」

同樣的詩題，卻展現出兩種截然不同的風格，以詩觀人，人如其詩。前卷詩風風雅輕狂，作者想必就是浮蕩縱情的風流鬼；而後卷詩風中規中矩，充滿詩意盎然，作者當然就是「開口就講道學，舉步但要安詳」的遭瘟鬼了。看到這裡，不禁讓人猜想，是否劉璋與曹雪芹一樣，有著明寫小說，暗逞詩才的意圖呢？畢竟，以這樣的方式來介紹人物出場並不多見。

十四　案：「原」同「源」。

三、用以嘲諷

在《斬鬼傳》第四回中，作者寫到一毛不拔，「惜糞如金」的齷齪鬼：

> 他想路途遙遠，倘若出起恭來，可不將一包好屎丟了。不如回去叫個狗跟上，以防意外之變。於是回來，又喚了一隻狗。走不多時，果然就要出恭。齷齪鬼嘆到：「天下事與其失之事後，不可不慮之事前！聖人云：『人無遠慮，必有近憂。』」真個出了個大恭，那狗果然吃了。未得走遠，狗也出起恭來。齷齪鬼看見，氣得發昏，罵道：「不中用的畜生，叫你吃上，回家去屙在家裡糞上，怎麼就這裡要屙了？真個鼠肚雞腸，一包糞也存不住，要你何用？」看了看，待要棄下，甚是可惜，待要拿上，又無拿法。只見道旁有些草葉，忙去取來，將狗糞包了，暗帶在身上。

劉璋於此段情節之後，特意以二首打油詩作結，除了對此段情節做一個概括統整外；也藉機以幽默、滑稽的口吻來嘲諷齷齪鬼的節儉，已到了誇張荒唐，叫人不敢領教的地步。誰叫他是異於常人的「鬼類」呢？詩作如下。其一：

> 人屙之後狗偏屙，狗吃人屙人奈何？
> 料想人吞吞不得，也須包裹當饅饅。

其二：

齷齪之人屎偏多，自屙自吃不為過。
早知那狗不中用，寧可憋死也不屙。

像這樣詩、文交替的情節設計，不僅有相得益彰的互補效果，使故事的鋪展更顯靈活變化，也加深了讀者對「齷齪鬼」這一人物形象特質上的印象，從而構成一幅有趣的諷刺圖畫。

四、用以說明

詩詞的運用於《平鬼傳》中，作者則把它作為事物的說明之途：如第三回，庸醫賈在行對「皮繩脈」的解釋：

那脈書上說得明白：
硬如皮繩脈來凶，症如泰山病重重。
若是疼錢不吃藥，難吞陽間餅捲蔥。

而對「絕命丹」的解釋：

藥書上說得明白：

絕命丹內只五般，牛黃狗寶一處攢[十五]，
冰片人參為細末，斗大珠子用半邊。
王母取下天河水，老君房內煉成丹。
靈芝仙草作引子，吃上三服病立痊。
若問修煉多少日？手忙腳亂八百年。

不論是「皮繩脈」亦或「絕命丹」，通常是在武俠小說中才會出現的詞彙，而這裡卻是作者配合情節虛構出來的產物；然作者卻煞有其事一般，巧妙地以詩句說明之，讓讀者在耳目一新之外，也頗具若有其物之感。

而於第八回，作者對賭鬼的罪行，也不以直述，卻是引詩道出，再借由老人之口說明之。且看：

北山揭來東山賭，個個賣了墳頭土。
人若識破此中趣，氣死頭家喜死祖[十六]。

老人道：「北山，就是子母山，這村內不肖的子孫，到那裡揭了錢來。東山賭，俺這東山之東，有一個賭鬼，專做頭家，開賭博廠，引誘好人家兒孫在他家賭錢，不過幾年，輸的墳地都賣了，

十五　案：牛黃狗寶：兩種中藥石。牛黃，牛膽囊中的結石。狗寶，生於癩狗腹中，狀如白石，帶青色。
十六　案：頭家：抽頭聚賭的人。

所以造出這個謠言來。」

此處詩、文交替應用，又是一例。

五、用以評論

受史傳文學的影響，在古典小說裡常可發現作者在故事的鋪敘過程，於文中或文末以一段文字、或一首詩詞、或是一個對句，採第一人稱的立場，對前一段情節乃至整回故事做出評論。這種情形，同樣也出現在我們所研究的三部小說中。

例如《斬鬼傳》，對句的使用在書中就十分普遍，歸納其表現方式有四種：

（一）用以對景象描述後的結語

如第三回，對破廟景象的描寫為：

穿廊倒塌，殿宇歪斜。把門小鬼半個頭，他還要揚眉瞪眼。值殿判官沒了腳，依然是努肚撐拳。丹墀下青蒿滿眼，墻頭上老鼠窺人。大門無匾，辨不出廟宇尊名；聖像少冠，猜不著神靈封號。……

作者就以「正是：若教此廟重新蓋，未必人來寫疏頭[十七]」作結。又如第八回對雪景的描寫為：

十七　案：疏頭：意思為僧人、道士拜懺時焚化的祝告文，上寫主人姓名和拜懺的緣由等。

初如柳絮，繼如鵝毛。撲面迎來，人眼花昏，滿道堆積，馬蹄滑溜。樓臺殿宇，猶如銀粉裝成；草木山川，盡是玉塵鋪就。……

作者就以「正是：紛紛鱗甲滿空飛，想是天邊玉龍鬥」作結。

（二）用以對人物描述後的結語

如第一回寫含冤：

頭戴儒巾，論腦油足有半斤；身穿儒服，說塵垢少殺三升。滿腹文章，怎奈饑時難煮；填胸浩氣，只好苦處長吁。……

作者就以「正是：失意貓兒難學虎，敗翎鸚鵡不如雞」作結。同回寫負屈：

舉止剛強，形容古怪。狼腰虎體，兩臂力有千斤；海闊天空，一心私無半點。身能扛鼎，怎奈無鼎可扛；志氣沖天，其如有天難沖！……

作者就以「正是：雄心欲把山河奠，薄命難逢推轂人[十八]」作結。

（三）用以對某段情節的結語

[十八] 案：推轂人：比喻樂於助人者。轂，車輪軸，此指車。

如第四回，寫齷齪鬼與仔細鬼激戰後回到家中，齷齪鬼「料想不能得活，又恐死了累兒子買棺材，遂於夜間偷爬出來，跳在毛坑死了」一段，以「正是：生前不是乾淨人，死後重當齷齪鬼」作結。又如第八回，述完鍾馗於悟空庵斬殺窩藏其中的淫婦情節後，以「正是：悟得空時原是色，誰知色後又歸空」作結。這種用法在《平鬼傳》第一回及第四回中也有之，在此就不多引證。

（四）用以對整回故事的結語

《斬鬼傳》全書十回，前九回於故事末了，作者均以對句來總結全文。如第一回大意為：鍾馗受命將前往陽世斬鬼；回末作者以「魍魅攢眉，鶴唳風聲皆是將；魑魎破膽，山川草木總成兵」作結。第二回則寫搗大鬼、挖渣鬼、含磣鬼為亂，後被彌勒佛吃掉，化屎屙出的經過；回末作者以「三個邪魔，生前作盡千般態；一堆臭屎，死後不值半文錢」作結。以後各回皆循此式。但最後一回，則有別於前者，作者以詩一首說明創作緣由及動機為整部小說作結。詩云：

花拂簾櫳午夢長，醒來題筆記荒唐。
誅邪有術言為劍，滅鬼無能口代槍。
負屈逞奇俱是幻，含冤定策總非常，
止因畫上鍾馗好，一一描來仔細詳。

綜觀劉璋使用對句的四種方式，都是他歸結前文，發抒感想而有的中肯評論，有深化內容、切中情節、統整文字的實質效果，尤其是第三種與第四種用法，更是情節段落、章回之間連接延續的樞紐，是整部小說不可或缺的有機組成部分。

《斬鬼傳》之後的《何典》，作者同樣於每回末了，以一組對句來為整回故事內容下註腳。就第一回來講，故事是說活鬼不辭辛勞，千里迢迢的到五臟廟去求神賜子，後來生下活死人，並蓋廟還願。作者回末用「非惟賠飯折工夫，還要擔錢買憔悴」為之作結，上一句寫活鬼求子過程的勞苦費心，下一句寫還願蓋廟不僅破財，還惹來無妄之災，為第二回「造鬼廟為酬夢裡緣，做新戲惹出飛來禍」留下伏筆，達到承先啟後的效果。全書十回都是相同模式，特別的是在第十回，或許是受《斬鬼傳》影響之故，末了作者除了以「吃得苦中苦，方為人上人」為活死人一生做出評斷外，接著以一首詩：

文章自古無憑據，花樣重新做出來。
拾得籃中就是菜，得開懷處且開懷。

說明全書的創作旨趣做結。一方面讓讀者明瞭自己心中所欲傳達的意念；一方面讓讀者看完此詩再回顧全書時，能更加心領神會，有餘味悠然之感，並為小說畫下一個完美的句點，其用意與《斬鬼傳》同。

六、用以導引

用詩詞作開場白，是章回小說慣有的起頭方式，也是章回小說獨特風格所在，這種在每回文前來首詩，或填闋詞的傳統一直被保存於章回體小說中。其作用近似序言或前記，只有文體上的差別而已，然不論以何種形式作為開場白，目的都是冀望藉此導引讀者約略知曉書中的內容大意，方便讀者在閱讀時更能抓住故事重點。當然，同為章回體小說的《斬鬼傳》、《平鬼傳》、《何典》自然也承襲了這種體制，在首章乃至各回起頭時，均以詩詞來表現內容主題或故事大要的方式開場。

想要在短短的一首詩詞裡，把書中的主題或故事大要清楚呈現，小說作者非要在詩詞上有極深的造詣不可，我們暫且不必置喙，不妨挑選三部小說首回回目和開場詩詞看看，即知作者功力厚薄。

《斬鬼傳》第一回，回目是「金鑾殿求榮得禍，酆都府捨鬼談人」，開場詞為：

世事澆漓奈若何，千般變態出心窩；止知陰府皆魂魄，不想人間鬼魅多！閑題筆，漫蹉跎，焉能個個不生魔？若教改盡妖邪狀，常把青鋒石上磨。

《平鬼傳》第一回，回目是「萬人縣群鬼賞月」，開場詩為：

世上何嘗有鬼？妖魔皆從心生。違理犯法任意行，方把人品敗淨。
舉動不合道理，交接不順人情。搖頭晃膀自稱雄，那知人人厭憎！
行惡雖然人怕，久後總難善終。惡貫滿盈天不容，假手鍾馗顯聖。

昔年也曾斬鬼，今日又要行兇。咬牙切齒磨劍鋒，性命立刻斷送。

《何典》第一回，回目是「五臟廟活鬼求兒，三家村死人出世」，開場詞為：

不會談天說地，不喜謅文嚼字。一味臭噴蛆[十九]，且向人前搗鬼。放屁，放屁，真正豈有此理！

顯而易見，三部小說的作者，不約而同均利用首回的開場詩詞，統括全書的創作旨趣，彰顯主題，是整部小說的精神所在。其後，除了《平鬼傳》之外，《斬鬼傳》與《何典》皆於每回之前，以詩詞開場，作為導引各回故事大意的媒介，試舉二書之第二回見其一二。《斬鬼傳》第二回，回目是「訴根由兩神共憤，逞豪強三鬼齊謅」，開場詞為：

謾說子雲才[二十]，無具幫扶志已灰[二十一]。彈鋏田文何處去[二十二]？哀哀。說道傷心淚滿腮。冷眼怕睜開，雙目難看似插柴。幸有寬皮裝了去，搗大欺人為甚來？

《何典》第二回，回目是「造鬼廟為酬夢裡緣，做新戲惹出飛來禍」，開場詞為：

十九　案：臭噴蛆：胡說八道。
二十　案：子雲：揚雄，字子雲，西漢著名博學者，辭賦家。
二十一　案：無具：沒有能力。
二十二　案：談鋏田文：戰國齊馮驩為孟嘗君門客，初不受重視，便三次彈劍而歌，表示不滿，孟嘗君後來都滿足了他的要求。田文，即孟嘗君，齊國貴族。

自家下種妻懷胎，反說天尊引送來。只道生兒萬事足，那知倒是禍根荄。做鬼戲，惹飛災。贓官墨吏盡貪財。銀錢詐去猶還可，性命交關實可哀。

出色的開場詞，就如同現在的報紙標題一般，只要光看標題即知內容大意，深具導引效果。另外，講求對稱與格律，注重活潑生動，要求文題相符，更是一首好的開場詩詞不可或缺的關鍵要素，而這些要件都可以在我們所研究的三部小說中體現。劉璋與張南莊同為詩詞能手，才華洋溢，所寫的詩詞絲毫不遜古人，運用在章回小說的開場白上，除了能曲盡故事大意外，尚能突顯主題，加上匠心設計的回目陪襯，令人有一目了然之感，無形中為整部小說生色不少，也豐富了藝術氣息。

第四節　語言運用，創新求變

《斬鬼傳》、《平鬼傳》、《何典》，其性質雖為諷刺，然讀之卻毫無令人滯澀之感，之所以如此，除了作者對情節的匠心經營外，主要還是端賴作者駕馭語言文字的高超能力——既有清風明月的高雅，也有「老嫗能解」的通俗，在談笑逗趣中，詼諧幽默地呈現諷刺主題。本節的重點，正是分析三部鬼類諷刺小說在語言運用上的表現。

一、修辭技巧，豐富多樣

（一）雙關

從某種意義上說，《斬鬼傳》、《平鬼傳》、《何典》可說是三部雙關小說，理由為何？試看其人物、情節及所諷刺的對象：作者表面寫鬼，內裡寫人，借鬼喻人，不就是雙關手法的表現嗎！因此，在小說的情節故事中，雙關妙語充斥其間，時時可見，處處可得，趣味橫生，為小說帶來不少輕鬆滑稽的效果。例如在人物取名上，《斬鬼傳》就有：搗大鬼、挖渣鬼、含磣鬼、溫斯鬼、冒失鬼等……；《平鬼傳》則有：短命鬼、下作鬼、粗魯鬼、混賬鬼、色鬼等……；《何典》也有：催命鬼、餓殺鬼、劉打鬼、牽鑽鬼、挑擔鬼等……，這是「人」與「鬼」的雙關。另外，同樣是人物取名，還有諧音上的雙關和意義上的雙關兩種用法，前者如《斬鬼傳》中的「老亡（王）八」，《平鬼傳》中的「阮（軟）硬」、「賈（假）在行」、「劉得柱（留得住）」；後者如《斬鬼傳》中的「傾人城」、「傾人國」，《平鬼傳》中的「無恥」、「能吃虧」、「能忍」、「能讓」。不僅如此，相同的修辭技巧也出現在事物的命名上，比方《斬鬼傳》裡的「不誠石（實）」、「沒羞岩（顏）」、「不知匙（恥）」；《平鬼傳》裡的「黃唐（荒唐）村」、「大放寺（肆）」、「不修觀」等……。看似簡單平凡的人、物稱號，在作者精心設計下，皆成為生動的雙關妙語，產生出另類的諷刺意味。

而在具體的行文當中，雙關手法更是俯拾皆是，《何典》尤其多，限於篇幅，僅茲舉幾例，以見其一斑。

《斬鬼傳》第三回，鍾馗一行面對歪纏爛打的綿纏鬼時，含冤獻策，教通風老人的兒女賽西施趁綿纏鬼求歡之際，以帶子綁住其「根子」；因而鍾馗得以將他斬死。隨後負屈大笑，含冤問之：

負屈道：「我笑這通風老人，他家專會捉人根子。前者搗大鬼被他掀出根子來，這綿纏鬼又被他女兒捉住根子，怎的他父女二人這等會尋根子？」通風笑道：「你不知俺一家人老實，但凡做事都要從根子上做起來。」

這裡負屈所說的「根子」當然是雙關語，前指搗大鬼的真實面目，後指綿纏鬼的生殖器，意在戲謔，但通風老人卻又當真，相對之下，樂趣無窮。

《平鬼傳》第七回，說到下作鬼的惡行：

外面與人相交，卻是極好，他肚裡卻藏著個令人不測的心眼子。……惹得萬人縣中，人人穢罵，個個切齒，他卻不理之焉。所以萬人縣裡的百姓，給他起了一個綽號，叫他是「臭鴨蛋」，言其是個壞黃子。

以「臭鴨蛋」明言壞黃子，暗寓壞心眼，一語雙關。

《何典》第一回，形容鬼於五臟廟裡向和尚尋問茅廁所在：

> 和尚把手指著道：「相公從這條肉衖堂裡進去，抄過了衖堂便是。」

一男二女同臥稱「肉衖堂」，此指兩排房子中間的小道；未婚夫妻（童養媳）發生性行為稱「抄衖堂」，此指走過夾道[二十三]，一語雙關。同回：

> 形容鬼曉得（雌鬼）生了外甥，又是他攛掇去求來的[二十四]，如何不喜。便即買了一對昏頭雞，一塊擐腿肉，……教個毛頭囡挑了，自己戴了高帽子，穿件萬年衣，來到姐夫家……

「高帽子」一指死人戴的帽子，形容鬼是鬼，正配其身份；一指恭維話，雌鬼生子是形容鬼的功勞，形容鬼當然要趁機邀功神氣一番。

總之，三部小說雙關手法的運用不勝枚舉，另如：「賦與富」、「詩與絲」諧音雙關（《斬鬼傳》第二回）；「一派鬼話」，鬼話既指「鬼說的話」又暗寓「胡說八道」的意思（《何典》第七回）；「露出馬腳」，馬腳也分別有「馬的腳」和「破綻」等雙面涵義（《何典》第十回），話中有話，別具寓意。一語雙關，是它們不可忽略的重要語言特點之一，表現了作者高超的語言智慧和幽默，使這類諷刺小說更有一種令人玩味的喜劇氛圍。

（二）誇飾

二十三 見三民本《何典》第一回註釋。

二十四 案：攛掇：勸說。

誇飾的技巧，是諷刺小說用以「強調」的常見手段，無論是人物的刻劃，還是情節的鋪敘，均在作者誇飾文筆的描繪下，諷刺的更諷刺，諧謔的更諧謔，帶出的娛樂效果，令人捧腹。以下引述幾例，見其大概：

如《斬鬼傳》第三回寫唾沫河的由來：

從前本無此河，只因這無恥山寡廉洞出了個涎臉大王，惹得人人唾罵，唾沫積聚的多了，遂流成這道大河。

第八回負屈向鍾馗稟明與急急鬼的戰況：

那日小神領兵前去，還未安營下寨，他就殺來，只得與他交戰。戰了一日，未分勝負，各歸營壘。少停一刻，不戴盔，不穿甲，點起火把，又來夜戰，俺二人就如張翼德與馬超一般，殺了半夜。他見殺不過俺，竟急得一頭撞死了。

《平鬼傳》第十五回形容輕薄鬼：

攢了幾攢，掂了幾掂，竟是比燈草還輕，空有一身軒肉，並無一點子骨頭。

《何典》第九回形容黑漆大頭鬼：

身長一丈，腰大十圍，頭大額角闊，兩眼墨測黑，面上放光發亮，勝如塗了油竈墨。

此外，如「涎臉鬼」刀槍不入的千層樺皮臉（《斬鬼傳》第三回）、「仔細鬼」與「齷齪鬼」極其不堪的小氣吝嗇程度（《斬鬼傳》第四回）等例證，其誇飾的形容文字已見前文，這裡就不再重複贅述。

（三）排比

排比的運用，於《斬鬼傳》中屢見不鮮，是其一大特色。作者不僅排比，且對仗工整，頗富詩意，一掃白話小說平淡無奇的敘述方式，表現出遣詞造句上的深厚功力；尤其引人注意的是，他在一些排比句式上作了變化，採用某種特別的格式，這類句型不妨稱為：「A，B。A，C。B，D」式。例如，形容相面先生：

> 眸如朗月（A），口若懸河（B）。眸如朗月（A），觀眉處忠奸立辨（C）；口若懸河（B），談論時神鬼皆驚（D）。……（第一回）。

描述搗大鬼：

> 兩道揚眉（A），一雙瞪眼（B）。兩道揚眉（A），幾生頭頂心邊（C）；一雙瞪眼（B），竟在眉棱骨上（D）。……（第二回）。

形容彌勒古佛：

> 一個光頭（A），兩隻肥腳（B）。一個光頭（A），出娘胎並未束髮（C）；兩隻肥腳（B），

自長大從不穿鞋（D）。……（第二回）。

描述唾沫河：

青泡遍起（A），白浪頻翻（B）。青泡遍起（A），依稀好似蘑菇（C）；白浪頻翻（B），彷彿猶如海蜇（D）。……（第三回）。

綜觀全書，《斬鬼傳》各回對人物、景物的描寫，幾乎全用排比。可佩的是，作者有別以往排比句式的傳統規矩；就描述唾沫河一例來說，傳統的句子應僅只於「青泡遍起（A），白浪頻翻（B）」。但這裡作者卻運用一種類似回文的技巧，再以「青泡遍起（A），依稀好似蘑菇（C）；白浪頻翻（B），彷彿猶如海蜇（D）」，如大樹分出枝芽一般，將句式增長，篇幅擴大，既強化了結構也使所描繪之物形象更為鮮明，別出心裁，靈活變化，為修辭技巧的運用另創新模式。而《何典》中也有「上徹重霄，下臨無地」、「山山出老虎，處處有強人」的佳句[二十五]，在此僅舉出特殊例子作為代表，其餘茲不再述。

（四）用典

劉璋飽覽群書，又能學以致用，在《斬鬼傳》裡，不論神話傳說或是寓言故事，在經過他的巧手

二十五 案：二句皆出自《何典》第一回，又「上徹重霄，下臨無地」亦見於王勃之〈滕王閣序〉，可知作者在行文造句時，對古籍經典是有所援引的。

安排後，皆可成為小說的創作素材，與情節緊密結合，適時適中，毫無半點牽強的痕跡，讓讀者看了都要忍不住驚嘆：「啊！沒想到還可以這樣用」。

如第二回，通風述搗大鬼的身世道：

他就是孟子所說那個齊人的後世。他也有一妻一妾，因他妻看破他的行藏，不以良人待他。他就棄了妻，帶了妾來到俺這裡。初來時，憑著他搗大的伎倆，因此人人尊重，個個仰扳。後來漸漸露出本像，所以俺這村中人如今都不理他。他又到遠處地方，改作過往客人，或騙些財物，及誆些酒食。……

作者巧妙地將眾所熟悉的《孟子・離婁下》中的「齊人有一妻一妾」故事，融入情節，把搗大鬼表裡不一的形象依附在齊人身上，這種貼切的設計，無形中也加深了搗大鬼在讀者腦海中的印象。

再如第三回，涎臉鬼自言打造厚臉的根由，是得自「家師婁師德」所傳「唾面自乾的法兒」而有之啟發。按：婁師德是唐代大臣，教其弟處處忍耐，當人將唾沫吐在你臉上時，不要擦拭，讓其自乾。作者一方面結合其與小說相同的時代背景（唐代），一方面借題發揮，以假亂真，讓涎臉鬼道來是振振有辭，彷彿若有其事；然而看在讀者眼中，涎臉鬼的嚴肅以對，卻反而衍生出一種喜劇性的「笑果」。

而第五回，寫：

討吃鬼攜住傾人城的手，耍碗鬼攜住了傾人國的手，各自進臥房去了。只見那臥房中：花梨木床來於兩廣，描金櫃出自杭州，桃紅柳綠，衣架上堆滿衣裳；……他二人從來不曾見這樣排設，喜的心花都開，就如劉晨、阮肇誤入天台一般，……

相傳東漢浙江剡縣人劉晨、阮肇在天台山採藥迷路，被兩位仙女邀至家中，留住半年，回到自己家裡時，子孫已過七代。作者援引其事譬喻，卻「典而不典」，錯綜其人物及時空環境，仙宮變娼館，仙女變妓女，這亦是作者情節構想的來源之一；其創作手法與《何典》第二回形容破面鬼與黑漆大頭鬼打架是「釘頭碰著鐵頭」，「長洲弗讓吳縣」[二十六]、第七回寫趕茶娘見著食物「就像蒼蠅見了熱血一般，兩個拳頭扛張嘴，吃一箝二看三的搶得快是（似）強梁」[二十七]，有異曲同工之妙。

（五）對比

小說常透過對比手法的運用來突顯人物形象，藉以顯出個體特徵或性格上相互的差異。如《斬鬼傳》第三回將溫斯鬼與冒失鬼放在一起作對照描寫：溫斯鬼舉止遲緩，少氣無神；冒失鬼行為莽撞，不經思考。第六、第七回將風流鬼和遭瘟鬼放在一起作對照描寫：風流鬼輕狂浮蕩，好色多慾；遭瘟鬼滿口道學，不近人情。上述四者性格截然不同，各趨一端，都偏離於正常、健全的人性之外，作者將他們倆倆配對，一者以此映彼之散慢，以彼顯此之急燥；一者以此映彼之放縱，以彼顯此之酸腐。

二十六 案：在清代，長洲、吳縣皆屬蘇州府，兩縣縣署在同一城裡，都不把對方放在眼中。

二十七 案：強梁是古代神話傳說中食鬼的神。

讓四者各自所代表的人性偏頗，鮮明活現。

又如《何典》第七回，臭花娘面對活死人躊躇不前、安於現狀的態度，正色道：

仙人的仙仙說話[二十八]，豈可不聽?你我終身已定，後會有期，若要同衾共枕，須待花燭之夜。你今就年頭住到年尾巴，也巴不出甚麼好處，枉苦廢時失事。……

兩相比照，突顯出臭花娘對貞潔名譽的矜持；二人於抗拒情愛誘惑的能力上，高下立判。第九回，把白矇鬼與形容鬼擺在一起：敵人兵臨城下，白矇鬼貪生怕死，丟盔卸甲，臨陣脫逃；形容鬼則是盡忠報國，從容赴義。兩相對照，孰人品鄙劣，孰潔操高尚，不言可喻。

（六）映襯

與對比密不可分的修辭技巧——映襯。除了具有對比之彰顯個體差異的功能外，還兼具豐富同類形象共有之涵蘊的用途。若我們從一個較廣闊的角度來檢視這三部小說，可以發現三位作者在建構小說情節故事時，均立足於一個共同的基礎點，就是正、邪對立。《斬鬼傳》與《平鬼傳》，以鍾馗為首的驅魔大隊來對抗惡德化身的人間鬼類；《何典》則以活死人為主的正義之師來鏟平兩個大頭鬼帶頭的亂賊叛軍。正邪對立下，形成了一種相互襯托的關係；以此襯彼之正直高潔，以彼托此之無恥卑

二十八　案：仙仙說話：代表神靈意願的話。

劣。再者，就同型人物而言，其彼此襯托互映的關係更是巧妙。如《斬鬼傳》中的齷齪鬼和仔細鬼：齷齪鬼專會吃人，腦袋裡整日想著如何圖謀人家房屋，如何霸佔人家田地，抱著不佔便宜便是吃虧的信條過日子，就連自己或家狗的一泡屎尿也不允許撒到別人地盤上去；臨死之際，為省棺材錢，寧可跳入茅坑，其一毛不拔的本事在小說中唯有仔細鬼能出其右。仔細鬼同齷齪鬼一樣生性慳吝，守著許多財帛，日子卻過得極其寒酸，對別人更是吝嗇，就連掉落在桌上的幾顆芝麻被人撿去，也要心疼好一陣子，更有將銀子打成棺材，以便死後人財兩得，落得受用的想法。作者巧妙地將兩個同型的角色安排在一起，於故事中他們勾心鬥角，各自盤算怎樣佔對方便宜而又不使自己吃虧，結果演出了一幕幕令人噴飯的滑稽劇。小說利用映襯的技巧，有效地加強並且深化了齷齪鬼與仔細鬼的人格特質，使情節發展更具張力，這是作者於修辭運用上的成功之處。

另外，在《斬鬼傳》第五、第六回寫誆騙鬼夥同丟謊鬼合力騙走討吃鬼與耍碗鬼的萬兩銀子，然後各自做起了「無本」生意。孰知一山還有一山高，誆騙鬼雇用的一個夥計摳掏鬼，比他更加貪婪：

> 賣得一錢，賬上只落五分，不及數個月，竟將五千兩本錢摳去一半（《斬鬼傳》第六回）。

後來東窗事發，在作賊心虛的情形下，摳掏鬼用鋼鉤般的指頭摳死了誆騙鬼。至於丟謊鬼也有兩個夥計，一個叫做偷屍鬼，一個叫做急突鬼；這兩個人進入鋪子後，偷藏的偷藏，虧空的虧空，最後丟謊鬼為了討回公道前去告官，卻也因謀財一事敗露而遭鍾馗斬殺。作者如此處理情節，主要是為了顯揚所謂「天理昭彰，報應循環」的因果關係，正符合第六回「誆騙人反被人摳掏，丟謊鬼卻教鬼偷屍」的回目。同時在藝術上也起到了一種鋪墊和襯染的作用，以誆騙鬼和丟謊鬼的貪惡來襯顯出摳掏鬼、偷屍鬼、急突鬼的更兇更貪更惡。而同書第五回寫齷齪鬼與仔細鬼死後，他們的兒子不但「忘父仇變成莫逆」，也一改過去的吝嗇門風，揮霍無度，「諸事俱要奢華」，「非嫖即賭」，把他們父輩「千方百計」，「苦扒苦掙」得來的家財「登時弄得罄盡」，淪為街頭乞丐。作者此處的構思用意和所採用的修辭技巧，除了與前二例一樣，以正襯的手法突顯出同類人物的不堪和醜惡之外，也注意到反襯技巧的使用，正如該回引古人語：「慳吝守財，必生出敗家之子。」兩代一儉一奢，相互襯染之下，更見作者諷刺吝嗇與奢侈皆是背離人情世道的主題。

無論是《斬鬼傳》、《平鬼傳》或是《何典》，就如黃霖所言：

> 各故事、形象之間存在的這些對比、襯托、鋪墊關係，密切了作者的內在結構，減少了這類小說容易導致的情節、人物孤立化的弊失，增強了閱讀的流暢性，開卷之後，也更容易勾起讀者在相互聯繫中對作品的內涵進行思考[二十九]。

可見修辭技巧的成功運用，不僅能夠彌補小說在其他方面的缺失，也為小說整體的價值，付予了更高的藝術性。

[二十九] 同註六，見《斬鬼傳》引言，頁六。

二、信手拈來，涉筆成趣

三部小說對詞語藻彙的運用，一反傳統的形式，無章無典，不規不矩。這種掙脫語法桎梏的寫作形式，由最早的《斬鬼傳》開啟了變異的大門，緊接著《平鬼傳》及稍後的《何典》更於具體的行文敘事中實踐、發揚了這種超常、創新的語言新形式，又以《何典》最為突出。這從該作的取名便可見曉：「何典」意即「什麼典」、「何處之典」、「何典之有」、「典從何來」——無典也！做為在野才子的作者張南莊之意圖，就是要打破傳統小說在語言使用上舊有的框框，主張語言翻新超常，無據無典，不落俗套，自成體系，樹立小說新風格。以下就藉由作者在遣詞造句上的表現方式，來分析小說獨特的語言藝術。

（一）構詞自由

由於作者寫的是「鬼類」小說，當然要一反常理，打破世人心中在構詞文字使用上的刻板印象；憑著豐富的想像力，別具新意地「發明」出許多有趣滑稽的詞彙，冠於各類事物的稱謂上。以三部小說中有關「兵器」與「坐騎」的名稱為例，如《斬鬼傳》：

第二回：搗大鬼使一口「遮天暈日刀」。

第四回：急賴鬼又回到家中，棄了大戟，拿了一口「可憐劍」。

第八回：死大漢……拿一根「酸棗棍」，步出陣來。

《平鬼傳》：

第二回：色鬼聽說，喜之不盡，遂差小低搭鬼牽了一匹「倒頭騾子」。

第五回：色鬼仗著自己法術精通，將衣冠裝束齊楚，托了一杆「不倒金槍」。

第八回：討債鬼出了大帳，上了「銅法馬」，手使一根「逼命杖」。

同　回：窮鬼……出去，到了憂愁鬼家中，騎上他的「瘦骨驢」。

第十三回：冒失鬼聞得鍾馗自來探聽，遂騎上一頭「直腸子驢」，手使一根「青頭八棍子」。

第十四回：一個少年人，自稱為小伍二鬼，坐下騎著一隻「沒皮虎」，手內拿著一杆「三股子叉」；一個年老的，自稱為老尖腚鬼，坐下騎著一匹「伶俐猴」，手裡使著一把「短錘」。

同　回：無二鬼上了「淨街虎」，率領著眾鬼卒。

同　回：鍾馗隨後追殺，忽從樹林內鑽出一鬼，騎著一頭「發子豹」，手舉一杆「沒星子秤」。

第十五回：只見左邊那人，身披一領「敗人甲」，頭戴一頂「吃人盔」，坐騎是一匹「活獸」，兵刃是一柄「空錘」。

同　回：楞睜鬼騎一頭「順毛驢」，使一根「沒把子的流星」[三十]。

[三十] 案：流星：古寶劍名。

同　回：賈杏林騎著一隻「瞎貓」，使一柄「兩家斧」，披一身「殺人甲」，戴一頂「無人不吃盔」，打著兩杆「望風撲影的旗」，自名為催命鬼。

《何典》：

第九回：輕骨頭鬼聽說，便拿了一把「兩面三刀」。

同　回：青胖大頭鬼，……捉隻「吃蚊子老虎」來做了坐騎。……拿了「拆屋榔槌」，豁上虎背[三十一]，領頭先進。推船頭鬼也騎隻「頭髮絲牽老虎」，拿根「戳骨棒」。迷露裡鬼不會武藝，拿了一面「擋箭牌」，騎隻「竈前老虎」。

同　回：（黑漆大頭鬼）騎一隻「紙糊頭老虎」，手裡拿個「殺車榔槌」。

同　回：（摸壁鬼）騎一匹「移花馬」。

第十回：那守界的兩個將官：一個叫做倒塔鬼，騎一隻「豁鼻頭牛」，使一把「花斧頭」，有萬夫不當之勇；一個叫做偷飯鬼，使一個「飯榔槌」，騎一匹「養瘦馬」[三十二]，足智多謀。

此外，在地名方面，如《斬鬼傳》：「慳吝山」、「抽筋河」（第四回）；「迷魂鎮」、「有錢橋」（第五回）……。《平鬼傳》：「墻縫里」、「牛角衚衕」（第四回）；「子母山」、「斷腸嶺」、

三十一　案：豁上：迅捷地跨腿騎上。
三十二　案：養瘦馬：本意為妓院買女孩養大為娼。此指馬。

「斷腸坡」（第六回）；「慫人村」（第七回）；「陷人坑」、「剝皮廳」（第十回）；「耍乖山」、「弄巧洞」、「荊棘寨」（第十五回）……。《何典》：「勢利場」（第一回）；「壞心地」（第三回）等……。其他如《斬鬼傳》：「不誠石」、「沒羞岩」（第三回）；「寬心丸」、「元寶湯」（第八回）……。《平鬼傳》：「將軍柱」、「順風旗」、「滅信炮」（第六回）；「法網」、「救命骰」（第八回）；「寬心丸」、「大膽湯」（第十一回）……。《何典》：「安心丸」、「元寶湯」、「軟口湯」、「亂話湯」、「鐵草鞋」（第三回）等……。而「人名」稱號之多樣自不在話下，就連「貨名」[三十三]、「菜名」[三十四]甚至「狗名」[三十五]，都被冠上五花八門，饒富諧趣的稱號。經由上述引例，我們可以知道三部小說在構詞上均呈現出極大的自由性，作者憑藉著機智，在求新、求變的前題下，或發自想像，自創新意；或按其情節、人物而量身定做；或取其諧音、雙關以製造笑果；或融入方言俚語，重新做出。無論作者是以何種方式構詞組句，這些絕妙的詞彙、稱號，皆能於小說中各顯其用，為小說帶來許多意想不到的驚奇效果。就以三書共有的戰爭情節而言，原本殘忍、可怖的殺戮畫面，卻因為人、事、物紛紛被冠以可笑又時帶諷刺，用以修飾、限定主詞的稱號，而變得詼諧戲謔。使讀者在不協調的落差中，獲得語言所帶來的喜劇效果。

三十三 案：見《何典》第七回。

三十四 案：見《斬鬼傳》第十回；《平鬼傳》第一、第九回；《何典》，第一、第三、第四、第七回。

三十五 案：見《何典》第六回。

（二）截頭去尾

所謂截頭去尾，換句話說就叫「斷章取義」簡稱「斷取」：

一個語言片段，編碼者利用或斬頭或去尾的方法任意截取其中的個別字詞來「做文章」；接受者在對它進行解碼的時候只能「取其一，不計其餘」，否則，就會上當受騙或者不知所云[三十六]。

《何典》作者張南莊堪稱是一位「鬼才」，其駕馭語言文字的本領，歸功於他對語言形式的新穎、奇特之追求與實踐。在《何典》中，他大膽突破傳統修辭技巧對語義、語法的規範，故意反常，運用斷取的手法來行文構句，這種情形在《何典》全書中，可謂比比皆是，以下就讓我們舉實例說明之。如：

第三回：等個好時辰，把屍靈揿在破棺材裡，道士搖著鈴注卵子[三十七]，「念了幾句生意經」，賠了材蓋。

第四回：形容道：「你是個好人家囡大細[三十八]，家裡又弗愁吃，弗愁著，如何想起這條硬肚腸來？即使要再嫁，也該『揀個梁上君子』，怎麼想嫁那劉莽賊？」

第六回：牽鑽鬼便「寫了一封平安家信」，寄與形容鬼，只說這活死人自己筋絲無力，倒想山裡去打死老虎，卻被老虎吃去了。

[三十六] 鄭慶君：〈近代幽默小說《何典》的修辭特色〉，載於《古漢語研究》，（二〇〇二年），第一期，頁五十。

[三十七] 案：鈴注卵子：鈴舌。

[三十八] 案：囡大細：子女。

第五回：那活死人已有十幾歲，出落的脣紅齒白，粉玉琢的一般，好不標緻，更兼「把些無巧不成書」都讀得熟滔滔在肚裡。若教他「做篇把屁放文章」[三十九]，便也不假思索，懸筆揮揮的就寫，倒像是抄別人的舊卷一般。

第六回：活死人看這道士時，戴一頂纏頭巾，生副弔篷面孔[四十]，兩隻胡椒眼，一嘴仙人黃牙鬚，腰裡綯紗搭膊上[四十一]，「掛幾個依樣畫葫蘆」。

第九回：輕骨頭鬼聽說，便「拿了一把兩面三刀」，飛踼飛跳去了。

同　回：那輕骨頭鬼在城中得知信息，自料孤掌難鳴，不能救應，欲回山報信。……看見路傍有一大堆柴料，便心生一計，上前「放了一把無名火」。

上述七例中，「……」語言片段的組合，整體上看顯然都有問題：或語法結構上不能搭配（後四例）；或根據上下文，語義除了矛盾之外且不合邏輯（前三例）。但作者並非明知故犯，而是採用了「斷取」的修辭手法，「目的是為追求語言的變異，以獲取常規語言形式下不具有的特殊效果」[四十二]。因此我們在理解這些語言片段的時候，只能採取「斷章取義」的方法，捨棄其中的部分字詞，將它們分別取義為：「念了幾句經」、「揀個君子（嫁）」、「寫了一封信」、「把些書讀在肚裡」、「做篇把文

[三十九] 案：篇把：一二篇。

[四十] 案：弔篷面孔：臉形瘦長。

[四十一] 案：搭膊：束在外衣的腰帶。

[四十二] 同註三六，頁五十。

章」、「掛個葫蘆」、「便拿了一把刀」、「放了一把火」。

張南莊以「斷章取義」法遣詞造句，一反語法語義常規，使讀者在閱讀時，猶如是在與他玩一場「文字解碼」遊戲，藉由解碼的過程，從中獲取一種幽默效應及趣味性。然而，作者意圖尚不僅如此，他還另有一深層目的，便是揶揄諷刺。那些在解碼時被捨棄的文字，表面看來是多餘的裝飾修辭，其實在深層意義上，這些被捨棄的部分，卻隱含著作者內心附予的諷刺思想：如書中醋八姐自從丈夫形容鬼出遠門後，對待外甥活死人更為刻苛，百般刁難；活死人被迫逃離舅家，而醋八姐不辨是非地聽信謠言，誤以為他在山上砍柴時被虎吞噬，就由兒子牽鑽鬼向形容鬼「寫了一封平安家信」，告知外甥死訊。「平安家信」在此處被用來指稱一個人死訊的函信，語含反諷，將醋八姐面對親人之死卻無動於衷的冷酷、無情之心，真實呈現。寫活死人「把無巧不成書都讀得熟滔滔在肚裡」，作者原本是稱讚活死人稟賦出眾，才高過人，但又將他揮筆而就的文字訕笑為「放屁文章」，亦褒亦貶，揚而復抑，不露生色地對當時社會中那些汲於功名的讀書人，表現出既愛惜又惋嘆的思想情感，也嘲弄了所謂登科進士的文人士子，並非肚裡裝有多少真才實學，而是因為「巧有好運」罷了。描寫道士「掛幾個依樣畫葫蘆」，其用意則是嘲諷天下假道士只知有樣學樣，裝神弄鬼，瞎攪一番而已；道士「念了幾句生意經」，也是作者對世間常有的百態之譏諷。這些看似諧趣的措辭，寓意其實嚴肅。總之，作者讓讀者盡情地發揮自己的想像來「斷章取義」以獲得文字樂趣；另一方面，也留下了廣闊的空間，給讀者省思背後所寓藏的思想意涵。

（三）望文生義

「望文生義」常被人當做一個負面的形容詞使用，指解釋的一方在對某個語言片段進行闡述時，捨棄它慣用的意義或約定俗成的含意，而單就構成語言片段的文字做字面上的解釋，遂有一詞二義的情形發生，一者我們稱它做「慣用義」，一者稱它做「偏離義」。偏離義亦即我們所說的望文生義。徐梅在提到《何典》語言藝術時曾說：

他（張南莊）在使用方言進行創作時，有意偏離大量方言俚語的原有含義，再用偏離後的意義來連綴故事，讀者在閱讀過程中一旦對偏離前後的意義產生聯想，那麼小說產生的極為奇特的幽默效果，往往使人為之噴飯[四十三]。

請看其例：

第一回：從此雌鬼便「懷著鬼胎」。到得十月滿足，生下一個小鬼來。夫妻大喜，如獲至寶。

同　回：形容鬼道：「姐夫果然一念誠心，『見了大佛磕磕拜』。」[四十四]

第六回：道士道：「我便是蟹殼裡仙人，不論過去未來的事，都能未卜先知的。今日偶然出來

[四十三] 徐梅：〈信口開河處偏能見風流：談《何典》語言藝術〉，載於《曲靖師範學院學報》，（雲南：曲靖師範學院，二〇〇二年三月），第二十一卷，第二期，頁八十。

[四十四] 案：見了大佛磕磕拜：俗語，下句是「見了小佛繞街賣」，用於譏嘲諂上欺下。

賣老蟲藥，在此經過。」活死人道：「不知你『葫蘆裡賣啥藥』？可是仙丹麼？」

第七回：那臭花娘已去把「家常便飯」端正，一總「和盤托出」。

同　回：撐開眼皮看時，早已大天白亮。慌忙起來，走入裡面，見他一家門尚未起身，便在房門外「冷板凳」上坐下。

第九回：推船頭鬼也騎隻頭髮絲牽老虎，拿根戳骨棒。迷露裡鬼不會武藝，拿了一面「擋箭牌」，騎隻竈前老虎。

「懷著鬼胎」、「見了大佛磕磕拜」、「葫蘆裡賣啥藥」、「家常便飯」、「和盤托出」、「冷板凳」、「擋箭牌」在這裡不再是人們習以為常的慣用語：「打壞主意」、「譏嘲對上位者逢迎諂媚」、「心裡有什麼意圖打算」、「不足為奇的事物」、「把事情全部講出來」、「不為人重視」、「藉著某事或某人來掩護自己或推諉他人所求」的意思；而分別是「懷著鬼的胎兒」、「見了大佛（誠心）磕拜（求子）」、「葫蘆裡裝的東西為何物」、「家中平常的飯食」、「連盤子一起端出來」、「未被人坐過的冷的板凳」、「擋箭的盾牌」的含義。

對於張南莊的這種藝術手法，鄭慶君有文道：

如果說，我們平日行文造句理解詞義要避免「望文生義」，那麼《何典》作者的目的恰是反其道而行之，故意與常規原則唱對台戲，就是要讀者去想當然「望文」而後「生出」這些語言片段「最初的字面意義」[四十五]。以「偏離義」來釋文解句，也是《何典》形成詼諧滑稽風格的重要因素之一；通過對詞義採取可笑不倫不類的理解思維，使小說妙趣橫生，每每令人忍俊不禁。

三、鄉諺俚語，妙句連珠

在語言藝術上，三部小說更為突出的特點是對鄉諺、俚語及成語的活用，通過它們在陳敘句中不同的修飾作用來增添文字風趣。值得注意的是，這些鄉諺俚語中，有許多是出自方言系統：《斬鬼傳》就大量使用了山西方言；《平鬼傳》中也有方言詞彙的出現；《何典》更是集我國南部各地方言之大成[四十六]。這些方言土語的運用，為小說帶來閱讀上的諧趣感受。其具體表現如下：

（一）用以比喻某種現世相

《斬鬼傳》第五回諷刺齷齪鬼、仔細鬼與討吃鬼、耍碗鬼二代因果時，作者引古人語：

慳吝守財，必生出敗家之子。

四十五　同註三六，頁五一。

四十六　案：張南莊是上海人，作品採用的是吳語系方言，具體則包括申城及其周圍城鄉如松江、常熟、蘇州、寧波一帶的俚語土音（同註六，見《何典》引言，頁八）。

《平鬼傳》第七回寫窮鬼向鍾馗稟明伙鬼罪行：

這伙鬼更是可惡，早晚在我鋪裡，「死沒眼色」，貧嘴寡舌，覷烟吃，騙茶喝。

「死沒眼色」，比喻人之厚顏無恥。又如第十四回：

窮鬼大笑道：「他的武藝，俺卻盡知，有何懼哉？那陣風名為『黑眼風』，這風卻是有眼珠的，『看人下菜碟』。」

「看人下菜碟」，意指根據具體情況行事。

《何典》第一回：「臭噴蛆」比喻胡說八道；「急驚風撞著了慢郎中」比喻緩不濟急；「拔短梯」比喻出爾反爾，言而無信。第二回：「摸耳朵」比喻私下說情。第三回：「陽溝裡失風」比喻在安全的環境中發生災禍；「說嘴郎中無好藥」，諷刺人只會徒逞口舌而無真本領。第五回：「開口貨」比喻只會張嘴吃飯不會做事的人；「一隻碗弗響兩隻碗砯砰」，意謂吵架雙方皆有責任。第九回：「餵了指頭」，稱賭博輸錢為「餵指頭」；「磕爬四五六」，形容俯身跌倒，俗稱「狗吃屎」；「捉子頭來腳弗齊」，比喻不肯老實就範；「射角衙門」，形容行兇作惡、不講道理的地方。這些鄉諺俚語及土語方言都可以說是「現世相的神髓」[四十七]。

四十七 同註五，頁二八八。

（二）融入行文、對話中，使文字更見精神，作品更添趣味

《斬鬼傳》第二回寫挖渣鬼為搗大鬼壯膽助威時說：

甚麼鍾馗敢這樣欺心膽大！兄長不必怕他，要的俺弟兄們作甚？要打和他就打，要告就和他告，「羖羊胡吃柳葉，我不信這羊會山樹」[四十八]。

第四回寫兩方小鬼在醫治「挾腦風」法兒上的對話：

眾小鬼道：「俺家主人（齷齪鬼）當年也曾患此症，請了一個師巫來，那師巫敲動扇鼓，須臾請將柳盜跖來，將俺主人頭上打了二十四棍，又教師巫灸了二十四個艾柱，登時就好了。」那小鬼道：「這是甚麼緣故？」眾小鬼道：「你不知道麼？這叫做『賊打火燒』[四十九]。」

文中一方嚴肅以對，一方卻鬼話連篇，相形之下，妙趣橫生。同回，形容不通鬼的作鬼心虛：

不通鬼聽得「斬鬼」二字，因自己也有個鬼名，未免有些動意，所以「罵著和尚，滿寺發熱」，只是且不肯露頭。

第七回寫風流鬼為情患疾：

四十八　案：歇後語「羊上樹」一句為太原一帶方言俗語，至今流傳。

四十九　案：賊打火燒：其意同趁火打劫。

次日起來發寒潮熱，害起那「木邊之目、田下之心」了。

「木邊之目，田下之心」用拆字法即寓「相思」二字。第九回寫色中餓鬼在外取樂，而留在庵中的淫婦要鍾馗見著他時：

勸勸他，「不可教南枝向火北枝寒」。

第八回寫鍾馗與白眉神（柳盜跖）的一段對話：

鍾馗道：「將軍在春秋時，何等英雄，為何不樹功立名，封妻蔭子，反受此娼婦供奉，豈不有玷將軍乎？」白眉神道：「『和尚無兒孝子多』，那些粉頭水蛋，就是俺的兒女，每日享他們的供獻，受用無比，何必巴巴結結為兒孫作牛馬乎？」鍾馗道：「如此說來，將軍竟『男盜女娼』乎？」

生動幽默的對話，加上俗諺、成語的幫襯，更顯得滑稽可笑。

《平鬼傳》第十一回寫群鬼面對鍾馗可能帶來的未知威脅，七言八語的討論情形：

噍蕩鬼道：「若是日裡來好，若是夜裡來，我們就是『滾湯潑老鼠，一窩都是死。』」……冒失鬼道：「不妨，不妨，古人說的好，『兵來將擋，水來土掩』。」

《何典》第一回寫形容鬼將陪活鬼外出求子：

形容鬼道：「明日就要起身，今日須當預先端正，省得『臨時上橋馬撒尿』，手忙腳亂的。」

「臨時上橋馬撒尿」，意謂匆匆忙忙，準備不周。同回：

艄公道：「我們行船的老秘訣，須要遠橋三里就落蓬，方能『船到橋，直苗苗』。」

「這民諺戴著濃濃的鄉俗汁味，如聞江南水上人語」[五十]。同回：

形容鬼依言走去，果有一隻牢墳坑[五十一]，上面鋪著「石屎坑板」。

歇後語謂：「青石屎坑板——又硬又臭。」正好與廁所相配。第二回寫鬼廟蓋好後：

村中那些大男小女，曉得廟已起好，都成群結隊的到來燒香白相。正是「燒香望和尚，一事兩勾當」。

第三回敘述活鬼得病，服藥無效後的幾句插白：

「藥醫不死病，死病無藥醫」。果然犯實了症候，莫說試藥郎中醫弗好你，就請到了「狗𪏆呂洞賓」，把他的九轉還魂丹像炒鹽豆一般吃在肚裡，只怕也是不中用的。

五十 林薇：《清代小說論稿》，（北京：北京廣播學院出版社，二〇〇〇年十一月），頁九七。

五十一 案：牢墳坑：廁所。

第四回，活鬼死後，雌鬼寂寞難耐，便向六事鬼表明再嫁的心意：

六事鬼道：「主意倒也不差。老話頭：『臭寡婦不如香嫁人』。」

（三）刻劃人物形象，表現人物心理

《斬鬼傳》第四回寫齷齪鬼欲找仔細鬼商量對策，又想到：

若請他來商量，未免又要費鈔，不如我尋到他家裡去，他自然要管待我。這叫做「豬八戒上陣，倒搭一鈀」。

之後換仔細鬼到齷齪鬼家：

齷齪鬼開了門道：「原來是老弟，我當是『吃生米』的哩[五十二]。」

接著二人又一同造訪急賴鬼家：[五十三]

只見門前圍著許多人。仔細鬼道：「不知他家做甚麼事？倘若撞在其中，豈不要『出個俸子。』」

[五十二] 案：吃生米：俗語稱人火氣大、愛吵架為「吃飽生米飯」。

[五十三] 案：出個俸子：送點人情禮物。

等進入急賴鬼家，只見急賴鬼在那裡砌牆：

急賴鬼道：「二位有所不知，我如今西墻倒壞，我是『拆的東墻補西墻』，豈是有奈何的麼？」

此回中，作者以「豬八戒上陣，倒搭一鈀」揭露出齷齪鬼心中欲佔仔細鬼便宜的不良企圖；而以「吃生米」、「出俸子」兩句俗諺，刻劃出二人吝嗇守財的不堪形象；至於急賴鬼，作者則藉其自言「拆東墻補西墻」，讓他自現市井無賴凡事推託的惡劣本質。

《平鬼傳》第十一回，寫無二鬼姦了倒塌鬼的妻子後，還恐嚇他道：

就是姦了你的老婆，也不是大不了的甚事。你這廝再敢扎掙，「這隻手是官，這隻手就是皂隸」[五十四]。

將無二鬼目無法紀，兇狠蠻橫的形象，具體繪出。

《何典》第一回寫活鬼道：

我們夫妻兩個，一錢弗使，兩錢弗用，喫辛喫苦，做下這點牢人家[五十五]。如今年紀一把，兒女全無，倒要大呼小叫的吃甚壽酒，豈不是「買鹹魚放生，死活弗得知」的！

[五十四] 案：這隻手是官，這隻手就是皂隸：意思是說，送你入獄，易如反掌。

[五十五] 案：牢人家：家產。

透露出活鬼雖坐擁金山卻空無子嗣的悲喜心情。第四回，在雌鬼向六事鬼托媒後，六事鬼向雌鬼介紹劉打鬼的優處時道：

方纔說好性格的難得碰著。……況兼這些偷寒送煖，迎奸賣俏，各式各樣許多方法，都學得熟滔滔在肚裡，不比嫁著個鄉下土老兒，只曉得「一條蠻秤十八兩」的[五十六]。

從這段話中，我們不僅可以看出六事鬼能言善道的市井媒人特質，也得以想見雌鬼寡婦思春盼慾的心理活動。

成語是先民智慧的結晶，簡煉、典雅；而鄉諺俗語則是地方文化衍生出來的生活產物，其中有生動、質樸的，也有粗野、俚俗的。三部小說的作者都能將這些富有時代意義且各具特色的成語俗諺，巧妙地雜揉其間。《何典》作者張南莊，更是箇中翹楚，他不循語義，不顧章法，「花樣重新做出來」，成語俗諺在他手中變成了行文造句的有機成份，自鑄新詞，自創絕句。看似滿紙胡言，荒誕不經，對作者而言是插科打諢，信手拈來，涉筆成趣；對讀者來說則稍加玩味，往往有會於心，進而沉浸於書中那「鬼畫符和鬼打墻」的「鬼世界」裡。

[五十六] 案：一條蠻秤十八兩：比喻人死心眼，傻乎乎。

第六章　結論

清代的諷刺小說中，除了寫實型的《儒林外史》及清末四大譴責小說之外，我們不該忽略的，還有一組借鬼物以嘲諷人情世態的隱寓式諷刺作品——《斬鬼傳》、《唐鍾馗平鬼傳》、《何典》。這三部諷刺小說，其故事角色，無論是陰間的「真鬼」或是陽間的「人鬼」，所影射的均是人間百態，社會的眾生相。但它們的諷刺重點仍有所不同，《斬鬼傳》、《平鬼傳》側重對社會道德風尚、人性弱點的諷刺，而《何典》則側重揭露官場的黑暗腐敗；另外三部小說對於人情世態、世俗偏見及宗教的偽善上，也多有諷刺。本文最後，將對三部小說作一概括性的總結，並評論它們在文學史上的地位及影響。

第一節　《斬鬼傳》、《平鬼傳》、《何典》的地位及影響

一、《斬鬼傳》

何謂鬼？許慎《說文解字》釋「鬼」字：「人死曰鬼。」《禮記·祭法》：「人死曰鬼。」《禮記·祭義》：「眾生必死，死必歸土，此謂之鬼。」要言之，鬼是人死後靈魂不滅的一種表現形態。然而，這些在傳統觀念上虛無縹緲的鬼，卻在現實的小說創作中，個個化成了具體的形象。

清朝康熙年間，太原劉璋以二十二歲的才學，採民間流傳的鍾馗神話為藍本，取意神話中鍾馗捉鬼、食鬼、斬鬼的故事情節，巧妙加工，轉為諷刺小說的題材，作此《斬鬼傳》，寄托其熱忱的治國救民理想，並以隱喻手法，「取諸色人，比之羣鬼，一一抉剔，發其隱情」[一]，曲盡世間眾生的醜陋形貌，揭露現實社會的黑暗偽善，並藉由鍾馗之手，斬除不良習性、癖性化身的人間鬼類，以體現作者的淳俗思想，道德訓誡的寓意是很明顯的。

向來在中國諷刺小說的研究上，為多數學者和小說家注意的似乎只有《儒林外史》一部，而對於《斬鬼傳》這部被魯迅評為「詞意淺露，已同嫚罵，所謂『婉曲』，實非所知」[二]的諷刺小說，所知甚少，致使該書湮沒無聞[三]。筆者認為魯迅這段對《斬鬼傳》的批評，似乎過於主觀、嚴苛，這頂「失之婉曲，已同嫚罵」的「高帽子」，對劉璋而言也實在太沉重了。吉爾伯特·哈特在《諷刺論》中對諷刺作品有這麼個看法：

大多數諷刺作品中都有冷酷與骯髒的詞語。一切優秀的諷刺作品都含有瑣碎的和喜劇性的詞語，而且，幾乎所有的諷刺作品中都含有粗俗和反文學的俚語。很明顯，一切優秀的諷刺作品，

一　魯迅：《中國小說史略》，收錄於《魯迅小說史論文集》，（台北：里仁書局，民國八十一年九月初版），頁一九九。

二　同註一，頁一九九。

三　案：胡萬川亦指出：「由於以前學者對於所謂的諷刺小說，並無明顯的認識，但見書中所寫鬼話連篇，嘈嘈喳喳，便認為該書還不夠格稱作諷刺小說。因此，該書在小說史上原來應有的地位便被刪落了。這是一個錯誤的見解」。（胡萬川：《鍾馗神話與小說之研究》，台北：文史哲出版社，民國六十九年五月初版，頁八。）

都是多采多姿的。古老的拉丁詞語Satura，意思就是「雜燴」、「雜碎」。優秀的諷刺家們一定是領會到了諷刺的這種原始意義，要不，就是猜到了它的這種意義。在情節安排上，在對話中，在感情色彩上，在用詞上，在語法結構和句式選擇上，諷刺家總是努力製造出意外效果，讓他的讀者和聽眾猜謎、吃驚。……因此，任何作者，只要他經常地、強勁地運用大量典型的諷刺武器——隱嘲、悖論、對照、戲擬、俗語俚語、反高潮、時評性、淫穢語、冒瀆性、活躍性、誇張，他就很可能正在寫作諷刺作品。如果他只是在他作品的某些部分運用了這些諷刺技巧，那麼，只有這些部分才宜於稱為諷刺的，但是，如果它們是遍佈全書的，那他的作品幾乎可以肯定就是諷刺的[四]。

若從美國學者吉爾伯特·哈特的論點來看《斬鬼傳》，說它是一部貨真價實，如假包換的諷刺小說，我想應是毫無異議的。試看作者——「具一付大慈悲心，行大慈悲事，蓋以繼王政之所不及，而欲學明王佛之使人知所畏而為善」[五]的寫作動機與目的，及作者任深澤縣縣令時的德政良行，都可證明劉璋並非是一個會瞎謅嫚罵的諷刺作家，且《斬鬼傳》更非一部「近于訶斥全羣」[六]之作。它所諷刺的，也可以說是作者所訶斥的，只是世間那群「方寸不正」的「人鬼」；又作者「以鬼喻人」，何嘗不是

四　吉爾伯特·哈特著，萬書元、江寧康譯：《諷刺論》，（南寧：廣西人民出版社，一九九〇年五月第一版），頁一七。

五　《何典》、《斬鬼傳》、《唐鍾馗平鬼傳》合刊本，（台北：三民書局，民國八十七年一月初版），見《斬鬼傳》序一，頁二。

六　同註一，頁一九九。

「婉曲」的一種表現。

再者，諷刺作品形式、語氣的豐富多樣，本文已在第一章討論過，這裡就不重複贅述。我們要說的是，只要作者寫作的出發點是純正善良的，那麼無論他選擇何種諷刺方式，我們都可以將它視為是作者表現主題、營造氣氛、樹立風格的一種載體，一種藝術手段。《斬鬼傳》選擇以諧謔語言、突梯滑稽的文筆進行諷刺，即使作者「感到他作品中的輕蔑可能變成狂暴的憎恨，他仍將用合適的字眼、鄙夷的字眼，而不是殺氣騰騰的敵意——去表達這種憎恨。單純的恨或單純的嘲笑只可能表現在別種文學中。諷刺家的目的是要把這二者融為一體」[七]，「因為無論多麼嚴厲的諷刺總是包含著某些笑的因素」[八]。所以書中作者藉由強調、誇張、怪誕的手法，突出了鬼類人物的惡行和不堪的醜陋形象，冀此加強小說的諷刺效果，使讀者印象深刻並激起省思；而這種描寫也同時使他們個個具有喜劇丑角的特性，讓這些原本可厭可恨的鬼類，變得滑稽可笑，小說也因此有了與諷刺共存的幽默氣氛，符合了吉爾伯特．哈特所認定的諷刺條件[九]。

七　同註四，頁二十。

八　同註四，頁二一。

九　案：吉爾伯特．哈特說：「諷刺的效果是一種憎恨，但這種憎恨並非是十足的可驚可駭的厭惡，而是基於一種道德判斷之上的憎恨，它同一定程度的逗樂情緒混為一體，這裡的逗樂情緒見於作家對人類狀況不協調的尖刻譏諷之中，見於他面對荒誕錯誤暴露時發生的激奮的狂笑之中，也可見於譏嘲與狂笑交接處的任何地方。當一部小說缺少這些東西時，它就不是諷刺小說。如果一部小說或戲劇只是產生一種純然的憎恨或厭惡感情，而缺少帶著輕蔑的逗趣或帶著惋惜的鄙薄情緒的因素，它就不是諷刺的（同註四，頁一二二~頁一二三）。」

胡萬川對於魯迅的批評，也引弗勒（H. W. Fowler）在當代英語用法辭典第二版中（A Dictionary of Modern English Usage），就動機、方法等方面來比較所謂諷刺、嫚罵等八種類似語彙用法的不同，並提出自己的意見。他的結論是：

> 《斬鬼傳》應當不是嫚罵的作品，而是諷刺小說是很清楚的。作者所諷刺的對象並不是某一個人，也不是不分青紅皂白專對某一群的人，而是一些傷風敗俗的人，這些人所代表的，當然就是傷風敗俗的習氣。作者用強調的文字將這些傷風敗俗的人刻劃了出來，然後加以懲罰，其用意則在要求改善或修正，我們讀者看了也並不受到傷害，而是有一種滿足的感覺，因此，《斬鬼傳》是一部諷刺的小說，而不是嫚罵的作品+。

經由以上筆者的淺見及胡萬川的論證，我想「真相」既明，是該還給《斬鬼傳》在小說史上應有的地位。

+ 案：胡萬川在書中有將其中的諷刺（Satire）、挖苦（Sarcasm）、咒罵或嫚罵（Invective）三項，轉錄出來，其內容如下：弗勒的表以動機或目的（Motive or Aim）、範圍（Province）、方式或手法（Method or Means），讀者或觀眾（Audience）四個方面的差異，來區分這幾個相類辭彙個別的涵義。諷刺的動機在於改善或修正（Amendment），專對的範圍為道德風化與習俗（Morals and Manners），所用的方法則為強調（Accentuation），觀者的感受則為自滿自足（The Self—Satisfied）。挖苦的動機在於使人痛苦（Inflicting Pain），範圍針對人的過錯與缺點（Faults and foibles），方法為倒轉（Inversion），觀者的感受則為受害者與旁觀者（Victim and bystander）。嫚罵的動機在於玷辱（Discredit），範圍針對行為不檢（Misconduct），方法則直接陳述，觀者則如公眾（The Public）。（胡萬川：《鍾馗神話與小說之研究》，台北：文史哲出版社，民國六十九年五月初版，頁一七二~一七三。）

蔡國梁評論《斬鬼傳》的缺失、地位及貢獻時道：

劉璋的《斬鬼傳》是現在確知將鍾馗所捉之鬼演化為「未死之鬼」──「雖人而實鬼」的人間惡行的代表的第一部文學作品。它雖還沒有完全脫掉神魔的外衣，但其內容已徹底消去了「去邪魅」、「靜妖氛」的迷信色彩，全然寫成了一部「繼王政之所不及」、「使人知所畏而為善」（見《〈斬鬼傳〉自序》）的有明確諷喻世風作用的諷刺小說。他完成了將含有濃厚迷信色彩的民間傳說向諷世小說的轉化，最早寫出了我國古典小說中純以諷喻整個世風（而不是諷刺「一人或一家」）為宗旨的諷刺小說，在我國小說發展中，尤其是諷刺小說的發展中，確有承上啟下、開拓題材的重要作用，為典範的古代諷刺小說《儒林外史》的問世鋪平了道路[十一]。

又說：

從我國諷喻小說的發展歷史考察，《斬鬼傳》和《平鬼傳》處在初放異彩階段。《斬鬼傳》繼承了前人，特別是明代小說諷喻藝術的優良傳統，衝破了明中葉以來，小說中大量存在的受一人或小集團報復思想所支配的嫚罵文學的局限，在我國諷刺專著中，第一次建立了以匡世為宗旨的藝術理想。在這種藝術理想的指導下，作者以火一樣的熱情，把當時社會存在的種種弊端，概括、演化成七類大鬼，一一加以抉剔。但由於作者的世界觀影響了他的藝術理想的光度，使

十一 蔡國梁：《諷喻小說史話》，（瀋陽：遼寧教育出版社，二〇〇〇年十二月第三次印刷），頁五八。

它的光圈只能照射到當時社會上一般性的世風時弊，如吹牛、撒謊、慳吝、拍馬等等。這些弊端，雖也反映了封建地主階級及市井敗類的某些本質，但沒有觸及封建制度的要害之處。對封建制度與黑暗社會的弊端作了尖銳而深刻的指摘，這便由《儒林外史》來承擔了[十二]。

約早《斬鬼傳》（康熙二十七年，公元一六八八）十年成書，以鬼狐為其特徵的《聊齋志異》（康熙十八年，公元一六七八），蒲松齡以筆下的鬼狐為人身保護色，藉之揭發黑暗社會、撻伐貪官污吏、指摘時政弊端，然而「諷刺」並非《聊齋》全書主題，雖有佳作，但皆為短制；而劉璋則別開生面地以鬼為題、以鬼喻意、以鬼刺世，創作出一部荒幻變形的諷刺小說，開啟「鬼類諷刺小說」新風貌，與稍後的《平鬼傳》、《何典》鼎足而三，形成了「清代鬼類諷刺小說三部曲」。然「創業為艱」，不足之處在所難免，但仍不失其在小說史上的重要地位。以下我們要談的，就是三部曲之二——《平鬼傳》。

二、《平鬼傳》

《平鬼傳》，全稱《唐鍾馗平鬼傳》，題「東山雲中道人編」，從目前所見存的資料中，我們仍無法考證出作者的真實姓名和生平事蹟。它亦是一部以鍾馗故事為母題的諷刺小說，與《斬鬼傳》可

十二　同註十一，頁六十～六一。

說同出一源，有著相似的主題和相類的表現手法，是模仿《斬鬼傳》而有之作。即使如此，但東山雲中道人以改舊編新的手法，重新設計人物，編造情節，營造風格，並賦予作品某些新的意涵，使此書能在同中求異，自成面貌。以下我們試將二書做一比較。

首先，就人物的塑造而言，二書作者各具新意，設計出多樣「千般變態」、「方寸不正」、「把人品敗淨」的「人鬼」，他們被冠予的「鬼名」皆是作者對世間各類人性弱點、兇行惡品的概括，是小說諷刺的主要對象。然後作者假借鍾馗之手，斬鬼平亂，以群鬼的悲慘下場，教人有所警戒，知過必改，進而達成革正人心、澄清社會風氣的目的，體現作者淳俗諷世的創作意圖，這是二書的共同之處。

再說到二書對鍾馗形象的塑造。《斬鬼傳》第一回，作者以極大的篇幅，將鍾馗懷才應考，狀元及第，卻因世俗偏見及奸相阻撓，最後自刎而死的過程，娓娓道來，著實感人，激起人們對權奸佞臣和官場黑暗的憤恨與撻伐，鮮明地呈現出諷刺的主題。反觀《平鬼傳》首回對鍾馗的敘述，作者輕描淡寫，毫無鋪陳，以極其簡略的文字，通過神話傳說中的鍾馗故事將其引出：

> 大唐德宗年間，有一名甲進士，姓鍾，名馗，字正南，終南山人氏。才高八斗，學富五車。只因像貌醜陋，未中頭名，一怒之間，在金階上頭碰殿柱而死。

這段介紹鍾馗出場的情節，可能較之《斬鬼傳》更接近鍾馗故事初始的面貌，然平淡無奇的講述，卻激盪不起諷刺的火花，也無從突顯「世俗偏見」與「諷宦」二大主題。此外，《平鬼傳》將鍾馗於《斬鬼傳》中的兩名副將——「含冤」、「負屈」，換成四個鬼卒——大頭鬼、大膽鬼、精細鬼、伶俐鬼，雖然在伶俐鬼身上可以看見含冤機智善謀的影子，但卻無法起到與鍾馗相映相輔的諷刺效果。因此就二書在主題上的創造性和對社會諷刺的廣泛性而言，《斬鬼傳》顯然比《平鬼傳》略勝一籌，也表明兩人懷有不完全相同的創作重點。

不僅如此，二書在鍾馗這個要角形象上的刻劃也大相徑庭。《斬鬼傳》裡的鍾馗，正義凜然、疾惡如仇，只要是本質惡劣的鬼類，幾乎都難逃被斬殺的命運，當然也有酌情量處者；然於斬鬼的過程中，鍾馗也吃了幾次鬼類們的悶虧[十三]，幸而都在高人的協助、指點之下，化險為夷，順利斬鬼。最不堪的一次，要算第七回所寫的五鬼戲鍾馗一節，使平日意氣風發，眾鬼皆怕的驅鬼大神，在被設計下，也成了醜態百出的醉漢；作者的用意，都是為了讓鍾馗形象不再是如神話般的遙不可及，而是更趨近於「人性」。《平鬼傳》則不同，傳統中鍾馗智勇雙全的形象在此書中體現無遺。他知人善任，將雖窮卻頗具志節，不與無二鬼同流合汙的窮鬼收為己用，並委以「破鬼前步先鋒」之職，窮鬼忠心跟隨，屢獻奇策妙計，制賊擒敵；而當無二鬼被打得走頭無路之際，「能爭慣戰」的累鬼主動為無二鬼助陣解圍，鍾馗妙巧地派出與累鬼有姻親關係的窮鬼出陣，動之以情，終使不可一世的累鬼迷途知返。另

十三　案：如第二回，鍾馗被搗大鬼弄得扶病而回；第三回，對滑溜如油的綿纏鬼亦無計可施；第七回，則有五鬼鬧鐘馗的戲碼；第八回，更被黑眼鬼鑽入眼中，疼得他眼淚直流。

外，他不念舊惡，曉以大義，收服了「落草為寇，擄將行人」的鬱壘、神荼兩兄弟，使二人成為日後平鬼的一大助力；他恩威並濟，在擒獲與無二鬼結拜金蘭的噍蕩鬼後，寬容以待，並利用噍蕩鬼與粗魯鬼間的衝突矛盾，讓噍蕩鬼甘心歸順，後來與鍾馗裡應外合，直取鬼門關。再看整個平鬼的過程，鍾馗自首戰無二鬼失利後，便步步為營，針對敵陣的部署，尋找薄弱環節，採取各個擊破的方式進攻，其間還利用「驕兵必敗」的做戰法則，以突擊的戰術，攻其不備，使對方元氣大傷，奠定日後勝利的基礎。總之，鍾馗面對敵軍時，他指揮若定，運籌帷幄，終能大破無二鬼，一展將才風範。

因此，從小說對於正邪兩方交戰的描寫過程中，我們可以清楚地發現，東山雲中道人所要塑造的是一個文韜武略皆備的鍾馗形象，突顯的是鍾馗「才性」的一面，與《斬鬼傳》側重於對鍾馗「人性」面上的描寫是不同的。然東山雲中道人的用心尚不止於此，他還於小說第十三回中巧設鍾馗食鬼的情節，這是《斬鬼傳》所沒有的。我們若將《平鬼傳》中鍾馗「智勇」的「才性」和「食鬼」的情節相聯，不正與鍾馗的原始形像不悖嗎！就這點來說，《平鬼傳》是值得肯定的。

其次，就《斬鬼傳》與《平鬼傳》之情節架構安排而言，二書是全然不同的。《斬鬼傳》故事的發展是依鍾馗一路行來所遇，一段一段的敘述，前一段的情節與後一段的情節不一定有直接的關係，突出的是單個鬼類的能耐。因此小說從搗大鬼開始，一個一個或一伙一伙地斬下去，至斬完楞睜大王結束，鬼與鬼之間，除了其名字同見於一本「鬼簿」之外，並無關聯。書中的諸鬼，大多隨著相關情節的展開而出現，情節的結束而消失；其中以鍾馗斬鬼為主線，將諸鬼故事串聯起來，所以在結構上，

《斬鬼傳》是由許多獨立的故事銜接而成，這種結構可以稱之為「串珠式的結構」。《平鬼傳》則以鍾馗等奉命赴萬人縣斬鬼為一條線索；以萬人縣無二鬼「熱結十弟兄」，形成與鍾馗相抗的敵對聯盟為一條線索。兩條線索既涇渭分明，又相互交錯，藉此展開一場正邪兩股勢力間的相互較勁和殊死搏鬥，推動情節的發展，製造故事的波瀾高潮，最後以鍾馗大獲全勝，凱旋受封作結。黃霖對東山雲中道人的此種架構設想，有這麼一個看法：

《唐鍾馗平鬼傳》對「說他是鬼，他卻是人；說他是人，他卻又叫做鬼」的人間惡勢的描繪和諷刺，就其著眼於倫理道德品行的一面而言，與《斬鬼傳》存在相似之處。然而作者似乎又並不滿足於僅從以上方面給予「人鬼」以譴責，他更從反綱常秩序的角度看待他們行為的性質，而將他們寫成是結群作亂者，這與《斬鬼傳》又有所不同。……作者處身於嚴禁民間結社活動的時期，從結群為亂的角度描述無二鬼之類的行為，顯然起到了加重其罪名的作用，而作者對「人鬼」的譴責自然也變得更加嚴厲，超越了單純的倫道品行的範圍。小說如此結撰構思，很明顯是受到了《水滸傳》一類敘述落草英雄作品的啟發，不過在東山雲中道人的筆下，作亂者已是渾身擔戴深重的罪孽，更無一點長處可言了，這與後來的《蕩寇志》倒有幾分相似[十四]。

最後談到二書的藝術表現。經由第五章第四節中對三部小說所做的語言分析，我們可以知道，東

十四　同註五，見《平鬼傳》引言，頁四。

山雲中道人雖然也堪稱是一位善於造詞的高手，但在其他的技巧運用上，與《斬鬼傳》是相差甚遠，較之《何典》更是望塵莫及。一部小說的成功與否，語言的運用扮演著相當重要的關鍵角色，它不僅是作者用來陳述故事的工具，也是小說與讀者間傳遞訊息的媒介；有好的創作構思，而無精彩的語言將它表達出來，就像空有一部好劇本，卻找不到優秀的演員來詮釋一樣，都是十分可惜的。《平鬼傳》即是如此。書中無論是陳述語言或人物對話，只能以「平實直率」概括，這雖然不是什麼缺點，相反的，還有讚其文筆穩健樸實之意；但從另一個角度來說，就是呆板，缺乏變化。它對於陽間鬼類的描繪，雖也採用了誇飾的手法顯其特點，可惜的是，甚少有像其他二書在成語、土語，以及各種諧謔語上的活用，加上沒有豐富的修辭技巧予以輔助，如此一來，小說固然明白流暢，便於讀者閱讀，卻是失去了諷刺小說應有的文學意趣和幽默滑稽的生命力。因此，就藝術價值來比較《斬鬼傳》與《平鬼傳》，後者是及不上前者的。

總之，《平鬼傳》及《何典》對《斬鬼傳》的取鑒是多方面的，不論是情節的設計，人物的塑造，語言的運用，都可從中見其承襲的蛛絲馬跡；當然絕大部分，還是作者的自創新意，如：《斬鬼傳》有「心病鬼」及「窮胎鬼」，醫治物分別是「寬心丸」及「元寶湯」（第八回）；《平鬼傳》有「憂愁鬼」，醫治物為「寬心丸」、「大膽湯」（第十一回）；《何典》醫治活鬼，則以「安心丸」、「元寶湯」、「軟口湯」、「亂話湯」讓其服用（第三回）。又《斬鬼傳》之「涎臉鬼」，有刀槍不入的千層樺皮臉；而《平鬼傳》中的「無二鬼」也有一副「磁瓦子打磨了，又用生漆漆了，至壯不過的一幅子皮臉。一劍砍來，火星亂爆」（第六回）；此外無二鬼的獨門法術「黑眼風」，其構思應來自《斬鬼傳》中的「黑眼鬼」；至於《何典》中的羅剎女，亦練就了「一副老面皮，真是三刀斫弗入，四刀白坎坎的一些不動」（第十回）。

蔡國梁評論《平鬼傳》的缺失、地位及貢獻時道：

> 《平鬼傳》效《斬鬼傳》而未能脫穎，揭露現實社會中的醜惡人，僅停留在表面現象上，雖然俏皮而不深刻，雖然熱鬧而不警策，還未達到以典型形象反映生活的較高成就，……但它們借鬼形諷世的路子，卻為諷喻小說增添了光彩，在諷喻小說史上產生過積極作用，尤其是它們產生於清中葉前，對清代中長篇小說的繁榮有貢獻，這從它們後的《何典》與《常言道》的問世可看出來，因為它們的別具一格而餘波不息[十五]。

《斬鬼傳》、《平鬼傳》作者在鬼類人物的塑造上，著重的是突出本質，通過單純明晰的描寫，使其類型化，引起人們對這些惡德的注意和反思。雖然形象鮮明，卻也造成他們在性格上缺乏豐富性、複雜性，這是鬼類小說在塑造反面人物時，主要的不足之處。

十五　同註十一，頁六十。

三、《何典》

《何典》編定者過路人，原名張南莊，上海人，生活在清乾隆、嘉慶年間（一七三六～一八二一），係江南十大布衣之首，在當時有一定聲名，雖富有文才，但高才不遇，終生並未出仕。

劉復在〈重印《何典》序〉一文中，提及黨國元老吳稚暉「屢次三番的說，他做文章，乃是在小書攤上看見了一部小書得了個訣。這小書名叫《豈有此理》；它開場兩句，便是『放屁放屁，真正豈有此理』」[十六]！而這部吳稚暉尊為「老師」的小書，正是《何典》。此外，劉復也在文中，對《何典》的特色、成就評論道：

> 一層是此書中善用俚言土語，甚至極土極村的字眼，也全不避忌；在看的人卻並不覺得它蠢俗討厭，反覺得別有風趣。……二層是此書中所寫三家村風物，乃是今日以前無論什麼小說書都比不上的。……三層是此書能將兩個或多個色彩絕不相同的詞句，緊接在一起，開滑稽文中從來未有的新鮮局面。（例如第四回中，六事鬼勸雌鬼嫁劉打鬼，上句說「肉面對肉面的睡在一處」，是句極土的句子，下句接「也覺風光搖曳，與眾不同」，乃是句極飄逸的句子）這種作品，不是絕頂聰明的人是弄不來的。……四層是此書把世間一切事事物物，全都看得米小米小；憑你是天皇老子烏龜虱，作者只一例的看做了什麼都不值的鬼東西。……綜觀全書，無一句不

十六 同註五，見《何典》附錄，劉復：〈重印《何典》序〉，頁一二七。

是荒荒唐唐亂說鬼，卻又無一句不是痛痛切切說人情世故。這種作品，可以比做圖畫中的Caricature[十七]；它儘管是把某一個人的眼耳鼻舌，四肢百體的分寸比例全都變換了，將人形變做了鬼形，看的人仍可以一望而知：這是誰，這是某，斷斷不會弄錯。我們既知道Caricature在圖畫中所占的地位，也就不難知道這部書及吳老丈（稚暉）的文章在文學上所占的地位[十八]。

劉復的四點看法和總結的批評是妥貼而中肯的。

上海才子張南莊繼承了自《斬鬼傳》和《平鬼傳》以來的諷刺風格，藉鬼刺世；不同前二書的是，作者另闢蹊徑，將陽間的人間相搬到陰曹地府來展開，以鬼名寫鬼事，影射的卻是人世現實。關於小說，作者憑藉著豐富的想像力，以嬉笑調侃、縱橫恣肆的筆鋒，亦莊亦諧的手法，七支八搭的在悲劇故事中加入喜劇情節，在喜劇結構中含入鬧劇成份，是一部「嘻笑怒罵，皆成文章」的諷刺佳作，反映了一種新的小說審美意識。這種亦悲亦喜、誇大乖張的小說風格，對晚清一代的譴責小說產生了重要影響[十九]。再者，於表現形式上，《何典》有別於一般方言小說僅在人物對話中使用方言；或僅使用

十七　案：Caricature：譯為「漫畫」。

十八　同註五，見《何典》附錄，劉復：〈重印《何典》序〉，頁一二八。

十九　案：林薇說：「（《何典》）書中自森羅殿至三家村——這幅朝野昏昏的魑魅魍魎圖，實為封建衰世的絕妙寫照。《何典》或許是最早的在小說中透露了這樣的信息：人以異化，人已成為非人，小說提供的是一個人人都已變形的異化世界。所以《何典》成了一部中國的『變形記』只有這些五花八門、光怪陸離的鬼域，才能形容曲盡世事荒唐。就深層的心理意蘊而言，晚清的譴責小說，正與《何典》一脈相承。《官場現行記》中指斥現存社會是一個『畜生的世界』（第六十回）；《二十年目睹之怪現狀》也斷言，世上只有三種東西：『蛇蟲鼠蟻』、『豺狼虎豹』、『魑魅魍魎』（第一回），

方言正確的實際涵義；或只採擇一個地域的語言。這部以吳語方言寫成的諷刺小說，從敘述語言到人物對話，無不大量運用土語俗諺以至把它們化作情節，聯綴成篇，這是此書最大的特色。

方言就是各地的地方話，以方言來創作小說「除了有渲染氣氛或者刻劃人物之功外，其更深層的意義是可以深入到文化層面」[二十]。「應該說，在本方言區內，方言對於促進文化的一體性，加強區域文化的認同是有益的」[二十一]。由於方言俗語含有濃厚的地方風情，有貼近生活和民間習俗的描寫，遂使方言區的讀者更容易產生心會意解的親切感，也加速了小說的傳播。過去，胡適曾對以《海上花列傳》為代表的方言小說給予了高度評價：

> 方言的文學所以可貴，正因為方言最能表現人的神理。通俗的白話固然遠勝於古文，但終不如方言的能表現說話的人的神情口氣。古文裡的人物是死人；通俗官話裡的人物是做作不自然的活人；方言土語裡的人物是自然流露的活人[二十二]。

純用吳語作為人物對話的《海上花列傳》發表於光緒十八年（一八九二），晚於《何典》十多年。繼「海」書之後，《何典》終於被劉復發掘，再經過幾位名家的評鑑，至此始確立了《何典》乃是開啟

其實都是『人的異化』的同一主題變奏。只不過《何典》用的是荒誕手法；而譴責小說用的是寫實手法罷了」。（林薇：《清代小說論稿》，北京：北京廣播學院出版社，二○○○年十一月，頁九一~九二。）

二十 宋莉華：〈方言與明清小說及其傳播〉，載於《明清小說研究》，（一九九九年），第四期，頁四四。

二十一 同註二十，頁四五。

二十二 胡適：《中國古典小說研究．〈海上花列傳〉序》，（台北：遠流，民國七十五年五月三十一日初版），頁一四三。

以方言俗諺寫小說風氣之先的文學地位。

魯迅曾在〈門外文談〉中提到：「方言土語裡，很有些意味深長的話，我們那裡叫『煉話』，用起來是很有意思的，恰如文言的用古典，聽者也覺得趣味津津」[二十三]。《何典》，這部方言文學的別緻之作，全書對方言俗諺的運用可說是隨手拈掇，巧妙活用，五花八門：或並用諧音、轉義，如「道士道：『你去尋著他，學成了大本事，將來封侯拜相，都在裡頭』。說罷化陣人來風，就不見了（第六回）」。這裡利用諧音，將吳語中形容「客人來時小孩撒嬌樣子」的「人來瘋」轉義了，在此單純指「風」言；或採偏義的方式，取自方言俗語，卻不用其本意，如「鬥昏雞」，本意為「因鬥氣爭勝而失去常態」、「醃瘄雌狗卵」，本意為「受挫折後灰心喪氣，神態委靡」，書中兩者則當作「菜名」解（第一回）；或直接引用，如「晚轉身」，本意為「寡婦或離婚女子改嫁」，書中則用來指稱雌鬼（第四回）。《何典》「不同於一般記音式的方言小說，這些方言成語，俚語，都是非常形象化的，有大部分至今還活在當地廣大人民的口語中」[二十四]，為研究清代方言提供了寶貴的材料。

一九三二年日本人增田涉要編一套《世界幽默全集》，魯迅寄給他幾種書，《何典》是其中一種。魯迅在信中說：

[二十三] 魯迅：《魯迅全集．且介亭雜文．門外文談》，（台北：古風出版社，民國七十八年十二月），第六卷，頁九六。
[二十四] 趙景深：〈《何典》跋〉，載於丁錫根：《中國歷代小說序跋集》，（北京：人民文學出版社，一九九六年七月，北京第一版），下冊，頁一七一三。

> 《何典》一本。近來當作滑稽本，頗有名聲，其實是「江南名士」式的滑稽，甚為淺薄。全書幾乎均以方言、俗語寫成，連中國北方人也費解。僅為了讓你看一看，知道中國還有這類書[二十五]。

從魯迅的這段話中，有兩點值得我們提出來討論，其一：的確，我們不得不承認張南莊為了娛悅吳語系方言區的讀者，作品大量吸收了該區地方上生動活潑的談吐用語，相較於雅正語體的小說而言，作者不避俚俗、不忌褻語的自然敘寫，當然就顯得淺薄。然而，正如齊裕焜所言：

> 這幾部書（筆者案：《斬鬼傳》、《平鬼傳》、《何典》）的作者都很關心現實，關心人生。由於關心，所以對日下的世風、醜惡的現實更有一種憂患感、痛苦感、憤激感。然而，卻把苦惱藏在奇異的輕率之中，在自己的作品中採取了一種輕佻的形式：嘻嘻哈哈，玩世不恭，把痛苦變得滑稽，從而在滑稽中渲泄憤激之情，表現他們對人生、對社會、對生活的善良而真誠的願望。……因此，儘管不少描寫失之油腔滑調，卻不能一概視之為淺薄的「江南名士」式的滑稽[二十六]。

此外，鄭劭榮也有文明示了「《何典》中的救世意識」[二十七]。據此，我們不妨從另一個角度來審視《何典》。張南莊在序中自言寫這部小書「全憑插科打諢，用不著子曰詩云；詎能嚼字齩文，又何須之乎

二十五 魯迅：《魯迅全集．書信．〈致 增田涉〉》，（台北：古風出版社，民國七十八年十二月），第十三卷，頁五一六。

二十六 齊裕焜、陳惠琴：《鏡與劍——中國諷刺小說史略》，（台北：文津出版社，民國八十四年初版），頁六六~頁六七。

二十七 鄭劭榮：〈論《何典》中的救世意識〉，（長沙：湖南師範大學社會科學學報，二〇〇一年五月），第三十卷。

者也。不過逢場作戲，隨口噴蛆；何妨見景生情，憑空搗鬼」。正因為作者不師古人、求變求新、刻意經營的諷刺風格，才使《何典》能在眾多通俗小說中，自成一格，別為創調，而在小說史上佔有一定的地位。其二，是關於魯迅提到「連中國北方人也費解」的問題。在《何典》之前，無論各種文體——話本、小說、戲曲，作品汲取方言的現象屢有所見，但絕大多數也僅僅是起到一種點綴作用罷了！這是因為限於一隅的方言，若過多運用，將不利於文化信息的大範圍傳播，也會妨礙到非方言區讀者在閱讀上的理解度，進而造成作品的流通受阻[二十八]。不可諱言，《何典》雖也同時運用了許多具有普遍交流功能的官話，但它畢竟還是一部比較純粹的方言小說，且刊行之初，由於作者本身未加註解，使得方外人士讀之，往往覺得艱澀難懂，即使是方言區內的讀者，對書中某些不太普遍，極村極土的方言，也是倍感陌生。趙景深就說：

> （《何典》）當時由於它筆調流暢，風格新穎，確曾風行一時，但又因它方言性過於濃烈，即使同一吳語系方言區的讀者，也不容易百分之百的理解那些方言詞滙的實際含意，於是逐漸消

二十八　案：但方言對小說傳播範圍的限制不能一概而論，要視作品中的方言種類、方言所占的比重等具體情況而定，這可以從作品的刻印情況得到一定的反映。如《金瓶梅》雖然方言成分複雜，書中用了大量的山東方言，吳方言也較集中，此外還有中原晉冀豫及蘇皖之北的語言，但這並不影響《金瓶梅》的傳播。山東話作為北方方言與官話差異不大，不會構成閱讀障礙。而吳方言……在明清時期影響力甚遠且在作品中所占比重不大。《三國演義》、《水滸傳》、《西遊記》、《紅樓夢》、《儒林外史》等情形都與此類似。可見明清時期吳語雖然普遍存在於小說中，但由於吳語的廣泛影響，使得其方言的性質在一定意義上被削弱了而更接近於通語。所以這些作品，各地書坊都大量刊刻沒有地域限制。但是作為方言集中、地域色彩強烈的作品，多數卻只在當地刊刻和流傳（同註二十，頁四五~四六）。

聲匿迹了[二十九]。

《何典》存在的方言問題，至劉復及潘慎先後為之作註而得到了彌補。此後，隨著學者對方言考察的日益精進，近來各家所出版的《何典》在註釋上更為詳細，已無閱讀上的障礙問題，這也表示魯迅在信中所提到的「方言費解」一事，已迎刃而解，不復存在。

蔡國梁評論《何典》的地位及貢獻時道：

《何典》以俗諺為長，對以後的小說有影響。光緒十年（一八八四）年成書的八回小說《玄空經》與《何典》就有異曲同工之妙。作者郭友松運用上海的松江方言有九百四十條，雖屬遊戲文章，掇拾方言俗語連綴成文，但刻劃世態人情，窮形極相，且語含諷意，揶揄嘲嘻，讀後不但不覺得它鄙俚可笑，反而感到新奇可喜，這也可看出《何典》傳播之久遠[三十]。

《何典》之所以能再次於小說史上展露獨樹一幟的諷刺鋒芒，我想這些幕後為之註釋的學者、小說家們，可謂功不可沒。

二十九 同註二四，頁一七一三。
三十 同註十一，頁七五。

第二節　結語

總的來說，三部小說在諷刺題旨及諷刺技巧上皆有足觀之處。吉爾伯特・哈特說：

故事形式。這是當今最為流行，並且廣受讀者喜愛的一種諷刺形式。正像諷刺家可以傳佈一種離經叛道的教義、可以把傳統的文學形式顛來倒去、拿它逗樂與尋開心一樣，他也可以講述一個寄寓他的思想觀念的故事。這故事當然是有趣的，並且必定是用流暢的語言講述出來的。不過，對諷刺家來說，講故事不是目的，而是手段[三十一]。

《斬鬼傳》繼承並發展了自詩經以來的諷刺藝術，它是第一部寓言式的鬼類諷刺小說，胡萬川更將其視為「第一部真正的諷刺之作」[三十二]。它開拓了諷刺小說的新題材、新領域，作者以鍾馗斬鬼故事為底本，虛構一個「陽間鬼界」，將諷刺的筆鋒，指向昏暗不明的現實社會，上至帝王將相，下至人身鬼性的醜惡眾生，都成了他的諷刺對象；於荒幻扭曲的情節裡，藉鬼諷世，極其入骨，寄寓作者熱誠深切的淳俗思想。而它詼諧逗趣的諷刺手法和酣暢淋漓的語言文字，也都為往後的諷刺小說所取法。就中國諷刺小說的發展而言，《斬鬼傳》產生了深遠的影響，此番貢獻，值得我們肯定它在小說史上的地位。

[三十一] 同註四，頁一二〇。

[三十二] 胡萬川：《鍾馗神話與小說之研究》，（台北：文史哲出版社，民國六十九年五月初版），頁一八一。

而《平鬼傳》雖是模仿《斬鬼傳》而來，但我們也不能完全忽視東山雲中道人在改舊編新上的用心，而抹煞了它的文學價值。《平鬼傳》最大的成就，在於它別出心裁地將演義小說中的戰爭情節，巧妙地與鍾馗斬鬼故事融合，創作出獨樹一格的鬼類諷刺小說；然而就總體表現而言，它在小說史上的地位還是不逮於《斬鬼傳》。

至於《何典》在方言小說史上堪稱具有里程碑的重要意義，可算是我國吳語小說的開山之祖。張南莊以尖刁捉狹的狡獪，在《斬鬼傳》和《平鬼傳》的基礎上創作了匪夷所思、令人瞠目結舌的鬼類諷刺小說，藉由荒誕手法寫悖謬人生，滑稽的筆墨中，蘊涵了深刻的諷刺，於鬼話連篇中，指出神理，此乃作家之大本領。其語言之鮮活、俏皮，「無據無典」，尤覺新穎別緻，而作者自鑄新詞，自創絕句，所謂「全憑插科打諢，用不著子曰詩云」，「無章無法」的行文方式，更是那些咬文嚼字的說部所望塵莫及的。此外，各回末了，有「纏夾二先生」對該回內容提出總評，這是《何典》異於《斬鬼傳》、《平鬼傳》的一大特色。纏夾二先生的評語，和正文主題一致，起著加深讀者印象，強化諷刺旨意，歸納情節重點的作用，雖不屬於小說的主體，卻是全書不可或缺的有機組成部分。《何典》妙語如珠，無所倚傍，顛覆了傳統小說清通雅馴的語言規範和敘事準則，作者以其特立獨行的精神風範，別創滑稽幽默小說的新美學，為自己在源遠流長的小說發展過程中，佔有一席之地，找到獨特的定位，也為日後的文學創作、修辭技巧、語言運用帶來了新的契機。

《斬鬼傳》、《平鬼傳》及《何典》三書之中，就有其二被譽予「才子書」之美名，可惜的是目前台灣對於此三書的研究，多僅於個體上的分析，且屈指可數，寥寥數篇耳；大陸方面研究者雖較多，但仍無有將此三書做一整體性探討的專著出現。筆者不才，於初試啼聲之際，期以較廣闊的視野對此三書做一統合審視，一則欲藉此機會為諷刺小說的研究拓展新的領域；一則欲通過對這三部小說的詳細評量，以表彰其藝術價值及文學地位，使古人的心血結晶，不致隨時代推移而湮沒。然學殖未深，關於大範圍的研究，尚待努力琢磨，因此難免有遺珠之恨；缺漏之處，還望諸先輩賢達不吝賜教。

附錄一　《斬鬼傳》乾隆間懷雅堂錄本圖贊

第一冊　圖後題贊：

鍾馗贊

烈士骨，不可屈。烈士精，久乃靈。瞑爾目，階可觸。正爾心，欽爾風。望爾容，魑魅魍魎咸潛蹤。千秋之下真英雄。

乙丑暑月敬錄

第二冊　圖後題贊：

才識萬年□大唐，相傳奕禩更流芳。光芒劍氣通霄漢，斬盡群邪化日長。

第三冊　圖後題贊：

於赫尊神，能文能武。正直聰明，形古貌醜。眼觀六合，足躡九有。劍光如電，群邪俯首。才望有唐，功標天府。世人所知，除魔巨手。

第四冊　圖後題贊：

不事蕭、韓略，無須百萬兵，但憑三尺劍，一怒鬼神驚。

乙丑秋仲題

第五冊　圖後題贊：

維公之貌兮赳赳儀容，維公之劍兮皎皎□刃，維公之氣兮浩然磅礡兮不倚不傾，維公之威攝服宇宙兮回邪是警。

附錄二　劉半農所繪「鬼臉」與題詞

一九二六年，劉復重新整理申報館排印本之《何典》，並於同年六月由北新書局排印出版。卷首有劉半農繪「鬼臉一斑」，計頭像共十六幅，包括了書中主要角色。右下角有劉半農題詞：「不會畫人相，何妨畫鬼相，若說畫得不像，捉他一個來此，看他像也不像，天陰雨濕百無聊賴之日，畫於不敢搗鬼齋。半農」。

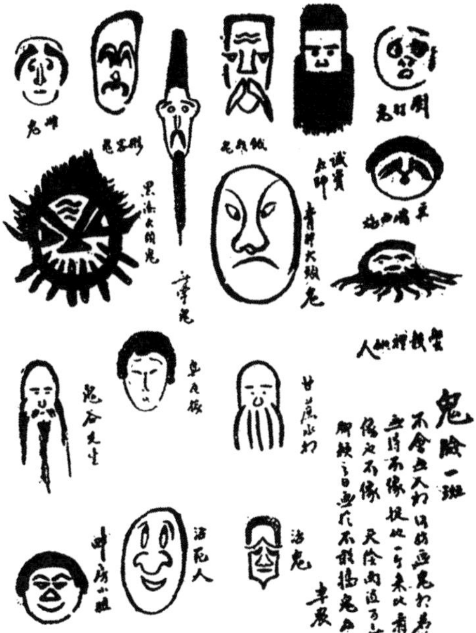

主要參考書目

一、書籍部分

丁錫根　《中國歷代小說序跋集》　北京人民文學出版社　一九九六年七月北京第一版

大塚秀高　編　《中國通俗小說書目改訂稿》（初稿）　東京汲古書院發行　一九八四年八月十日

王肇晉　修輯　《深澤縣志》　台北成文出版社　民國六十五年台一版

王　軒　等撰　《山西通志》　台北華文書局　民國五十八年五月初版

世界書局編輯所　《中國笑話書》　台北世界書局　民國八十一年十二月第九版

孔另境　編輯　《中國小說史料》　上海中華書局出版　一九六二年三月上海第三次印刷

古本小說叢刊編輯委員會　編輯　《古本小說叢刊》　北京中華書局　一九八七年

四庫全書存目叢書編纂委員會　編　《四庫全書存目叢書》　台南莊嚴文化事業有限公司　民國八十六年六月初版一刷

台灣中華書局編輯部　《中國文學發達史》　台北中華書局　民國六十四年九月台七版

西　諦　《中國文學中的小說傳統》　台北木鐸出版社　民國七十四年九月初版

吉爾伯特・哈特著，萬書元、江寧康　譯　《諷刺論》　南寧廣西人民出版社　一九九〇年五月第一版

李培謙 監修、閻士驤 輯 《陽曲縣志》 台北成文出版社 民國六十五年台一版
李保均 主編 《明清小說比較研究》 成都四川大學出版社 一九九六年十月第一版
李富軒、李燕 《中國古代寓言史》 台北漢威出版社 民國八十七年八月
吳淳邦 《清代長篇諷刺小說研究》 北京北京大學出版社 一九九五年十二月第一版
孟　瑤 《中國小說史》 台北傳記文學出版社 民國八十五年十二月
林　薇 《清代小說論稿》 北京北京廣播學院出版社 二〇〇〇年十一月
周大璞 審訂 《中國歷代寓言小品》 武漢湖北人民出版社 一九八三年六月第一版
柳存仁 《倫敦所見中國小說書目》 台北鳳凰出版社 民國六十三年十月初版
胡萬川 《鍾馗神話與小說之研究》 台北文史哲出版社 民國六十九年五月初版
胡　適 《胡適文存》 台北遠東圖書公司 民國四十二年
胡益民、李漢秋 《清代小說》 安徽教育出版社 一九九七年十月第二版
胡應麟 《少室山房筆叢》 台北世界書局 民國五十二年四月初版
黃澤新 《中國的鬼文化》 台北博遠出版有限公司 民國八十二年十一月初版
徐　昆 《柳崖外編》 台北廣文書局 民國五十八年一月初版
孫楷第 《中國通俗小說書目》 台北木鐸出版社 民國七十二年七月初版
亞瑟・帕勒得（Arthur pollard）著，董崇選 譯 《何謂諷刺》 台北黎明文化事業股份有限公司 民國

六十二年五月初版
張南莊 等著《何典》、《斬鬼傳》、《平鬼傳》合刊本 台北河洛圖書出版社 民國六十九年二月初版
張南莊 等著《何典》、《斬鬼傳》、《平鬼傳》合刊本 台北文化圖書公司 民國七十一年七月出版
張南莊 等著《何典》、《斬鬼傳》、《唐鍾馗平鬼傳》合刊本 台北三民書局 民國八十七年一月初版
張南莊著，成江 點注《何典》 上海學林出版社 二〇〇〇年十二月
張南莊《何典》 台北中國民俗學會複印 民國七十六年
張南莊《何典》 上海書店影印出版 一九八五年十一月第一次印刷
張南莊《何典》 台北長歌出版社 民國六十五年四月初版
張 俊《清代小說史》 杭州浙江古籍出版社 一九九七年六月第一版
郭箴一《中國小說史》 北京商務印書館 一九九八年四月影印第一版
葉 朗《中國小說美學》 台北里仁書局 民國七十六年六月十日初版
萬書元《第十位謬斯》 南京東南大學出版社 一九九八年十月第一版
國立清華大學人文社會學院中國語文學系 主編《小說戲曲研究》 台北聯經出版事業公司 民國八十二年初版
程毅中 編《神怪情俠的藝術世界：中國古代小說流派漫話》 北京中共中央黨校出版社 一九九四年一月第一版

傅樂成《中國通史》台北大中國圖書公司 民國八十年八月十八版
路 工、譚 天 編《古本平話小說集》北京人民文學出版社 一九九九年一月
趙 憲《深澤縣志》清雍正十三年刻
齊裕焜、陳惠琴《鏡與劍——中國諷刺小說史略》台北文津出版社 民國八十四年初版
齊裕焜 主編《中國古代小說演變史》甘肅敦煌文藝出版社 一九九〇年九月初版
齊裕焜《明清小說》上海古籍出版社 一九九八年十二月
蔡國梁《諷喻小說史話》瀋陽遼寧教育出版社 二〇〇〇年十二月第三次印刷
寧 遠《小說新話》台北河洛圖書出版社 民國六十六年四月初版
劉 璋、東山雲中道人《斬鬼傳》、《平鬼傳》合刻 台北世界書局 民國六十九年五月六版
劉卓英《唐宋寓言注譯》北京北京圖書館出版社 一九九七年十月
魯 迅《魯迅全集》台北古風出版社 民國七十八年十二月
魯 迅《魯迅小說史論文集》台北里仁書局出版 民國八十一年九月初版
鄭天挺 主編《清史》天津人民出版社 一九八九年八月第一次印刷
橋川時雄、王雲五 等主編《續修四庫全書提要》台北台灣商務印書館 民國六十一年三月初版
盧潤祥《談狐說鬼錄》台北遠流出版事業股份有限公司 民國八十年四月十六日初版
韓秋白、顧 青《中國小說史》台北文津出版社 民國八十四年六月初版

戴不凡《小說見聞錄》台北木鐸出版社 民國七十二年四月
戴 逸 主編《簡明清史》北京人民出版社 一九八五年四月北京第九次印刷
顏崑陽《人生是無題的寓言——莊子的寓言世界》台北躍昇文化出版 民國八十三年
羅 燁《醉翁談錄》台北世界書局 民國四十七年五月初版
譚正璧《中國小說發達史》台北啟業書局 民國六十五年十月台三版
譚達先《中國民間寓言研究》台北台灣商務印書館 民國七十七年初版
瀧川龜太郎《史記會注考證》台北萬卷樓圖書有限公司 民國八十二年

二、學位論文部分

安秉卨《中國寓言傳記研究》國立政治大學中國文學研究所博士論文 民國七十六年七月
鄭尊仁《鍾馗研究》中國文化大學中國文學研究所碩士論文 民國八十四年六月

三、學報、期刊部分

王青平〈《斬鬼傳》抄本的發現與考證〉《文學遺產》第三期 一九八三年
王青平〈《斬鬼傳》的版本源流及其刊行過程〉《浙江學刊》第四期 一九八三年

王青平 〈劉璋及其才子佳人小說考〉 《明清小說論叢》第一輯 一九八四年五月

王衛平 〈中國現代諷刺幽默小說論綱〉 《中國社會科學》第二期 二〇〇〇年

沈漫濤 〈以鬼寓人，諷世明道—淺談《鍾馗斬鬼傳》〉 《明清小說研究》第一期 一九九五年

宋莉華 〈方言與明清小說及其傳播〉 《明清小說研究》第四期 一九九九年

吳淳邦 〈中國諷刺小說的諷刺技巧特點〉 《中外文學》第十六卷第六期 民國七十六年十一月

吳淳邦 〈試論中國諷刺小說的界說〉 《古典文學》第七集 民國七十四年八月

李漢秋 〈論諷刺小說的流變〉 《上海社會科學院學術季刊》第一期 一九九五年

呂理政 〈鬼的信仰及其相關儀式〉 《民俗曲藝》第九十期 民國八十三年七月

金鑫榮 〈明清諷刺小說平議〉 《明清小說研究》第二期 一九九二年

徐 梅 〈信口開河處偏能見風流：談《何典》語言藝術〉 《曲靖師範學院學報》 二〇〇二年三月

倪墨炎 〈應該怎樣評價《何典》〉 《讀書》第二期 一九八二年

張 虹 〈鍾馗小說與鍾馗形象漫議〉 《明清小說研究》第一期 一九九五年

張宏庸 〈中國諷刺小說的特質與類型〉 《中外文學》五卷七期 民國六十五年十二月

葉春暉 〈一部鬼話連篇的小書——讀張南莊的「何典」〉 《今日中國》一二八期 民國七十年十二月

陳蒲清 〈中國古代寓言小說與寓言戲劇概況〉 《益陽師專學報》第十五卷第二期 一九九四年三月

鄭劭榮 〈論《何典》中的救世意識〉 《湖南師範大學社會科學學報》第三十卷 二〇〇一年五月

鄭慶君　〈近代幽默小說《何典》的修辭特色〉　《古漢語研究》第一期　二〇〇二年
鄭振鐸撰、吳曉鈴輯　〈《西諦題跋》選〉《文學遺產》第三期　一九八三年
劉燕萍　〈怪誕小說——《西遊補》和《斬鬼傳》〉　《人文中國學報》第五期　民國八十七年四月

國家圖書館出版品預行編目

清代鬼類諷刺小說三部曲 :《斬鬼傳》
《唐鍾馗平鬼傳》《何典》 / 陳英仕著. -- 一版.
臺北市 : 秀威資訊科技, 2005[民 94]
面 ; 公分. -- 參考書目：面
ISBN 978-986-7263-61-2（平裝）
1. 中國小說 - 歷史 - 清（1644-1912）
2. 中國小說 - 評論

820.9707 94015437

語言文學類 AG0028

清代鬼類諷刺小說三部曲

作　　者 / 陳英仕
發 行 人 / 宋政坤
執行編輯 / 林秉慧
圖文排版 / 莊芯媚
封面設計 / 羅季芬
數位轉譯 / 徐真玉　沈裕閔
圖書銷售 / 林怡君
網路服務 / 徐國晉
出版印製 / 秀威資訊科技股份有限公司
台北市內湖區瑞光路 583 巷 25 號 1 樓
電話：02-2657-9211　傳真：02-2657-9106
E-mail：service@showwe.com.tw
經 銷 商 / 紅螞蟻圖書有限公司
台北市內湖區舊宗路二段 121 巷 28、32 號 4 樓
電話：02-2795-3656　傳真：02-2795-4100
http://www.e-redant.com

2006 年 7 月 BOD 再刷
定價：340 元

讀　者　回　函　卡

感謝您購買本書，為提升服務品質，煩請填寫以下問卷，收到您的寶貴意見後，我們會仔細收藏記錄並回贈紀念品，謝謝！

1.您購買的書名：________________

2.您從何得知本書的消息？

□網路書店　□部落格　□資料庫搜尋　□書訊　□電子報　□書店

□平面媒體　□ 朋友推薦　□網站推薦　□其他________

3.您對本書的評價：(請填代號　1.非常滿意 2.滿意 3.尚可 4.再改進)

封面設計____　版面編排____　內容____　文/譯筆____　價格____

4.讀完書後您覺得：

□很有收獲　□有收獲　□收獲不多　□沒收獲

5.您會推薦本書給朋友嗎？

□會　□不會，為什麼？________________

6.其他寶貴的意見：________________

____

____

____

讀者基本資料

姓名：________________　年齡：______　性別：□女　□男

聯絡電話：________________　E-mail：________________

地址：________________

學歷：□高中(含)以下　□高中　□專科學校　□大學

□研究所(含)以上　□其他________

職業：□製造業　□金融業　□資訊業　□軍警　□傳播業　□自由業

□服務業　□公務員　□教職　□學生　□其他________

請貼
郵票

To：114

台北市內湖區瑞光路 583 巷 25 號 1 樓

秀威資訊科技股份有限公司　　收

寄件人姓名：

寄件人地址：□□□

(請沿線對摺寄回,謝謝!)

秀威與 BOD

BOD（Books On Demand）是數位出版的大趨勢，秀威資訊率先運用 POD 數位印刷設備來生產書籍，並提供作者全程數位出版服務，致使書籍產銷零庫存，知識傳承不絕版，目前已開闢以下書系：

一、BOD 學術著作—專業論述的閱讀延伸
二、BOD 個人著作—分享生命的心路歷程
三、BOD 旅遊著作—個人深度旅遊文學創作
四、BOD 大陸學者—大陸專業學者學術出版
五、POD 獨家經銷—數位產製的代發行書籍

BOD 秀威網路書店：www.showwe.com.tw
政府出版品網路書店：www.*gov*books.com.tw

永不絕版的故事・自己寫・永不休止的音符・自己唱